U0832040

散文精选

守望

林纾英 著

作家出版社

目录

第一辑 万叶千声皆是恨

多情似我以卿狂 __ 003
潸然看断梨花落 __ 008
多少恨 都分赴清寒 __ 013
春不见，幽恨莫重提 __ 020
宁负如来不负卿 __ 026
万叶千声皆是恨 __ 038
衔恨只同天上月 __ 045

第二辑 拾光剪影

父亲的太阳 __ 059
让我牵住你的手 __ 069
母亲的天空 __ 078
与奶奶有关 __ 086
那一席父亲母亲的炕 __ 094
斯人既去了无声 __ 099
梦中章节 __ 104
魂灵絮语 __ 110

第三辑 守望

一个失血的村庄 __ 115

时光里的疼痛 __ 139

人间事 __ 154

结 语 __ 176

女警手记 __ 200

与鲁院有关 __ 217

后 记 __ 241

第一辑

万叶千声皆是恨

多情似我以卿狂

内心里总觉得，要读宋词，是需要一个相谐的环境的。最好是在沐浴更衣之后，月光融融的夜晚，撇开光电，燃一炷熏香，点一根红烛，手边是透明的酒杯，斟半盏花雕，于妖艳暧昧中，率一份浪漫的情致，怀一颗虔诚的心，于浅斟慢饮、低吟浅唱中，去体味那份淡淡的婉约与曼妙。

烛光摇曳，月影朦胧，心游室外。暮色中，我看到从宋词中向我缓缓走来的词人张先。他离我越来越近，我慢慢看清了他的容颜，他已经八十多岁了，须眉皆被雪，精神却不与岁衰。

月光下，我见他看我的眼神越来越晶亮起来，也慢慢迷离起来。这个历史上最花心最风流的词人，这个迷倒万千美女的风月场里的花魁，向我伸出手来。我没有犹豫，也许是因了这月光太旖旎，也许是他当我面吟唱的这首《天仙子》拨动了我的心弦，此时的我也有些许的迷离。

我把手轻轻地递与他，被他暖暖地轻轻地握住，在柔媚的月光下，我怀揣着一份崇敬，感悟他的《天仙子》，听他低低的心语：

“水调数声持酒听，午醉醒来愁未醒。送春春去几时回？临晚镜，伤流景，往事后期空记省。”

“觉出来了吗？我在伤春，我的来年不会太多了。”我没有劝慰他，因为我们都明白这的确是毋庸回避的事实。我点点头，有点伤感，为他的来年不多，为他身后词坛文藻的缺失。

我感受到了他寄寓词中那强烈的惆怅。此片首三句，歌兴曲阑照无暖，借酒浇愁人更愁，午醉过后酒先醒，未却半分一如愁。这份意境，我把他与冯延已的《鹊踏枝》有效地联系了起来：“昨夜笙歌容易散，酒醒添得愁无限。”笙歌散尽，欢宴已昨，年华难觅，惆怅如今谁共我？“临晚镜，伤流景。”在这里的晚，既是时辰向晚，也是张先对人生末路的哀叹。这里的镜，既是他菱花映白发，也作他心境的谐音。他哀叹晚境凄凉，惆怅屡屡，时不待我。

春去春回，隐含了张先对少年风流往事许多的追忆与怅惋，与下笔“往事后期空记省”句相互照应来读，更能加深对这层意思的理解。空，不仅在他的内心，也在他的身体，老来许多的想象都不能身体力行，空有激情，都只能付诸无奈，只能在往事中追寻一份干涩的记忆。

“沙上并禽池上暝，云破月来花弄影。重重帘幕密遮灯，风不定，人初静，明日落红应满径。”

我更喜欢这下片，相对于上片，更见佳境。意韵的空灵，工美，可谓极致。

夜幕渐合，信步闲庭，昏暗的池边沙岸，一对鸳鸯交颈并栖。忽而风起，将重重乌云都吹散，月光融融泻下。月下，花枝在微风中轻轻地摇曳。“云破月来花弄影”，他信手一“弄”，巧妙工致，把花的妩媚，月的娇娆，恰到好处地点染出来。前边是伤春怅春，到此时，一字之弄，全部转换了性情，诸多的旖旎与无限的欣悦尽于此句中展现出来。沈际飞《草堂余正集》有评他的一字之妙：“心与景会，落笔即是，着意即非，故当脍炙。”杨慎《词品》亦有语：“景物如画，画亦不能至此，绝倒绝倒！”而我在此时，面对着他也拊掌一赞：“画龙点睛，莫非如此，绝妙绝妙！”虽不自量力有抬高自我的嫌疑，慨叹之余，也无论他人笑我。马屁如斯，更无论他笑否！

思绪偕他当朱楼画阁。怕风熄了红烛，将帘幕密密地遮拢，却还是挡不住风中那丝丝的寒意。烛光摇曳，歌罄宴罢，夜已深，人初静，我的内心却还不能平静，室外那一片姹紫嫣红，可还明艳许久？怕只怕应了这间意境，因了这些许的春寒，明日残红落遍花间小径！

相对而坐，他自斟半盏杏花村。正可谓，花雕妖冶，映我红颜。白酒离离，忖他眉似雪，发如霜，一个白字正合他模样。

我与他相对，时空跨度千年："子野，人都说你词揽三中：心中事，眼中泪，意中人，故唤你张三中。"

"其实，我更愿意他们呼我张三影。"张先抚弄着他青筋毕露的手，"我最得意《天仙子》中有'云破月来花弄影'，《剪牡丹·舺闻双琵琶》中'柳径无人，坠絮飞无影'，《归朝欢》中'娇柔懒起，帘压残花影'，这三影才是我平生得意所在呢。何为人不冠我张三影？"

于无言一笑中，我们已会意，文史上早冠与他张三影。

放过面前杯中酒不用，他伸手取过我抿过的花雕女儿红，一口咽下。对着杯中残红挂壁，他似有无限的流连。他若有若无地喃喃自语："我还有云破月来花弄影郎中之称，也有桃杏嫁东风郎中之雅号。"我没有打断他，我静静地等待他的下文。我知道，到了他这般年龄，好回忆，喜欢被人倾听，我决心做他忠实的听众，除了对他的一份崇敬，美女心中渐渐地涌起了爱慕英雄的情结。

可惜，他虽才倾天下，却不是个专情的情人，道他滥情当不为过。待字闺中的我，虽懵懂，却也明白，他绝不是个可以托付终身的人。

他为人天性粗放，诗酒终年，崇尚人生及时行乐，善于追逐一夜情。

他是那个年代最花心的词人。他的每个花心故事似乎都伴有诗词串烧的佳话。

张先在玉仙观邂逅美女谢媚卿，两情相悦之际，张先为谢女留下了《谢池春慢·玉仙观道中逢谢媚卿》：

缭墙重院，时闻有、啼莺到。绣被掩余寒，画阁明新晓。朱槛连空阔，飞絮知多少？径莎平，池水渺。日长风静，花影闲相照。

尘香拂马，逢谢女、城南道。秀艳过施粉，多媚生轻笑。斗色鲜衣薄，碾玉双蝉小。欢难偶，春过了。琵琶流怨，都入相思调。

他曾经疯狂地喜欢过一个小尼姑，为此他深夜爬墙与尼姑约会。写有一首《一丛花令》：

伤高怀远几时穷？无物似情浓。离愁正引千丝乱，更东陌、飞絮濛濛。嘶骑渐遥，征尘不断，何处认郎踪！

双鸳池沼水溶溶，南北笑桡通。梯横画阁黄昏后，又还是、斜月帘栊。沉恨细思，不如桃杏，犹解嫁东风。

为捧红一歌女，他甚至挖空心思为喜爱的李师师姑娘创制了新的词牌《师师令》。

在我面前，他毫不隐讳他是最花心的词人，直道他也是最喜欢娶小妾的词人。1070年，在他八十岁的时候，娶了一个十八岁的小妾。他对于自己的艳史从不保密，反用诗词极力铺张渲染他的情史。娶这位爱妾时，他大摆宴席，广邀宾朋。苏轼问其感受，以诗答曰：

我年八十卿十八，卿是红颜我白发。

与卿颠倒本同庚，只隔中间一花甲。

苏轼调笑他，当堂和曰：

十八新娘八十郎，苍苍白发对红妆。
鸳鸯被里成叠夜，一树梨花压海棠。

在场宾客哄堂大笑，跌倒……从此，“一树梨花压海棠”便成了老夫少妻的代名词。

八十五岁高龄时，他又娶一小妾，苏轼得知此事，作《张子野年八十五尚闻买妾述古令作诗》寄与他：

锦里先生自笑狂，莫欺九尺鬓眉苍。
诗人老去莺莺在，公子归来燕燕忙。
柱下相君犹有齿，江南刺史已无肠。
平生谬作安昌客，略遣彭宣到后堂。

苏轼这首诗里两个典故均与张氏有关，以此打趣他。他得此诗后，即和了首回苏轼：“愁似鳏鱼知夜永，懒同蝴蝶为春忙。”意为：妻室已去，夜孤寂难熬，娶妾只合慰寂寥。

夜深更永，月阑酒尽，慢慢地演绎完了自己，这位享年八十九岁、仕至尚书都官郎中的词人张先，这位中国文学史上寿命最长的词人张先，留下他的《张子野词》后，慢慢地隐去了。

静夜清赏，他的作品或是反映男女情感纠葛或是以士大夫的闲适生活描写为主基调，用现在的话来说，小资情调浓郁。

这——深合我心！

潸然看断梨花落

夜深人静，冷雨敲窗，点点滴滴都是夜雨芭蕉的呻吟，听着凄切。我，恰如那无着飘萍，一由波涛汹涌，任凭雨骤风狂。人世苍凉难猜度，伫立薄薄寒，十二栏杆空倚遍，魂里梦中，把远山望断，不见郎君颜。余把悲凉寄彩笺，字字行行都无情。

此情景，怎不叫人愁肠百转，泪透春衫。

是否才女多不甘，是否红颜多寂寞？那份落寞孤寂总如影随形。我以“幽栖居士”自号。莫非真应了幽栖意境？果然要一语成谶？我的世界从此阴冷灰暗！

“春巷夭桃吐绛英，春衣初试薄罗轻。风和烟暖燕巢成。

“小院湘帘闲不卷，曲房朱户闷长扃。恼人光景又清明。”

湘帘不卷，朱户长闭，它锁住了我的人，也困住了我的芳心。外面的世界正千花竞放，姹紫嫣红。春的韵幽，春的丽致都与我无关。人何堪，这份凄清，这份孤寂与落寞？

曾经以为，遇见你是我人生最美丽的邂逅。遇见你的那个多情的季节，总似我多年的梦寐，多少次虚拟地想象与你牵手的百景千情。

“去年元夜时，花市灯如昼。月上柳梢头，人约黄昏后。”

遇见你的那一刻，正是我梦中情景。依着你的呼唤，我轻回头，惊见你锦衣玉带，仪表堂堂，丰逸俊朗。我轻轻地一低头，梨花新雨，不胜妩媚与娇羞。后来你说，你惊艳于我的惊艳，媚惑于我最初那一低头的温柔。于是，我与你，没有父母之命，无需媒妁之言，我被你牵了手。被你柔柔把握的那一刻，我轻轻地颤抖。你能看见我把娇羞与幸福都挂上了眉头，愉悦在了心头。那一夜，月光如水，融融泄泄。你捉住我的手，目光灼灼。临了画楼朱阁，我只如那久旱沐雨的海棠，尽情地绽放我的美丽与芬芳。游龙戏凤，我似弦，君如管，和鸣颤颤。红烛映照，千般景致，万种风情，都在你将我芳腮轻轻一托间。你与我的这萌动于梦中的一场爱恋，在此刻是如此的炽烈，如此的缱绻。柳树梢头那煌煌的一轮明月啊，悄悄地见证了你我的激情与甜蜜，成就我一生难以泯灭的怀恋。

曾经以为会天长地久，总望你，深情似，“片红休扫尽从伊，留待舞人归”。到如今，还终是，鸢去鹰飞，至爱成伤。

“今年元夜时，月与灯依旧。不见去年人，泪湿春衫袖。”

爱是否真的会天长地久?

为什么你去了，从此不见你回头？而今的多情渴盼，终不见只语片言。说什么夜深耕读，道什么名利前途? 郎君啊，你可记那花前月下的朝朝暮暮? 可还记蓬壶良苑帝家宅那摇曳的红烛? 到如今，窈窕红烛已化作滴滴相思泪，苍白了心颜，退却了红妆。纵然沧海横流，也难洗我尘世的点滴悲愁。

对妆镜，怯了心思，瘦了朱颜！君一去，云山万里远。想今后谁将我的沈腰轻揽? 可有时，与君西窗重剪?

鹰当搏击长空，男儿志当高远，本应如此。昨天，我心甘情愿放飞了你，我没有合理的借口将你羁绊。

你去了，你走得有点不舍。

纵是不舍，你终是走了。你不属于我，你属于蓝天，鹰的天地很宽，很广；我，只不过是开放于春天中那妖艳的一朵，我的美丽只在那个季节，只依附于我的土地，我不能与你比翼。

你，还是飞远了。

你松开了我的手，渐走渐远。望着你渐渐模糊的背影，泪水迷蒙了我的视线。此一去，你终不回还！

于是，我的天空不再有你搏击的身影，你的枕畔不闻我幽香如兰。此一去，你再无踪迹。我的爱便定格在了那一夜。我的世界不再有春花秋月，只有泪如雨！

这世界，只留下我的苍白。这尘世对我，没有了意义。我只在你的睛眸里绽放，我只在你的怜爱里灿烂。你走了，于是，我的季节也过了！

悔教夫婿觅封侯，纵悔又如何？我与你无有婚嫁，我们爱时爱得痴狂，你去时去得决绝，从此再无消息。我只有寂寞自守此生，泪飞顿作倾盆雨，濡墨行行都作伤。

“寒食不多时，几日东风恶。无绪倦寻芳，闲却秋千索。

“玉减翠裙交，病怯罗衣薄。不忍卷帘看，寂寞梨花落。”

镜中梨花总带雨，愁减了许多美人韵致。室外春光迷人，一只美丽的蝴蝶翩翩环绕我们曾经的秋千，可是在等待寻觅它的情郎？不见远处只影和，是否它也如了我这般的黯然？那寂寞的秋千仍然在任风轻飘摇。它不载美人穿花飞，不闻那因了你的巧笑嫣然，莺语呢喃。

这里春天已与我无关，已与我无关。再不忍卷起珠帘，看那寂寞的梨花纷纷凋落，动我心颜，撩我潸然！

“斜风细雨作春寒。对尊前，忆前欢，曾把梨花，寂寞泪阑干。

“芳草断烟南浦路，和别泪，看青山。

“昨宵结得梦夤缘。水云间，俏无言，争奈醒来，愁恨又依然。

“展转衾裯空懊恼，天易见，见伊难。”

我沉醉前情已难自拔。遥想月下双影，樽前对饮，琴瑟和鸣。到如今，只有琵琶独抱，对着满地梨花，和泪弹。望断茫茫远山，迢迢绿水，终不见你为我回还。只叫人，泪洗残妆无一半。病愁相仍，剔尽寒灯不成眠。

昨夜梦中，云水之间，与君缱绻。奈何夜残梦断，孤苦如昨，愁恨依然。辗转孤枕，再难成眠，空懊恼。

郎君啊，你去了，终有媒妁之言，父母之命。可是我要嫁的却不是你。

一年三百六十日，风刀霜剑严相逼。已经没有了你，嫁与不嫁皆火坑，我只有独把花锄偷落泪，尊母命嫁与那俗物，已自葬了春心。

身既嫁，心依旧，“独行独坐，独唱独酬还独卧”。我不介意那俗物琵琶别抱，心既死，世间宠辱恩爱当过眼浮云，都与我何干?

林纾英有《烛影摇红》，合我此生因你情苦：

万绪千端，潸然但惹清眠浅。中庭怕负月阑珊，把酒促弦叹。只道芳心黯黯，怅绵绵，恨春苦短。偏无绮梦，与我流连，共谁缱绻?

往事难追，此番思绪同谁转?沈腰临镜更何堪?郎去云山远！若是尘缘未断，应来年，西窗共剪。而今万种，都与相思，随风北雁。

我，朱淑真，果然一生幽栖。多少爱恨情仇，多少悲欢离合都断肠。断肠（诗）集，断肠（词）集，各个是断肠。今日葬花人笑痴，他日葬侬知是谁?今朝花落悲颜色，他日花开复婀娜。朝朝暮暮，恋恋红尘，一霎黄梅细雨，都随风流去！

却只道：“三月香巢已垒成，梁间燕子太无情。明年花发虽可啄，却不道人去梁空巢也倾。”

夜读朱淑真，谙朱淑真情致，感朱淑真情痴，怀其情痛，悲其一生，是为《夜雨听萍》。

宿雨潇潇苦打萍，声声点点要人听。

更深难耐锦衾寂，又剪秋思一夜灯。

——林纾英

多少恨　都分赴清寒

诗人多灵心善感，往往以情累身。又诗以情抒怀为主，故诗人皆深于哀乐。缪钺把深陷哀乐中的诗人分为殊异两种：一为入而能出，一为往而不返。

入而能出者，虽深于哀乐而不滞，善感亦善自遣。往而不返者，沉湎深曲，每日里困守愁城，作茧自缚，黯然至索魂蚀骨，而最终魂飞魄散！

冯小青当属后者，作为诗人，她的悲剧在于入而不能出，执而不知返。

这世界上理想主义者很多，冯小青是诗人，是美女，更是执着的理想主义者。我可怜冯小青，哀叹命运待她的不公，很是为她惋惜，同时对她的执着又有不屑。我在回眸冯小青生平的同时，也稍微地检点了自己。

潘光旦早在1927年，就曾针对中国的家庭问题做过一次问卷调查，结果显示，文化水平越高的，对婚姻的浪漫与激情要求越高。这在调查者看来，“实为一绝不幸之事实”，“唯理想可无，健全之目的则不可无”。

按照潘氏理论，冯小青的悲剧则在于她对生活过于理想化，对浪漫爱情极端的推崇，造成她人格的裂变，以至于自焚于虚妄的自恋中！冯小青在正史上并无记载，只偶尔见诸于文艺作品中。冯小青生于官宦人家，少时家庭条件优越，其父亲曾为广陵太守，可谓位高爵显。小青自小生得聪颖伶俐，貌美仪雅，深得父母宠爱。其母亲是位饱读诗书的大家闺秀，精于笔墨丹青。对于聪慧的小青，母亲寄望颇重，自幼对其言传身教，悉心培育，期她才貌双全，担领一代女史之盛名！

在小青十岁的时候，太守府中来了位化缘尼姑，对小青留下一句话："此女早慧命薄，愿乞做弟子；倘不忍割舍，万勿让她读书识字，也许还可有三十年阳寿！"她的母亲虽然不悦此言，却没有过于在意，此后的日子里，对独女小青依然不遗余力地悉心调教，聪慧的小青不负母望，很快出落成远近闻名的才女，美女。"精涉诸技，妙解音律"，琴棋书画，诗词歌赋无所不能。

可惜好景不长。建文四年，燕王朱棣借"靖难"之名夺了建文帝的皇位，冯小青的父亲作为朝廷重臣，在朱棣攻打南京时，带兵与之对抗。朱棣事成后，冯家被诛九族，小青因为当时正投亲，侥幸躲过诛杀，事后随远房亲戚杨夫人流落到了杭州。

在杭州，风姿绰约，才艺超绝的小青邂逅了富家公子冯通，儒雅风流的冯生颇会讨人欢心，一来二去，两人感情渐笃，只是冯生彼时已有家室。

志趣高洁，怀瑾握瑜的冯小青，对与人做小，自然心有不甘，只是此时已非彼时，生活无着，孤苦伶仃无依无靠的小青，难以计较太多，她无奈地接受了事与愿违的现实，降身屈嫁冯通为妾！

走进了冯家大门，小青的人生就迈向了末路。十岁那年僧尼一语谶言，在婚后短短的两年里果然应验。

小青的风情万种在婚后岁月里只被赋予了花落水流红，闲愁万种的悲剧韵味，其诗词作品流露出的是无限的心伤与绝望，渲染的氛围也全是清冷、幽寂，使人凄然酸楚，令人无限惋惜与慨叹！

夜雨滴空阶，秋风肃杀之季，我在昏灯下再一次走近冯小青，内心因她而憔悴，因她而不甘。我以一曲《蝶恋花》，随她自怨自艾，自怜自叹：

瘦骨伶伶常作幻。引得梦回，引得芳心乱。不欲断桥桥已断，望穿秋水岂无怨。

世道从今须泪看。负了卿卿，负了相思愿。天若有情天亦黯，青魂一缕青烟散。

——林纾英《蝶恋花·冯小青》

我所说的“常作幻”，是指小青影恋之事。

婚姻初结，小青以才能随变酬答，悉出意表，因貌素娴仪则，而风期异艳，绰约自好，举止言行尽得风流态，使冯通深深地迷恋，日甚一日。这样自然为小青横刀夺爱而日受丈夫冷落的正室崔氏所不容。此后，她施尽手段，对小青百般凌辱，肆意刁难，磨缠。冯生生就懦弱，又悸于崔氏家门势力，对崔氏加于小青的种种手段，冯生不敢违意地说出半个不字，他不忍看崔氏对小青任意施威做横，虽心有诸多不甘，却无奈默然。此后，行止受限的冯生也很少再走近小青，即便偶尔有行，也背着崔氏，偷偷摸摸，不敢明目张胆与其言欢。

面对这样的生活，小青很无奈，苦闷。本就心地孤高的小青，每日枯灯孤坐，愁心欲碎。在百无聊赖中，她把情感转移到汤显祖的《牡丹亭》剧本中，并随剧情时喜时嗔，或啼或笑，对其荒谬的还魂情节深信不疑：“魂还非谬，词传可久，若不信拔地能生，可听说和天都瘦?”

她对杜丽娘还魂重生悠然心感而神往，对自己的处境愈发感叹：“天哪，若都许死后自寻佳偶，岂惜留薄命，活做羁囚?”

沉湎日深，最终致使她把身心彻底地嵌入了戏中，自觉地做了书中那些悲剧女性角色，与其哀怨怜叹，随喜随悲。

冷雨幽窗不可听，挑灯闲看《牡丹亭》。
人间亦有痴如我，岂独伤心是小青。

——《无题》（明）冯小青

雪意阁云云不流，旧云正压新云头；
来颠颠笔落窗外，松岚秀处当我楼。
垂帘只愁好景少，卷帘又怕风缭绕。
帘卷帘垂底事难，不情不绪谁能晓！
炉烟渐瘦剪声小，又是孤鸿唳悄悄！

——《古诗》（明）冯小青

大妇崔氏为了彻底断绝小青与冯生的恩义，将小青送到西湖湖心孤山的一座别墅中，相伴她的只一年老女仆，再无人踪。在孤山，虽然供应不缺，她却与外界完全失去了联系，实际上她被变相囚禁在了西湖孤岛上！

复杂难鸣之心思久久地缠绕，深怨沉忧，犹春蚕作茧，愈缚愈牢，牢不可脱。小青的性格变得日渐孤僻，做出的举动也超乎了常人。每日里，她将自己精心地梳洗打扮，潸潸地来到湖边，面对着清澈的湖水痴痴地，久久地发呆，并郁郁自语。

她是在望着一个人，她的影子，湖水中那个娇弱纤细、清瘦轻盈，楚楚动人美丽出尘的小青。愈望愈久，愈望愈怨，愈望愈忧戚，怨切怅触，相视相怜，相对泪落。

新妆竟与画图争，知在昭阳第几名。
瘦影自临春水照，卿须怜我我怜卿。

——《绝句·二》（明）冯小青

小青住所不远处就是宋代处士林和靖曾经隐居之所。那里，有他植下的大片梅林。眼前已不是梅花季节，居士也随时空远散，目之所及，已物是人非。念及双亲逝去，夫妻恩情不再，自己被软禁于西湖孤岛，情景几为阶下囚。触及前般，唤动小青许多情肠，自慨自怨：

春衫血泪点轻纱，吹入林逋处士家。
岭上梅花三百树，一时应变杜鹃花。

——《绝句·一》（明）冯小青

乡心不畏两峰高，昨夜慈亲入梦遥。
见说浙江潮有信，浙潮争似广陵潮。

——《绝句·六》（明）冯小青

恩情难觅，杜鹃啼血，正是我这般的伤心劳神。

孤灯照壁，冷雨正声声，点点滴滴敲打着古旧的窗棂，如同敲打着我一颗孤寂破碎的心。

浙潮，你如何这般吝啬，恁地无信？为什么不带来我的双亲，让慈恩走入我的梦境，哪怕是只给我片刻虚妄里的温存？不见慈亲入梦遥，凄凄怨慕难抑难消。

百结回肠写泪痕，重来惟有旧朱门。
夕阳一片桃花影，知是亭亭倩女魂。

——《寄杨夫人诗》（明）冯小青

要眇宜修，至深感怆，婉曲的心思，倩倩幽魂。读来不由人心恻然，凄然。

孤山上，形影相吊，郁郁寡欢的小青，终以愁致病。她拒绝请医为其延治，随着病情的加重，小青的心越来越坦然，越从容。

稽首慈云大士前，莫生西土莫生天。

愿将一滴杨枝水，洒作人间并蒂莲。

——《绝句·七》（明）冯小青

她在期待着死亡的来临，她希望以此世肉体的寂灭来换取重生的美丽，换取来世精神的解放和追求爱情的自由。

小青于此时此际终于领悟了十岁那年僧尼于她“寿不过三十”一语。她预感到了自己留在世上的时间不会太久，遣仆重金延请画师为自己作了一幅画像，画中的她姿容绝世，波光欲转，妆以淡艳，人带憨态。不烦鸾镜暗窥，恍若蝶魂去来，惹她无尽的爱恋。

这世上已无她怜与怜她之人，亦无恋她与她恋之人事。她只有自己怜自己，恋自己，痴痴地！

她患了自恋症，她恋上水中自己的影子，恋上凄迷婉曲的画中人。白天，她坚持着去湖边面对水中那袅袅的倩影，夜里则与画像中婉弱的小青凄凄泪眼相看：“一个是画儿中的宠爱，一个是影儿里的情郎。”

小青，小青！你枉自斗文人翰墨场，怎不变男儿推辞赋？一般的才高也惹苏公谤，命短还同颜子殇。小青，小青！你如今倒得清脱了，可好配香妃江水香，还要笑明妃胡地葬。

素弦声断，娉婷猝萎，在小青十八岁的花季。

地饮憾，天泪垂，西湖汪汪潮恨水，漫天残红都分赴与清寒！

无穷幽怨类啼鹃。总教多血泪，亦徒然。枝分连理绝姻缘。独窥天上月、几回圆？

素弦声了韵未歇，时空划断了一切，小青的婉约柔美却依然留驻，她给世人的怅与伤依然留在，她的幽婉依然在空际盘旋。朦胧的西湖秋水，永远怀着她的芳菲凄恻，在低沉的阴霾中去谛听她最后的怅惋：

文姬远嫁昭君塞，
小青又续风流债。
也亏一阵黑罡风，
火轮下，抽身快，
单单零零清凉界。
原不是鸳鸯一派，
休猜做相思一概。
自思自解自商量，
心可在，魂可在，
着衫又捻双裙带。

——《天仙子》（明）冯小青

壮哉："宁作霜中兰，不作风中絮。"你总知，不肯弯，则只有折！

火轮下，抽身快，不与斯世为伍，你毅然干干净净，单单零零地赴了清凉界！

呜呼哀哉，小青，盖女子之壮美，极女子之悲哀，难言难表！

湖山此地曾埋玉，花月其人可铸金。今夜昏灯下，走不出小青的我，伏案一曲，隔世知音，与青应和，慰青诗魂：

款曲就心灯，泪湿恨不鸣。
自伤孤月影，更恸九天情。
揽镜怜娇媚，临阶怅落英。
从今宁玉碎，秋语作蝉声。

春不见，幽恨莫重提

久违了的一场春雨，在期期艾艾中到来。它的淅淅沥沥，绵绵软软，使原本春暖花开的季节，突然间又冷了下来。

举着一把西湖阳伞，我漫步在凄冷的城市街头。透过蒙蒙的雨雾，看城市中缩紧了肩头匆匆行走的过客，看斜风细雨中路旁娇弱的梨花，被柔软冰冷的雨滴纠缠。

此刻，我不知道我是在觅春，还是要循着这词韵，去迎合遗落于江南的那一份凄婉？

雨声与心声交融着，已分辨不出现实与久远。梨花带雨，此时刻，给了我许多莫名的伤感。昨日的妖艳，在雨后的明天不知道还能够保留住几分？

雨中传来几声清晰凄厉的鸦啼。抬头，透过伞的边缘，我欲寻找那啼声来处，却始终不见目标，眼前呈现的依然是这风雨飘摇的混沌世界。

在这样的雨中，在这一时刻，不知道谁人可如我这般，带着闲心去寻觅那无聊的啼鸦？看不见啼鸦，唯见城市那蓝灰色古旧建筑，在雨的滴沥下，浮尘落尽，益加透出了令人压抑的厚重与苍凉。

这场缠绵的春雨纠缠了我的思绪。隐约中，我听见了冷雨中梨花轻轻啜泣的声音。孤立于花下，点点花瓣雨敲打着我的伞，滴滴答答，亦如啼泪，嘤嘤有声。

这阴沉低压的天气，这蓝灰古旧的迫促，使我透不过气来。

这样的风景我不愿意欣赏，就如昨夜读贺双卿的词。喜欢婉约，但从贺词中读来的又哪里是简单的婉约？那分明是凄切，凄楚，凄绝。她文字里遭遇的那份境况，实在使人不堪重负，致使我始终都不能把自己从中解脱出来。

我无目的地行走着，傻傻地行走在这城市的雨中。傻傻地在这样的天气里，把自己置身于这样的愁苦与凄清，是为了摆脱，抑或是重温？我不得而知。而这春雨的冷，却使我不堪忍受。那雨斜扫着我的脸，我擎伞的手，我的身。我的衣裤尽湿，我的手脚已失却了温度。我轻轻战栗着，僵冷的周身有些麻木，却无意回头。

麻木了肢体，却清晰了思想。我把一颗痴迷的灵魂在此刻，在这样的雨中痴痴地伴你同行！

烟雨朦胧中，婷婷袅袅的你，已化作了我的前世今生。我与你同在这风雨飘摇的世界里负重前行。

为什么要不甘？为什么要才貌双全？才貌双全不是错，错在你不该赴这趟红尘，这本不是你纯粹的栖身之所。这红尘只送了你一程苦旅，你被捶打得体无完肤，你终是体无完肤地回去。你走得凄清，走得冰冷，这红尘只许你：

> 空袖惹啼痕，凄凄泪沾衣！
>
> 春不见，寻遍野桥西。染梦淡红欺粉蝶，锁愁浓绿骗黄鹂。幽恨莫重提。
>
> ——贺双卿《望江南》

恨什么？惜什么？你在期许着什么？曾经绽放过的那夺目灿烂，那瞬间的美丽，那万般轻逸，到如今，只得任风吹雨打，都作了尘泥。

云，聚散无常，雨，阴冷缠绵。心，陷入了这时空的黑暗，沉沉无法打捞。

我轻轻地伸手于伞外，接住了几枚带雨凋零的梨花。只是那花瓣已不再完整，因了雨的敲打，它已残破了边缘。

低压的空间冰结了我的心情，我脸上流下来的已分不清是雨水与泪水。泪雨助心雨，依着你的愁病，我填就了一首《太常引》——怅双卿：

依依秋恨许孤萧，暮雨过廊桥。常恨水东迢。叹花落，朝情暮夭。

可怜奴意，难达霄碧，任意怅红凋。只枕共寒宵，难耐这风寒月寥。

透过了我的词韵，透过了泪眼蒙眬，那久远的画面格外清晰地呈现于我的面前。

我看见此时的你，瘦小娇弱的身躯正肩着沉重的负担。理家务，事田亩，不得半分休闲，却总被他们无端地挑剔，苛责，鞭笞。病、累、愁无时不困扰着你。

孤夜里，凄清处，卧听寒窗外，秋雨正声声，点点滴滴，敲破了那凄冷残更。你独自面对那一盏飘摇不定的残灯，看滴滴烛泪和着涟涟人泪，同伤此生之孤寂，岑冷。

哎！究竟不明这灯灭几时，花落何其，人在朝夕？

已暗忘吹，欲明谁剔？向侬无焰如萤。听土阶寒雨，滴破三更。独自恹恹耿耿，难断处、也忒多情。香膏尽，芳心未冷，且伴双卿。

星星，渐微不动，还望你淹煎，有个花生！胜野塘风乱，摇曳渔灯。辛苦秋蛾散后，人已病，病减何曾？相看久，朦胧成睡，睡去空惊。

——《凤凰台上忆吹箫　残灯》（清）贺双卿

一笺清词，几分悲凉，寄寓了你多少的愁苦。此一生，怎使你坦然面对?

寒塘侧，孤雁声声凄切，也不知它为谁所伤？抑或是失了家园，也如我这般明珠暗投，误宿了平田?

双卿哀孤雁，谁可怜双卿?

断肠最是娉婷意，二十余叠恨难描，问天都不应！惟有那半笺清词可托我情，寄我意，共卿残生！

风在吹，雨在下，重重盘亘的恨绪消匿了落花的香韵，落花流水终至两无痕迹。

万丈红尘，冰冷隔膜了温暖，残缺了你的美丽。你只管如流星般璀璨夺目，却最终逃不脱瞬间陨落的悲剧。

那雨越下越大，你的身影却越来越清晰，你的故事整个冰冷了我的身心。心里有许多的怨与你共同演绎，有许多的无奈，许多的不甘在此时刻与你一起挣扎。

今年高（膏）雨断秋云，为补新租又典裙。留得护郎轻絮暖，妾心如蜜敢嫌君。

细纫麻绳（鞋）线几重，采樵明日上西峰。乍寒一夜风偏急，莫向郎吹尽向侬。

——《病后两首》（清）贺双卿

从这两首诗里，我看到了你的贤惠与多情。我不明白，你究竟有何错失，要招他们动辄棍棒相向，拳脚相加?

是封建礼教扼杀了年轻的你。你宁愿被那悍夫折磨以死，也不愿接住史震林向你伸出的手。你一句“此生不愿识书生面矣！”断然拒绝了他的援救。你的理由是："田舍郎虽俗，乃能婉转相怜，何忍弃之。"那粗鄙的田舍郎果真能婉转惜你吗？生活于冰窟中的你为什么要自欺欺人？为什么你不肯自救与被救？

贺双卿，我哀你之不幸，怒你之不争！

那姻缘不似你曾经梦中的恩爱，那周家不是你曾经冥想的幸福殿堂。而你却甘愿沉沦此间潦草了你如花的生命；你甘于埋没了那份绝世雄才，却留与了世人诸多的心酸、遗憾与悲叹。

那周家只是埋葬情感的沙漠，那里没有一丝的阳光可供你温暖，那里有的只是无知的狂妄。他们为了禁锢你的思想，你的书与纸被撕毁，笔被折断丢弃，诗稿被他们填进了灶膛，他们总企图用种种卑辣手段折断你白天鹅美丽的翅膀，迫使你低下高傲的头颅。

在他们疯狂的虐杀下，你终于如他们所愿，在那一刻，永远地低下了你高傲的头颅，二十三岁的花魂与诗魂一并归依了天堂。

待书生归来，尘世中已不复你如花容颜，那倾国之才亦随风渺散，可怜那一抔净土将你的万般风流都掩留。

你留与书生一笺词稿，书生因之识了你。你是一个渴望温情、渴望爱情的真女人，只是那千年封建礼教的枷锁已牢牢桎梏了你的心。你虽把那渴望，把那爱恋深深地沉埋，决定从礼仪，尊妇德，而内心却早已种下了书生的影子，再难泯灭。你告书生，忘掉天涯那憔悴人吧，来世情缘未可期，此生即作人妇，情分便休！

"终日思君泪空流，长安日远，一夜梦魂几度游。"（《赠史震林》）

读遗篇，不由得令须眉男儿垂泪扼腕，仰天浩叹：此间世"才与貌至双卿而绝，贫与病至双卿而绝！"

浊世狰狞碎红袖，万般风流而今都作了空。恨深深，怅绵绵，只因卿种！

贺双卿，你不眠了我的昨夜，你纠缠了我的今天。凄风苦雨中，我悲你短短的一生，怅你愁苦的纠缠，把娉婷摇曳的你，都化作了我笔下的《苦莲》，祭你长眠：

卿本塘中一苦莲，无端招惹在人前。
秋风冷落红妆瘦，幽月空辉冰骨悬。
杜宇声悲残翠色，羌笛呜咽怆孤弦。
断肠最是敲萍雨，点点凝愁索病年。

算春头春尾，也难算春梦春醒。甚春魔，做一场春梦，春误双卿！

附注：

贺双卿，字秋碧，生于公元1713年，江苏金坛人氏。工于诗词，被誉为清代李清照。十八岁丧父，被其叔叔以三担谷子的聘礼嫁与绡山樵夫周大旺。在夫家双卿受尽凌辱与折磨，于公元1736年病亡。留存世上有其诗词作品《雪压轩词》或《雪压轩集》。

史震林，字公度，雍正十三年举人，江苏金坛人氏。在绡山耦耕书院读书时偶然与双卿相识，并诗词交游。双卿病亡后，史震林收集整理双卿生前手稿及生平材料，著有《西青散记》一书，真实地记录了贺双卿这位绝代佳人的才高、色美、情幽、境苦、德贞以及她凄惨悲凉的命运，从而使这位清代杰出女词人的生平事迹和诗词佳作长留人间。

宁负如来不负卿

这一日，我站在纳木错湖畔，不为凭吊，只为仰望你的大成。这一月，我轻吟你的诗词，不为平仄，只为重温你的圆满。这一年，我走过了你曾经的路径，不为葱郁，只为丈量你生命的精彩。这一刻，我敲打着心灵，不为取舍，只为刻录下你佛前爱的箴言。

转山转水转佛塔，转过尘世间万水千山，我转到你曾经入主的布达拉宫前。在历代达赖灵塔中我苦苦寻觅，不见你留迹于此的纤毫印记。

他们能够抹杀你的肉体凡胎，抹去你在布达拉宫行走过的痕迹，却磨灭不了你永远的精神，抹杀不了你在我心中的鲜活，更抹杀不了藏民世代儿孙对你的顶礼膜拜。他们爱戴着你，你是矗立在国人心中一座永远不灭的丰碑。

此刻，我以平静的表情轻轻敲击着键盘，内心却波翻浪涌，一任思绪驱策我灵动的指尖，拟一首《蝶恋花》，我把你的精彩重现，与你一道把情路辗转：

善慧梵音说定数。修得轮回，可可与卿缚。欲将佛前云雨住，奈何情业冠心路。

半卷经书犹未悟。一蹙黛眉，蹙到佛心处。万法难堪红粉误，慈航普度度情绪。

一、梵音难关我多情

公元1683年，清康熙二十二年，仓央嘉措，中国历史上最有名的情僧，在藏南门隅纳拉山下宇松地区的一个农家出生了。三岁的时候，他被藏王第巴桑结嘉措选定为五世达赖喇嘛转世灵童。当时，出于政治斗争的需要，为了专权，第巴对选灵童的事秘而不宣，甚至五世达赖圆寂的消息也向清廷隐瞒不报。直到1696年，康熙在御驾亲征，平定准噶尔叛乱时才得知这消息。摄于清廷威力，至此，第巴才不得不将达赖五世圆寂及选定灵童一事上报朝廷。1697年9月，十四岁的仓央嘉措入主布达拉宫，成为六世达赖喇嘛，成为了当时最大的教派黄教教主，也成为教派名义上的精神领袖。

此时坐床，与其他四五岁甚至更小年龄坐床的达赖不同的是，十四岁的仓央嘉措，人生观、人性到此时已经基本定型。我们知道，在这个阶段，若要改变一个人根深蒂固的传统是非观念是一件很不容易的事，对仓央嘉措犹然。

这，也成为他以后人生悲剧的必然。

仓央嘉措出生之地属于红教教区，红教信奉的是至高无上的婚姻与爱情。仓央嘉措自少对美好婚姻与爱情的耳濡目染，使他幼小的心中早早地埋下了爱情的种子。随着年龄的增长，那神秘而美好的爱情就像古老的大魔咒，紧紧地攥住了他年轻的心，以不可遏止之势迅速生长，直至根深叶茂。

他的爱情就如青藏高原湛蓝天空上那朵朵白云，自由翱翔，灿烂而美丽。

在布达拉宫，他的身份是黄教教主。黄教是一个严格限制结婚和情欲的藏传佛教。黄教倡导的宗旨与他此前的人生观、价值观是截然不同的，与他自幼建立起来的根深蒂固的爱情观格格不入。这对他来说无疑是一件非常痛苦的事情，这样就势必使他从内心深处抵触着黄教。由此一来，他与藏传佛教之间的矛盾冲突日益显现出来。并随着时间的推移，不断地加深，升级，直至他痛心疾首。

在布达拉宫，在几乎与世隔绝的环境下，仓央嘉措在第巴桑结嘉措和诸位上师的严格监督下修研着枯燥的佛法。黄教刻板的教规，教主的正位角色与他自然本性的矛盾冲突，使他终日苦不堪言，难以忍受。

尽管他没有办法选择自己的身份，他却有权利主导自己的内心。

曾经的那份刻骨铭心的爱，如今少年的倔强与任性，屡屡使他做出违背教义教规的事情。在布达拉宫内，人们常常会见到他弃去黄袍袈裟，着锦缎便装在内苑行走。他也常常手戴戒指，头蓄长发，游走在布达拉宫外美妙的凡尘世界。

百步穿杨一箭横，忆得陌上逢卿卿。
一自识得春风面，梦魂常逐罗裙行。

——《七绝》（清）仓央嘉措

他身在禁宫，他的心却在凡间，爱许红颜。他流连歌舞酒肆，乐而忘返。

住进布达拉宫里，
我是雪域最大的王；
流浪在拉萨街头，
我是世间最美的情郎。

他喜爱诗词，他用诗词表达心情，记录喜怒哀乐，也记录自己的放荡不羁。正因他印在人们眼里的所作所为，他记录在纸上的诗词，在那个政局动荡的年代里，给他的政敌留下了攻击他的口实。在后来他被废黜时，果然在对他织就的罪名里就见到了此两条。

他对此不在意，更不畏惧。他把一颗坦荡磊落的魂，加以剔透的心，讴歌爱情，因而使他的诗句绽射出露珠般美丽迷人的光晕。

也只有赤子豪情，才能毫无芥蒂地显现人性的本真与美丽。即使佛家所戒，也为爱戴他的人更爱戴他。

仓央嘉措本性是活跃的，他的心灵动而跳脱。他不喜欢那些枯燥的佛法，静默修习对他来说是一件很头疼的事。“案上长条经书，耳边经师教导，经堂幽暗沉寂”。

从他自传一段话里对此情景可见一斑：“那时我正年少，少不更事，讲法时常常坐不住，走来走去，不合听经之规矩。每当这时候，我那皤发皓首的经师总是站起来规劝道：‘您圣明！劳驾！请别这样，请坐下来好好听。如果尊者您不听的话，第巴就会责骂我了。’每当他这样双手合十，规劝我的时候，我也就乖乖地坐下来。师傅坐到我面前，继续讲解未完的功课。”

他的教师第巴桑结嘉措在对他百般劝导无效后，不得不向五世班禅求助：“仓央嘉措对佛教的学习不甚用功，我亦间向达赖喇嘛一再规劝，但未蒙采纳。希望五世班禅以师傅的身份，多多去信指教。”

他也不喜欢与僧众辩论经典，对与班禅额尔德尼会晤一事，虽然勉强表示同意，却坚拒受比丘戒。

曾为少年仓央嘉措落发受戒的五世班禅大师，针对五年后为仓央嘉措受比丘戒的情景，在自传中写道：“班禅大师祈求劝导良久，仓央嘉措沉默以对良久，然后毅然站起身来，夺门而去。他双膝下跪在日光大殿外，给大师磕了三个头，反反复复只说一句话'违背上师之命，实在感愧'，念念叨叨黯然而去。"

在此后的许多天里，对受戒一事，虽经反复工作，仓央嘉措仍然拒受比丘戒，并反复要求大师收回此前所授的出家戒和沙弥戒。

二、宁负如来不负卿

虽然没有接受比丘戒，仓央嘉措却明白自己的职责与道义。为此，他曾陷入深深的矛盾中。我们从他的诗里能够看出，他曾经在放任感情，追逐爱情，或坚守道行，以身事佛这件事上，很费过一番踌躇：

欲倚绿窗伴卿卿，
颇悔今生误道行。
有心持钵丛林去，
又负美人一片情。

——《七绝》（清）仓央嘉措

是修缥缈的来世，还是遵从内心的召唤，回应美好的爱情？仓央嘉措经过苦苦挣扎，最终还是顺从了人性的自然，顺从了内心的声音，两难之间他选择爱情。

仓央嘉措在出家之前，曾经有一个青梅竹马的恋人名叫玛吉阿米。在家乡的岁月里，他与美丽的情人玛吉阿米朝夕相处，共歌同牧，日子过得非常快乐。当得知自己就要进入布达拉宫，就要与心爱的姑娘分别时，他的内心是那么的忧伤：

恋人美丽俊俏，更加情意绵绵。

如今要进山修法，行期延了又延。

当曾经为他受戒的五世班禅大师要再次为他授比丘戒时，想到如若受戒，从此后将与心爱的姑娘再不能相见，他悲起心底，泪流满面，继而用坚定的语气答道：“若是不能交回以前所受出家戒及沙弥戒，我将面向扎什伦布寺而自杀。”“二者当中，请择其一！”

只缘于他的坚持，也由于他是布达拉宫最大的王，没人能够强制他，受戒之事因之被搁置了下来！

藏传佛教有着比汉家佛教更多的清规戒律，但那些清规戒律对他而言却始终是形同虚设。佛家戒律虽严苛，却无奈他那颗向往爱情奔放的心。他常常乔装打扮，夜里外出与心爱的姑娘约会。那些美妙的爱情经历，使他在此期间产生了大量讴歌爱情的诗篇：

那一日
我闭目在经殿的香雾中，
蓦然听见你诵经的真言。

那一月
我摇动所有的经筒，
不为超度只为触摸你的指尖。

那一年
我磕长头匍匐在山路，
不为觐见只为贴着你的温暖。

那一世
我转山转水转佛塔，
不为修来世只为途中与你相见。

……

那一刻
我升起风马，
不为祈福只为守候你的到来。

对于这首诗，《中国青年报》在2011年1月18日第9版刊发了记者王晶晶《谁在误读仓央嘉措》一文，文中说，这首被世人用心传唱的《那一日》并非出自仓央嘉措本人之手。

诗的是与非，真与假，我不想计较，我在意的只是他情的真与炽。即便如王晶晶所说，我也愿意相信，他们能够心甘情愿地把这首诗假于他的名下，说明世人对他服从于人性，执着于爱情坚定信念的普遍接受并发自内心的赞赏。

爱情中的人是没有理智的，对我们的活佛来说亦然。我们从他诸多讴歌爱情的诗里，也能看到另一面的仓央嘉措，那就是他言行的恣意与不羁：

锦被里温香软玉，情人儿柔情蜜意。
莫不是巧使机关，想骗取少年的情意。

拂面好风故园来，此情与卿两无猜。
珍重青梅竹马意，暗香袅袅入襟怀。

因为他是情僧，他是情圣。他的内心使他无从选择，他以不羁的言行，明白无误地背叛了藏传佛教。他明知道离经叛道是一种极大的风险，却也甘冒天下之大不韪，去与心爱的姑娘相会，去实践他心中爱情的神圣：

恰恰娇莺不住啼，杨柳枝上说相思。
忍得棍棒劈头打，誓与卿卿不分离。

魔龙身后舞狰狞，不辞凶险一意行。
若向帐底偿夙愿，抛得性命到卿卿。

他的无畏无惧，他对佛教教规这种彻底的背离终于还是酿成了他人生的悲剧。

他在一个雪夜里与情人幽会，到黎明时分，当好奇的人们循着他在雪野里印下的清晰足迹，一直走到姑娘寄身的小木屋时，一切真相都大白于天下。

他印在雪地上的足迹清晰而坚定有力。他以一个坦然而昂扬的姿态向世人昭示了他的离经叛道，他的无畏无惧！

他们为了断绝他的俗念，把他严密地监管起来，并在一个深夜里把他的情人秘密处死。

他眼睁睁地任他们夺去他心爱人青葱的生命，看着她红颜旋成枯骨，却无能为力。他无力与强大的宗教势力相对抗，只能“君王掩面救不得，回看血泪相和流”。

一自魂消那壁厢，至今寤寐不断忘。
当时交臂还相失，此后思君空断肠。

曾悲失路在河洲，喜逢渔家一叶舟。
香魂飘渺人去矣，凭谁销我万古愁？

死去的人再也无缘相见，美丽而多情姑娘的香魂已随风远逝，从此我与她阴阳永隔，相会只能在来世，只有在魂梦中。从此后，谁能知我情，解我意，与我同销这万古愁恨？

幼年结识的心上人儿
她的福幡插在柳树旁
看守柳树的阿哥
请别拿石头打它

悲愤欲绝的仓央嘉措，为追念心爱的姑娘，他拿起笔，为她写下很多凄美绝伦的爱情诗篇。

除了悼亡诗，另一方面，他也产生了大量讴歌生活、赞美爱情、不畏强暴的诗篇。他直接用诗来表达他追求理想与爱情坚定不移的信念，表达他对政治束缚和宗教戒律的抗议和强烈的不满：

背后有毒龙虽狠，
没有什么可怕；
前面香甜的苹果，
一定要摘到它。

作为最高精神领袖的仓央嘉措，没有了爱情的滋润，生活就如枯木一般了无生机。他的心也如枯竭的河床，层层皴裂，渗出涔涔血迹。从他的诗里我们常常能见到他内心的那份无奈与痛楚：

我修习的喇嘛的脸面，
不能在心中显现，
我没修的情人的容颜，
却在心中明朗地映见。

想她想的放不下，
如果这样去修法。

在今生此世，
就会成个佛啦。

三、梵行圆满青海湖

仓央嘉措的这种放浪形骸是佛门清规戒律所绝对不允许的。他们试图说服教育他，多次无效后，仓央嘉措在二十二岁那年，以“耽于酒色，不守清规”的罪名被康熙帝废位，随后被“执献京师”。

据说，仓央嘉措入京途中在青海湖畔不知所踪。历史有几种说法。一说他夜遁，从此周游印度、尼泊尔等地；一说他被处死；另有说法是他投湖自尽。

我倒是宁愿相信后一种说法，我宁愿他是自己走向美丽而多情的青海湖。那是我希望他最圆满的结局。因为只有青海湖的清澈，才堪配容纳我们高洁的六世达赖活佛。他走向了她，他洁净的肉身才不会被肢解，他碧透的灵魂才不会被肮脏的尘世所玷污。

走向了青海湖，他就走向了圆满！

四、缘情青海湖

自恐多情损梵行，
入山又怕误倾城。
世间安得双全法，
不负如来不负卿。

世间既无双全法，你宁负如来不负卿！

我赞美你，仓央嘉措。你是真性男人，你是我心目中最完美的情人，是人世间最美丽而多情的情郎。

你留下的诗，如缕缕清风，使青海湖也泛起春心，多情而温润，波光粼粼。她也轻轻地扰动了我柔软的心，在我内心深处中漾起层层美丽而婉约的涟漪。

“高贵的终归衰微，聚集的终于离分，积攒的终会枯竭，今日果然！”

而今，当我伫立于美丽的青海湖畔，我依稀看到了襟袖飘飘的仓央嘉措正从渺渺的烟水间缓缓地走来。年轻的他，正脚步沉静地缓行于青海湖波心之间。直视间，我在他的脸上没有看到一丝的凄惶与茫然，有的是他对自己无怨无悔追求的那种刚毅与坦然。他表情沉缓地走过青海湖心，走过二十三岁美丽的人生岁月，走过三世，走到了永远。

是的，既然这肮脏的尘世容不下诗文美丽，人生多情的仓央嘉措，那就让胸怀博大的青海湖来收留，来包容你的高洁美丽吧。你在布达拉宫是人间法王，在青海湖龙宫你也一定是水族龙王！

青海湖，你应该骄傲，你应该为拥有我们神圣的情僧而自豪！因为在与人间，与佛祖的这场争斗中，你是最终胜利者，他终于彻底地属于了你！

在布达拉宫没有仓央嘉措的灵塔，不是布达拉宫拒绝了他，仓央嘉措不属于菩萨，不属于尘世，不属于凡间任何人，他只属于你。只有干净如你，清碧如你——青海湖，才配他入主！

人生自本多情，活佛亦本人生，何必无情！

仓央嘉措，我愿以一颗无尘的心来留住你永远的佛颜、你的多情。你是我的至爱，仓央嘉措。我爱你诗意而多情的人生！

斯世既然无法牵手，我以诗文与你共同演绎这人生的自本多情：

凭谁勘破，佛前都道因果。任得婆娑，遍觅无个。怀落寞，移向菩提坐。心无荷。莫痴痴枷锁。

此情可可，去留无计困惑。浪行无那，只道姻缘左。也为前尘诺。休诟我，皆以卿袅娜。

万叶千声皆是恨

走进欧阳修的情感世界，我很难把这样的生硬评价，与他的性格联系在一起：北宋时期著名的政治家、文学家、史学家和诗人……

然而，事实却正是如此。也许，人本身就有多重性，欧阳修也不例外。

无情未必真豪杰，亦未必真文人。因为风花雪月本身就有消解一切生硬的真力；一场轰轰烈烈的爱情，使他超旷之外又添了许多的沉挚，雄俊卓砾与悱恻善怀成就了他非凡的人生境界。

文道从容宽厚、真率自然，诗风一贯沉郁顿挫，笔墨淋漓的欧阳修，在经历了一场风花雪月的爱情后，在经历了玉楼一夜耕云雨，回首来春已无春的故事后，也难免儿女情长。他阔远的士子襟怀，只充溢了无限的惆怅与哀婉，那几十首《玉楼春》，情韵尽皆妍美幽约，哀感顽艳。这或许是他要留给心灵的一个证明，也似乎只有这样，才能表达他那隐忍的铁血柔肠。他字里行间充溢的多是“离恨”“魂消”“愁”“苦”“离别”“归期”等情绪，其情景也多为“宵”“月”“玉勾帘”下等，几可谓曲曲怅，字字愁！正所谓：

撩乱春愁如柳絮，依依梦里无寻处！

欧阳修的玉楼春故事发生在洛阳城一歌楼里。那一刻，他与她不期而遇，仿佛是已经期待了千年，在目光相接的一瞬，仿佛他们已是旧知，被他炽热目光牵引，她走到了他的身边，走进了他的内心，成就了他词意的凄婉缠绵。

这一刻，手里挽着他的词，怅立于月下，我把爱的春念定格在千年之前。

耳边传来静夜里虫豸的低吟浅唱，目及处，窗外的一轮明月正凉，手中玉壶温酒渐渐地冷透，心里因她而蔓延着无边的忧伤！

记起了你的故事。

又想起了韦庄的《思帝乡》:

春日游，杏花吹满头。陌上谁家年少足风流。

妾拟将身嫁与一生休。纵被无情弃，不能羞！

此刻，我用我的绵密解读你遥远的情与绪。于是便牵连了那个行走在诗境里瘦硬冷寂的背影。

一、百年心事一宵同

爱情初起时，我也如韦庄这般，希望能与你天长地久。

明明知道这是没有结局的奢望，却总不甘心就这样明白地放手，宁愿拼尽余生，去兑现这片刻美好，分秒的爱欢。从不相信承诺，从不期待誓言，不计较后果，我甘愿沉沦于眼前，把我年少的轻狂与精彩，盎然践赴你张扬的怀抱，无论地狱与天堂。

有你的那一夜，月正阑，红烛明暗，光色下，你目光灼灼，情深款款。

微醺中，我偎向了你递给我的温暖。

轻梳理，你缓缓地撩拨着我的弦。你磁白的指下挑捻出绵绵的音，似行云如流水般潺潺源源。柳翠笛横时，龙蟠凤连，枝摇花颤。

那明月，不出一音，很温婉地穿纱过幔，谛听我的点点娇痴，探看这人间爱的迷癫，狂乱……

雨住云收，月色依然温婉，只是你眼神缭乱，渐变游离，渐冷漠。蜷卧于你的温暖的怀，心却被这冷一丝丝地浸染。仿佛有些明白，此种刻意的逢迎承欢，恐是被你误为放浪的形骸，已是负了我心，负了我千年的期盼与等待。

无语潸然。

这款曲，也只是心下难拼，眼前难觅，口头难说，郁郁而心结！

风中飘摇的半窗残月，恍惚着我的心境，迷蒙着我的泪眼。别过身去，我倔强着不发一言，不要你懂得我的忧，不让你看见我离别的伤。

月隐了。你，要归了，要舍我去了。此去前程无计数，郎依然是风采万端，而我则心下黯然怅惋。

情难堪月冷，心难载万千负重！

望着你肃穆，不再亲和的脸，我的惆怅迢迢源源，如这剪不断之春水，渐远渐无穷。

我始信那一言传唱，第一最好不相见，如此便可不相恋。第二最好不相知，如此便可不相思。到如今，这千年的企盼，万载的等待，只化作了一夕纠缠，似云烟，随风飘摇，与日了散。

飞鸿渐远。

我，只是你枕下的一夕红颜！

二、万叶千声皆是恨

那一晚，月光温静如水。你柔媚娇娆，持着雪羽的团扇，在我面前，款款若杨柳扶风地舞，歌如莺滑燕啭，明眸汪着一潭春水，波光流盼。裙风带过，撩起阵阵似麝的雾，如蛊，我深深的惑，被你沉沉的醉。

“闲引鸳鸯香径里，手挼红杏蕊。”香阶锦帐，我与你竟夜流连。

原以为这份相遇是一个偶然，这样的欢娱一刻既如焰火般灿烂，亦若烟花短暂，迅即了结。却不期在最初的逢场作戏后，把你的一举一动，把你的音容深深地烙刻在了本已不兴微波的心间。

家国重任在肩，不容我片刻沉缓流连。

我，就要舍你远去。分别之际，面对你的黯然，我内心硬实的坚冰，终究还是点滴柔化，为你有了丝丝的痛惋。

总以为，如你这般的女子，不会对红尘中一介过客撩动爱的情怀，却如何面对我的离去，你本清丽的面庞如画中女子那样的苍白，眼眸中尽是重重的忧，盈盈泫然。

你静静地靠着我的肩，一股淡淡的花香，丝丝缕缕沁入我的肌骨，像一溪清流划过我的心间，清清爽爽地携走了寄生我血脉中的尘芜，用你如月的恬静抚平我仕宦中积淀的乖戾。

你蹲伏在我的膝间，仰起头，幽幽怨怨。

我带着温度的手，轻轻地抚上了你原本苍白，此刻有了些许羞晕的脸，从此后，对你有了一份沉甸甸的挂牵。

本以为饮了这杯酒，可以潇洒地转身，从此于红尘游走，了无牵挂。怎奈此一颗心，丝丝连连的疼着，不肯与你决绝了断，侍我一夕的歌舞红颜。

情知此后来无计，却偏要强说欢期，接续姻缘：

尊前拟把归期说。欲语春容先惨咽。人生自是有情痴，此恨不关风与月。

离歌且莫翻新阕。一曲能教肠寸结。直须看尽洛城花，始共春风容易别。

——《玉楼春·尊前拟把归期说》（宋）欧阳修

玉楼春尽，你迷离的泪水再也悬挂不住，缓缓地滑落于这无情的尘寰。

这一场无法圆满的姻缘，似你此刻的清泪，亦如落花流水这般匆匆，似指间光阴，相拥短暂，更如花月潮汐般无法把握。

当我重来时，又一个春天，那条杨柳紫陌依旧繁花似锦，只是那些盛开的花儿，它们怎解得人世的悲欢？那素净的径陌上没有了你拉着我的手，不再闻你樱唇轻启间飘出极轻，如落雪，似飘絮的语。对你绵密的回忆总在今后的岁月里幽幽地挠痒着我的心，似喜，亦悲！

我终是来晚了。

飘蓬只逐惊飙转，娇杨嫩柳，怎堪这肃杀世风无情折攀？我重来依然是那般的春季，却是风住沉香花已尽，芳踪难觅，空有断柳惊絮恨满眼。

窗外，蔷薇花依然散发着浓重暮色弹压不住的浓郁芳香。

隐隐地，我听到你在这暮色中温软如月下平湖的声音。月光下，一袭白衣长裙的你眉眼间带着清清浅浅的笑意，从花丛中缓缓地走了出来，摇曳生姿。刹那间，有一支柔软的、雪白的羽，轻轻拂过我的心头，如当年一样，骚动着我的心，在我身体的某个隐秘角落，引起令我痉挛的悸动。

很希望这不会是错觉，你依然会浅笑嫣然地在氤氲的月光下，走近我的身边，靠着我，温香软玉，将青春的火热释放。睁开眼，依然是寥落的庭院。没有温度的月，冰彻彻地浸淫着我的肌肤、我的心。冷了身，冷了心，冷不却我对你重重的思念。我只能把这月色与花香，和着我的泪，和着我的寂寞与心伤，酿成一杯思念的苦酒，饮下去，让这苦，将我沉沉地迷醉。

没有了你的夜晚，我将我的心沉湎于那一份遥远的想象，将它放逐，追随你进入到昔日的梦乡。

远处的歌楼在遥遥地弹唱着你曾经的曲，让我陷落，让我凄惘。那凄惘，丝丝地牵延着我的痛，徐徐着你曾经的怨。

滚滚红尘中，谁为情种?

都只为这风月情浓!

谁为我种下了爱的蛊，让我日夜煎熬着这思念的苦，我只把这一颗痛楚的心孤独地逡巡在这爱的荒芜:

艳冶风情天与措。清瘦肌肤冰雪妒。百年心事一宵同，愁听鸡声窗外度。

信阻青禽云雨暮。海月空惊人两处。强将离恨倚江楼，江水不能流恨去。

——《玉楼春·艳冶风情天与措》（宋）欧阳修

明月不谙离恨苦，斜光到晓穿朱户。它照彻了寂寞的厅堂，却始终穿不透我的黯伤，照不亮我郁郁晦暗的一颗心，照不澈遥远的记忆。

你，终于成为我的陌生。

我与你，果若斯世绝缘?

珠帘半下香销印。二月东风催柳信。琵琶傍畔且寻思，鹦鹉前头休借问。

惊鸿过后生离恨。红日长时添酒困。未知心在阿谁边，满眼泪珠言不尽。

——《玉楼春·珠帘半下香销印》（宋）欧阳修

我的忧伤如春草更生，我的情未料何方驻足。

去年今宵牵手处，年年岁岁花相似，却又是，岁岁年年人不同。

这一腔的悲绪如何说？有谁听？

对花伤心色，向月思远人，自古文人本色。从今后，思念与寂寞将浸淫我的骨血，占据我的心。如何得绝情于江湖？相忘于江湖？

别后不知君远近。触目凄凉多少闷。渐行渐远渐无书，水阔鱼沉何处问。

夜深风竹敲秋韵。万叶千声皆是恨。故欹单枕梦中寻，梦又不成灯又烬。

——《玉楼春·别后不知君远近》（宋）欧阳修

暖暖的春风迎面徐来，它却不解我意，携不来你的音信点滴，拂不去我满怀的离愁。

“去年元夜时，花市灯如昼。月上柳梢头，人约黄昏后。”

曾经的这情景，那么遥远，却又仿佛离我很近。清幽的月光，似你温润的眼神，寸寸地抚过我的肌肤，让我总蔓延着对你的怀想。无论时日变换，在我渐老的思绪中始终鲜活着对你的记忆 。

醉乡路稳宜频到，此外不堪行。笙箫歌舞，千金买醉，无法排遣我失落千年的忧伤。

月光隐去，一场暮春的雨淅淅沥沥地落下来，落在窗外那簇生的蔷薇丛中，我听见了落花哭泣的声音。于是，我便在这样的夜里彻底地陷落，陷落在这样阴郁的雨中，陷落在与你一夕欢爱的记忆中！

我，便这样孑然，游走在此生爱的荒芜。

衔恨只同天上月

月华皎娆依旧，照斯人憔悴。恨难了，对酒当歌，斜阑孤倚不寐。情难却，擎杯挽月，樽前共饮酬一醉？夜未央，缕缕清愁，遗伤累累。

转锁疏窗，沉吟无语，泣空寒只对。亭伫久，寂影寥灯，断红看尽无悔。爱一回，一生疾首；痛一誓，肤残心碎。奏一弦，《绝散广陵》，黯然垂泪。

妆前凝绪，此意无凭，此情以何寄？筝柱咽，伯牙早逝，几可听诉？此恨悠悠，几解情意？平添惆怅，何如薄幸，黄粱一枕山盟誓。梦空幽，谁问留楚佩？浮萍茹恸，随波逐浪任流，万般绮丽全碎。

楼空人老，芳草依然，叹韶华易逝。忆无信，忱忱月醉，把酒临风；携手登临，斯情堪悔。鹊桥断却，天河难渡，别分牛女千万里。黯然处，独教千年泪。伤心惆怅横笛，遥对寒琼，冰蟾如水。

——林纾英《莺啼序·月转妆楼》

填完这首词后，佛在月下看着我，我对佛说：我苦！佛对我说：放下。

我对佛说：我放不下，因为我是你无意丢在顽石下的那一粒绛珠草的种子，来世只为奉一捧清泪。

一、问世间情为何物，直教人生死相许

今夜，中秋的月儿，透过半开的窗户，挟着微凉的风，照在我的身上。案头的百合，在月光温润的沐浴下，更加白得冰清玉洁。被幽幽的香拢着，我一个人，在如练的月下，在城市的子夜中静读。

一个人，把灵魂潜入辞海，心潮在其中仰俯着平平仄仄，时而舒心，时而被苦悲无边劫攫，蹙眉惋叹。流转千年的梦魂，依然在乎一个情劫。“问世间情为何物”，总归一字，“爱”，无道理。

在词典里，有一条生僻而晦暗的成语“断袖之癖”，讲述的是西汉昏君刘欣与同性男子董贤另类的爱情故事，也是一个震撼人心的爱情故事。西汉昏君刘欣与同性男子董贤同榻而眠，在他有事要离开的时候，董贤的身体压住了帝王刘欣宽大的袖子。看着熟睡中的爱人，刘欣不忍心吵醒，毅然断袖离去。而董贤也回报了刘欣同样真挚的情爱。在哀帝刘欣死去第二天，董贤就为刘欣殉情自杀。死的时候，他的怀里还紧紧抱着哀帝给他的定情玉玺。发生在他们两人之间的虽然是一份畸恋，为许多人所不齿，然而这份痴恋执着，却足以使任何自诩正常的人在情关当前失色、羞惭，为之惨然而动容。

情不为因果，缘注定生死。彼岸花开，开千年，落千年，花叶永不相见。千年孤苦的守候，历经劫难，只为了三生石畔一份不灭的誓言，为曾经种下的执念，为完成未了的愿。

生死相殉的是未了的缘。爱是生生世世的缚缠，是无法穿越的时空。古乐府里这样的爱：“上邪！我欲与君相知，长命无绝衰。山无陵，江水为竭，冬雷震震，夏雨雪，天地合，乃敢与君绝！”

令谁不为之震撼?

堕入红尘，就意味着爱苦，有情，无情都是万劫不复，该了的债，该还的情，谁能躲得过？所有的一切都会在三生石前兑现。

佛教《出曜经》里有一首谒："伐树不尽根，虽伐犹复生；伐爱不尽本，数数复生苦。犹如自造箭，还自伤其身；内箭亦如是，爱箭伤众生。"点出了爱与情的本质。

情字如魔，教生死相许；爱臻化境，便能起死回生。"情之所至，生可以死，死可以复生，生不可以死，死不可以生者，皆非情之至也。"古来英雄气短，都只为儿女情长，无情未必真豪杰，更非真人生。

问世间情为何物，直教人生死相许。天南地北双飞客，老翅几回寒暑。欢乐趣，离别苦，就中更有痴儿女。君应有语。渺万里层云，千山暮雪，只影向谁去？

横汾路，寂寞当年箫鼓，荒烟依旧平楚。招魂楚些何嗟及，山鬼暗啼风雨。天地炉，未信与，莺儿燕子俱黄土。千秋万古，为留待骚人，狂歌痛饮，来访雁丘处。

《雁丘词》是元好问词中较为有名的一首。说的是（金）泰和五年，元好问赴试并州，路中遇一捕雁者，对好问谈了一件奇事，言设网捕得一雁，并将之杀死，另一只脱网而逃，却在空中盘旋不去，最后投地而死。元好问为大雁故事所感，把两只大雁买了下来，葬之于汾河侧，垒石为记，号"雁丘"，以作《雁丘词》。

古往今来，大雁一直被视为鸟类世界中最忠贞爱情的生灵，它们一生中雌雄配偶，浓情蜜意，出双入对，春去秋来"老翅几回寒暑"，无意片刻分离。谁料天难从其愿，罗网惊破双栖梦，猛"回头"，已是"生死殊路"。

情何堪，这番"离别苦"？"天长地久相思债"，难偿付！生，不能与汝并翼共舞，唯有死，才得与爱侣雁丘同住！

如此的悲情，怎不使遗山扼腕怅叹："情为何物，直教人生死相许"，又如何不教仁卿"对鸟道长空龙艘古渡，马上泪如雨"。

世间男欢女爱，多少的情事都令人触及肠断。为情困，情扰，分分合合，在人，且生死不算。孟姜女万里寻夫，一恸倒长城；梁山伯与祝英台，生不能同寝死同穴，最终魂化双蝶，缠绵共舞，演绎了历尽磨难真情在，天长地久不分开之千古爱情绝唱。

大雁、蝴蝶在古今中外许多的文字里都被渲染成矢志不渝的情爱。彭大翼《山堂肆考》有记："俗传大蝶出必成双，乃梁山伯祝英台之魂，又韩凭夫妇之魂……"这一段里又引出韩凭夫妇悲壮凄烈的爱情故事。

大雁也好，蝴蝶也好，人也好，生殉与死守，莫不是感天动地的情爱，为后世百代所凭吊与瞻仰。

在日本，有一则家喻户晓的悲情故事：在东京郊外的某寺坟地后一间孤独的茅舍里，住着一名为高滨（TaKahama）的老人。他独自一人生活了五十年，不结婚，也不与其他女人往来。五十年后的夏天，他一病不起，自知不久于人世，叫来弟媳及她的儿子来陪伴。一个晴朗的下午，他沉沉睡去的时候，有一白色大蝶飞进了屋里，它盘旋一周后，停在了老人的枕上。他的侄子奋力扑赶，蝴蝶却又反复地飞回。他的侄子只好追随扑赶，最后大蝶停在一妇人坟头上，倏忽消失不见。看墓碑，上面刻着妇人的名字（AKIKO），死于十八岁。看丧葬年月，距时已五十年，虽然坟的基石已长满了绿苔，而坟头却似刚祭扫过一样干净如新，并有鲜花置于坟前。可以看出这座坟在被人时时看管照顾着。当少年回到屋里的时候，老人已在睡梦中逝去，脸上还带着满意的笑容。少年将所见情景告诉母亲，母亲幽幽地叹了一声，告诉他：伯父少年时，与一个貌美女明子有婚约。就在婚前不久，明子突然患病去世。伯父十分悲痛，一生不娶，并在明子坟地附近筑小屋而住，时时照管着她的坟茔。

五十年来，他不问寒暑，日日到坟前祈哭，以物相祭。如今，想必是明子知其将去，化魂为蝶，前来接引。

哀感凄艳的情，触动了我心底那根婉约的弦，在对爱生与死的怀想中，我把心音奏成一曲《化蝶》的幽恨，凄美、婉曲、缠绵，泪流满面。

“但愿人长久，千里共婵娟。”很希望我的爱情能如这轮中秋之月，明媚，圆满。而世事种种，总难得圆满。“人有悲欢离合，月有阴晴圆缺，此事古难全。”这是苏东坡月下怅叹。人世无常，情事更是冷暖嬗变，“明月易低人易散，归来呼酒更重看。”在这个虚无缥缈的尘世里，谁又能准确地把握一份感情？

夜，月光如水静谧，我的内心难以安然。对浩渺星空，我执着的内心不断向天挣扎发问——情为何物，情为何物？月，默默无言。在我摊开手的时候，月在我的手心温润流淌，合上，我拥握的仍然是一掌晦暗。

心，仍被那永恒话题死死纠缠。

“问君能有几回愁？但愿能与君伴生。”人的这一生难以度量，不知道究竟要历尽多少劫数，要经受多少苦难，才会遇到缘定前生的那个人？才会有两颗心怦然而动的遭遇，才会契合，如流水，源源不尽的缱绻，与丝竹共舞，一世的沉吟，情意缠绵？

最美不过一个人心的欢畅，最苦也莫过人一颗心的凄楚。爱随岁月续延，情与心的流转，只不过是多数人的一厢情愿，经不起岁月的磨砺。人的一生总有太多的愁恼，太多的伤痛，太多的难以割舍。万般的隐晦萦绕，都源于一个情字。

爱似乎总与痛相连。“问世间情为何物，直教人生死相许？”情有多不堪，心究竟能承载多少的苦难？只因为伤了，痛了，便有了死。因为爱，人伤得体无完肤。因为爱，心变得脆弱而敏感。古籍《红楼梦》中有林妹妹见花伤心色，自筑香坟葬落英的故事。今夜有另一个林妹妹在月下为爱而触动万般惆怅，黯然神伤。

因为爱了，所以伤了，所以痛了。这伤，在灵魂，这痛，刻骨铭心，无药可缓！

“问世间情为何物，直教人生死相许？”也许，人与雁的怅与伤大致相同，都只为一个千古难解的情字，也许只有死，才得解脱？

千般恩宠今朝绝，唯有离愁心上结。双飞雁，惊相别。回首何堪孤夜月。

露魂寒，凭谁说。默默残阳如血。休道一丘并谢，幽恨莫能歇。

——《应天长·有感于雁情》林纾英

二、衔恨只同天上月，未晓年年向谁圆

曾经在所住宾馆吃早餐，当南瓜饼填在我嘴里的时候，头上的电视里正在播放一首旋律轻盈、优美婉转的歌，是庞龙的《两只蝴蝶》，在屏幕下方有《两只蝴蝶》的歌词在滚动播放：

我和你缠缠绵绵翩翩飞
飞越这红尘永相随
追逐你一生
爱恋无情悔
不辜负我的柔情你的美

读着歌词，看着庞龙脸上时露的痴迷及一双时而微微下撇，时而如蝴蝶交舞翩飞般生动的唇，我似见两只蝴蝶生生死死的恩爱缠绵，不由为之心感而动容，霎时，泪如水决堤，香糯绵甜的南瓜饼在我嘴里顿然酸涩，无法咀嚼，哽咽难下。

我和你缠缠绵绵翩翩飞
飞越这红尘永相随
等到秋风起秋叶落成堆
能陪你一起枯萎也无悔

能够飞越红尘，追逐一生，爱无怨悔该是怎样的一种境界，又是怎样的人生情痴？爱如蝶舞，无怨无悔。一生追随，到秋叶落成堆，到红颜枯萎，两不辜负，是我孜孜以求，终生的梦寐。而漫漫红尘苦旅，谁是我的蝶？我是谁的花？谁又是我情爱着落的果？我不知道我可与谁携手红尘翩然双飞，在人生的舞台，无论青春精彩或颜败叶枯！

问莲根、有丝多少，莲心知为谁苦？双花脉脉娇相向，只是旧家儿女。天已许。甚不教、白头生死鸳鸯浦？夕阳无语。算谢客烟中，湘妃江上，未是断肠处。

香奁梦，好在灵芝瑞露。人间俯仰今古。海枯石烂情缘在，幽恨不埋黄土。相思树，流年度，无端又被西风误。兰舟少住。怕载酒重来，红衣半落，狼藉卧风雨。

——《摸鱼儿·问莲根有丝多少》（金）元好问

元好问词中浩叹因闻河北大名府民家一双小儿女为私情不如意双双赴水身亡，死后化作并蒂花所起。词以“问莲根、有丝多少，莲心知为谁苦?”为开篇，看似平淡的发问，实则其中蕴含了深深的悲悯与不平。“莲根”亦连根，“莲心”为连心，“丝”即为思谐音。为情痴如此，“天已许”他们魂化红莲，于荷塘并蒂，脉脉温情，娇拥相伴，而冷酷的人世却不许他们情结连理。

爱如丝蟠，情比金坚，剪不断，棒打不散。而生命却是如此的脆弱，两条鲜活的生命却被恶俗的尘世生生抹杀。情何堪？天亦难堪！即便是极尽谢客之凄，湘妃投江之哀，都不及双花并蒂千秋一恨。

“问世间情为何物，直教人生死相许？”元好问在《雁丘词》中向天怆然一问，引尘缘中多少的痴男怨女顾影自怜，泪透重衫？生不同衾死同穴，中学时曾读长篇叙事诗《孔雀东南飞》：“孔雀东南飞，五里一徘徊。”“结发同枕席，黄泉共为友。”对焦仲卿与刘兰芝之间的爱情悲剧也曾心生同感，悲不自胜。

“海枯石烂情缘在，幽恨不埋黄土。”情之戚，情致怨，问红尘中，谁得脱尘缘羁绊？情劫中究竟几人能理清情的内涵？就如我手边这杯苦茶。十几支墨绿的莲心漂浮在精花细瓷中，鲜红的枸杞点缀其间，透过袅袅于杯口轻薄氤氲，映在视觉中，红、白、绿相间，朦胧且鲜艳。入口，才觉其味之苦，其性之烈。

我的生活就如面前这杯茶，灿烂的是外表，是给别人的艳羡，只有陷入其中，才得其五味。据说莲心茶可以抗焦虑，平肝火，明目。人钟爱莲心茶，多不为其苦，但求其效。而我的茶道却因循了我的情感状态，细致，谨慎，善感，还有许多的小资。我讲究的是情调，饮的是精神，我深沉其中细细地咂摸，寻觅着人生的苦乐真谛。

诗经有语：死生契阔，与子相悦；执子之手，与子偕老。总认为这不过是前人杜撰的神话，耳闻目睹与身历，不见得爱情几许顾恋痴缠而终老。浓恋情痴也不过是过眼云烟，与时嬗变。

一朵花，能开多久？一份情，是否可以相伴终生？

人生如潮汐花月。潮有高低错落，月有阴晴圆缺。荼靡花开，意味着随后的万木萧条。高潮其后，必然是潮落。一个华美的开端，未必有结局的圆满。能够死生契阔，与子相悦；执子之手，与子偕老，毕竟只是少数。日子的平淡，逐渐熄灭了燃烧的激情，于是爱情不再生动，甚至变成一方的负累。于是爱变成了伤害的借口，情至成背弃的理由。能够在天长地久中相守的，是骨肉相连的亲情。能够将爱情变亲情，已是难能可贵的结果。至于将爱情进行到底，几成幼稚的童话，也只不过是现代人的黄粱美梦。也许，真正的爱情，只有用死来定格，才算得完美！

女人一生，从不会间断才子佳人梦想。于芸芸众生里千百度的梦寻，只为最初海誓山盟的一诺，便不询古，不问今，心甘情愿地被一个人牵了手，随他走进匆忙的婚姻。此后，随着时日更替，春秋变换，最初的爱到底难随岁月沉淀。霜风弥漫，渐渐萧疏了一路走来的点滴眷恋。被松开的手，无奈地攥紧了自身的憔悴，疲惫着只影在悠长的雨巷流连、彷徨，一颗凄惘的心在夜的孤寂与荒凉里流浪，逡巡。

“谁信损婵娟，倚屏啼玉箸、湿香钿。”帘栊悄静，冷落孤寒。傍空枕，谁把伊人秋水望穿？漫漫长夜，辗转了多少的无眠，多少的愁怨！只恨红颜辜负，海棠憔悴，愁损了婵娟。而死生契阔，与子相悦想念，执子之手，与子偕老的誓言，也在岁月的荒芜里被无情锈蚀、风干。

风中，远远传来王文娟于潇湘馆中暗哑低沉、婉转的唱腔，百转萦回着林妹妹的哀怨：“诗帕未变人心变，可叹我真心人换得个假心人。早知人情比纸薄，我懊悔留存诗帕到如今。万般恩情从此绝，只落得一弯冷月照诗魂。”

月夜里，难分辨她在唱着谁的伤，难追究是谁把谁的凄怅拉长。隔世两个林妹妹，在无情的尘世里，一样的怨艾，一样的百转情肠，泣落花，怅自身，葬花魂，殇春心！

“相思树。流年度、无端又被西风误。”当年焚稿人已在“黄土垅中独自眠”，潇湘秋月依然，年年圆满。只是，今夜秋月下，满地落花已不见了伊人，花魂诗魂人不怜。隔时空，我似伊当年，手把诗笺痴痴吟，泪祭潇湘明月，向这无情人间：

梨花落处觅娥眉，正是潇湘月满时。
未见欢欣情早怯，才招怅惘泪先垂。
帘生幽梦凭孤枕，墨动寒香知恨谁？
昨日诗魂遥忆处，断红小径一烟飞！

夜风透过窗的缝隙吹进室内，风口处，彻骨的冰凉。室外那些花草想必正悄悄萎黄与一天天无情的薄凉。夜依然静谧，心依然如乱丝纠缠，难以条理。头上一轮明月孤悬在寥落的星空，山高水远皆不见，只遗月下城市灯火的昏暗与心的低沉。心绪，若雾、恍惚，似覆了轻霜，在中秋的满月下，微凉。

什么是爱情？为情困，为情苦，人间正道果然是沧桑？爱情，一个生世不了的话题。空将心事付落花，是已了的缘。爱到终结才凄美绝艳，沉溺，陷落，至堕落。堕落极致便有了飞蛾扑火一霎绚丽光焰。

心明白，不是每段情都美丽如昨，不是每一次的花开都有结果。最初爱的火热，到头来多半是误会一场，终生的遗憾已然铸就，覆水难收，无法回头。

原来花儿的翅膀，只有到死亡，才懂得飞翔，才会在无爱无恨的土壤上萌芽开放。原来爱，也只有到了悲剧才会永恒，才成生生世世不灭的经典。才会着落成“海枯石烂情缘在，幽恨不埋黄土”的诗篇。

红莲并蒂，只是人的美好愿望，也只会永恒在镜头中。春华一场梦，人间几度秋，当莲花褪尽了红衣，秋风中的狼藉才是真实。生死相许的承诺，都抵不过季节，抵不过命运轮回。原来的绮梦也只虚无，连天意都是欺骗，他把幸福与甜蜜构筑成海市蜃楼，让感情的理想与追逐归于缥缈与虚妄。

衔恨只同天上月，未晓年年向谁圆！

不明白谁是谁的劫，谁又将谁的一生辜负？蒙眬的泪眼已看不清未来的路。三千弱水，老天为何偏要我取这一瓢而饮？当爱的帷幕黯然落下，你是否看见我还在为你百转柔情？你是否听见我在黑暗的幕后伤心哭泣？为你我已寸断了肝肠。此后，我不知还肯为谁再掬一弯明月，嵌入我的眼角眉梢，绽放我曾在你面前的种种妩媚？

月华如练，照我在戏中。我在没有观众的舞台甩长袖潸然起舞，舞尽我人生的悲凉，舞尽广寒宫无边的孤独，任凄泪长流。疼，如茧，将我的心紧紧束缚，愈收愈紧，万般挣扎都已是枉然。

憔悴于每个月下的，不止是许许多多的孤枕梦寒，原来如花的心境也只被寂寞之锉摧损，委顿于季节深处，只在记忆里刻下刀刀晦涩的印痕。

“原来姹紫嫣红开遍，似这般都付与断井颓垣。”

当曲终人散，当繁华落幕，当秋风落下了秋叶的最后一抹悲凉，夜，终于深得彻底，死一般沉寂。我隐在天涯孤独一角，独自沉吟于回忆。往昔爱的冲天烈焰，照不彻今夜心的晦暗；那些甜蜜与幸福，抵不过苦涩的现实。向往与绝望，让我钟情于苦涩的咀嚼，已然成癖：

三生随绮梦，襟袖自嵯峨。
一曲蟾光误，半生松下酌。
感时凝碧露，闻道泪婆娑。
一夜缠绵去，几朝离恨歌。

弥漫的伤是曼珠沙华的香，让我痛，让我痴醉，引我记起三生石上的盟约。我用残存的记忆将石上的誓言细细地触摸，千丝万缕的萦绕中，牵扯出隐于岁月深处，流于细竹幽屏后的那些轻吟曼唱，暧昧与轻浮的低眉浅笑，如曼珠沙华的妖媚致我迷眩。

为一梦，为荼靡花开那如火的炽烈，我不愿蹚过忘川河。就这样，哪怕是痛，即便深深的伤，也情愿自筑心牢，在一杯自酿的苦酒里徜徉，沉沉地迷醉。且将衔恨的心雪葬，用虚假的粲然来奉迎虚伪的人间。权扯一片抑郁的月光，用她的温度，熨干我泪湿红笺。

第二辑

拾光剪影

父亲的太阳

父亲身体好的时候，他在某些事情上的坚持是很执着很认真的，凡他认准的事情别人是很难改变的，我是他最宠爱的长女，我也不能。

父亲年龄大了，身体就不好了，精神也不太够用，在一些事情的坚持上相应地就宽松了些。不久前他做了一次心脏支架手术，术后他的身体及精神就更差了，他的话少了很多，他经年累月地锁着眉，腰身越发地佝偻起来。他的脸干瘦蜡黄，手经常不自觉地就贴在胸口上，不知道的人以为他是得了胃病或肝病什么的。他这样的不堪，是因为身体里植入的那几个心血管支架，他肌体对这几个支架强烈的排异令他非常不舒服。他年龄大了，身体本就偏瘦，因而这个排异过程就显得比一般人要长，一年半载，甚至更长，自此后，他一直就打不起精神，人一直蔫蔫的。

他变得异常的安静，多数时间他就听我们说，看我们做，不接言，不插话，也不表态，只眼神散乱而默然地看着眼前尺见方的地方，满腹心事的样子。他的耳朵背了，我们对他说的话他常常听不清。他若问，我们以正常声调回答他会听不见，声音高了，他又以为我们对他不敬，对他不耐烦，甚至以为我们嫌弃他，呵斥他，这便使得他越来越不开心，越来越寡言。做完心血管支架后的他看上去有些难过，总像是在跟谁生气，对人也爱答不理。

母亲是离他最近的人，我是挚爱并深疼着他的人，这个世界上恐怕只有我和母亲知道他究竟有多么痛苦。母亲懂得父亲点点滴滴的苦，看多了，装不下了，就点点滴滴地说给我听。她在电话里絮絮叨叨，压抑不住了就抽抽泣泣地哭，她哭得那么疼，我忍不住也跟着她哭。只是，我的哭是不会让母亲听出来的。我不能在年迈的母亲面前流露出丝毫我对此事的软弱，那会让她更加惶恐无助，我必须以坚强的姿态应对她，我必须给她以坚定的力量，让她以为我是他们晚年里完全可以依靠的人。

父亲原本是极要强的，不轻易地在人前示弱。父亲做过十几年的村支书，他给村民的一直是豁达、坚强且乐观的印象，在村民面前他极少摆支书架子。在我很小的时候，具体记不得是哪一年的哪一天，一个大热天的中午他与三个村民用两副木头杠子抬抽水机，那时他正发着烧，抽水机太沉了，他虚弱的身子一偏，杠子就从他的肩上撸下来，他的小腿生生地就被砸断了。那是我以往记忆中他病得最重的一次，为此，他不得不躺了下来，一躺就是三个月。除此，我记不得还有什么事情能将他压倒，以往历次大的伤病都不能令他安安静静地躺下来，如果说再有，就是这一次的心血管手术，一个不是很大的手术整个地将他击倒了，他坚强不起来了，这次手术彻底地压垮了他，他不堪重负地弓腰驼背了，走不远路，也干不了多少活儿，一场手术一下子还原了他老态龙钟的本相。凑近了，我偶尔地会听到他发出压抑不住的轻轻的呻吟声。他觉睡得浅了，也不容易睡着，他迅速地消瘦着，一米七几的人体重不到一百斤，他果真就成了一把老骨头。

身体好的时候父亲是有一些忌讳和讲究的，比如吃菜只能在自己面前盘子里夹菜，不允许用筷子翻弄他人面前的菜；比如不准用手指人说话，更不准用筷子指向人，等等。手术后他几乎就顾不过来了，他似乎完全沉浸于身体不适的痛苦体验中，很多的东西他都视而不见，充耳不闻。但，他有底线，是谁都不可以触碰的，作为他一直宠爱着的长女，我也不能，从来都不敢。我太了解他了，我那个随和却又固执的父亲。

父亲这个老党员、老支书，我在他身边二十几年，感受到的都是他对毛泽东近乎痴迷的崇拜与爱戴。他从不说毛泽东一丁点儿的不是，也不允许我们说。父亲应该说是一个极有能力的人，他从村支书位置上退下来后，凭借着正直的为人及灵活的经济头脑，成为三十年改革开放实实在在的既得利益者。

他生病后二姑探望他，她忘了他的忌讳，在床边与母亲聊天时她只说了一句“老毛子”，本来恹恹的他，突然瞪大双眼，用他不再洪亮，且已没了中气的声音冲二姑吼了起来：“老毛子怎么了，他做什么事对不起你了吗？”二姑是他的二姐，在七个兄弟姊妹之间他们的关系最要好，这是我第一次见他对二姑红脸。

他们兄妹七人之间观点有时候是不一致的，但在父亲面前他们会避讳一些话题，不会与父亲顶牛，只有大爹不同。大爹有些弱智，他不会理性地分析事物，只会鹦鹉学舌般地附和着人说。父亲深知这一点，日常里也不会与大爹计较什么，只是有一次大年三十，我们与大爹三叔小叔四家人聚在奶奶家过年，大家边吃饭喝酒边看文艺晚会，大爹看电视时口无遮拦地说了句对毛泽东不敬的话，父亲就红了脸，两人激烈争吵起来，差不多就要动了手，大年三十大家因之不欢而散。

父亲差不多也是个固执的人，但凡是他见到，或是他能管到的不平他都要伸手去管一管，尽管有时候他是无能为力的，他依然会不自量力，甚至豁上了以鸡蛋碰石头般地去维护他一直就维护着的一些东西。父亲从村支书位置上退下来后，三叔接着做，他俩做得都非常好，深受群众拥戴。三叔退下来后就推选了我们林姓本家的一个大哥做支书。这个大哥做村支书做得不好，就被三叔与父亲合力推下了台。后来这位大哥又竞选村支书，父亲闻听坚决不同意。尽管彼时父亲已经年龄大了，这个人却还顾忌父亲在村民中的威望，怕父亲坏他的事，几次三番托人上门送礼与说服父亲，父亲礼物不收，人情不给，无论如何都不同意他做村支书。可惜他固执的坚持到底不抵多大作用，最后这位大哥还是做了村支书。此后，村子里分福利，我们家都是最不好的。比如年节村子里分肉，我们家分到的都是犄角旮旯的肉，会剔出很多不能吃的。母亲因此有时候会说父亲死脑筋不开窍，明知道小胳膊拧不过大腿，偏偏就看不开事，已经失势的糟老头子为何还要与少壮派去斗？父亲就说，我是一个共产党员，我就是看不惯他的做派，我就是不能让集体的利益成为他一个人的。

老了的父亲是根本不能与当权少壮派相抗衡的，他孤身一人的坚持顶不了多大用处，集体的财富大众的利益依然被源源不断地、变相地成为少数人的个人利益。父亲悄悄地看着，却无力阻止，他明里暗里地上着火生着气。母亲说服不了他，眼见着他一天天地消瘦下去，一天天地病弱起来。

我回家时，母亲多次对我提起父亲与他们顶牛的事，说父亲死脑筋不开窍，老得连一只鸡都追不上了还妄想着与青壮年去斗，与当权派斗，一点好处都没得到。

我就对母亲说："随他吧，他在这一点上拧了一辈子，不会到老了硬要他改过来吧。也好，他坚持的都是良心事，不亏心就好。再说咱也不缺这点肉蛋，你也别再为这点鸡毛蒜皮的事去念叨爸，让他不开心。"

其实母亲也不是小心眼的人，她并没有把这事往心里去，也没为这事再去嘟囔父亲，她只与我提一提便罢了，她只是觉得父亲在政治原则问题上拧了半辈子，人老了性子本应该平和下来，她不明白父亲为什么人到老了依然会拧得那么紧，即便他犯迷糊的时候，在这类问题的坚持上他依然不肯松动半丝半扣。

今年初夏，在一个很好的天气里我开车回家看父亲。我推开街门时一眼就看见了父亲，他仰在院子里的帆布躺椅上，戴了好多年的那副老花镜松松垮垮地横在他鼻梁上，见他静静地在晒太阳，我便轻松下来，心里跟着暖洋洋起来。

见我来了，父亲欠起半侧身子朝我笑了笑："英儿回来了？""嗯，回来了。"我笑着回答了他。尽管他笑了，我也笑了，他的那番笑却令我的心好酸、好疼。我看出他是在强打着精神与我说话，他的笑很干巴，颇为勉强与为难，完全没有以往他见我时从内心里流露出来隐藏不住的爽朗与喜悦，光看他的表情就知道他的身子是极不舒服的。我的心即刻便揪疼起来，眼里也就微微地湿润了。我真的很疼他失魂落魄的这种状态。

近一年了，他一直就处在这样的状态中，醒着不舒服，睡着不舒服，还经常吃不下饭。他被心血管内这几个支架折腾得坐卧不安，形销骨立了，他暴露在外的皮肤活像是失了水的牛皮纸，黑黄干巴，没一点清亮的质感。

对父亲的这场病我是尽了最大努力的，可我无法减轻他在安装心血管支架后排异过程中所必须要经历的一些痛苦，而且他经历的痛苦期要比其他人更长。

父亲的脸上满布阴郁却仍不失他本具的威严，那是我一直都熟悉的，一个老共产党员、一个老支书父亲曾有的刚毅与威严。父亲文化水平不高，高小毕业，却极爱读书，闲来无事他总喜欢捧一本书读，即使病中也是，他读的那些古本典籍，直到现在我读起来还有些费劲，他却都能顺顺溜溜地读下去。小时候他给我讲过好多的故事，都是他从《三国演义》《水浒传》《西游记》等书中读来的。

父亲不到五十岁就花眼了，看书时他是需要戴花镜的，他眼上那一副跟了他近二十年的老花镜显然已不再适合他了，他消瘦得走了形，尖削的脑壳已经不能够再架起他的花镜了。母亲于是就用一根棕色细绳将花镜腿绑住套在他尖削的脑袋上。其实我是早已经瞅见了这副很不合时宜的花镜，只是我没有过多地去理会。每次回家，我注意的只是父亲精神状况有没有好些，他身体的痛苦减轻了一点没有，根本就没有空去考虑花镜这些细枝末节的东西。

院子里的阳光好得令人慵懒，与父亲没有说上几句话，他已显得精神不济，开始犯迷糊。我站在他身侧，用手轻轻抬起他瘦削的毛发已不是很多的头，让他偏躺得舒服些，又将他的躺椅转了转方向，让他更多地接触到一些阳光。

我轻轻抚了抚他的头，他就闭上眼睛，不再说话了。怕累着他，我也不再引他说话，于是留他在外边晒太阳，进屋找母亲说话。

坐在专为父亲买的高电位理疗仪上，边做理疗，边与母亲聊着父亲的话题。母亲总是担心父亲的身体，虽然我知道父亲目前境况是每一个做心血管支架的人术后必须经受的，我仍然对父亲有满心的不忍。与母亲聊了一会儿，宽慰了她一些话，又帮母亲做了会儿家务，出来看时，父亲已经在暖融融阳光下的躺椅上睡着了。他的呼吸平顺，脸色与表情却给人一些逼仄的感觉，不似他呼吸的那般自然与安详。

我细细地端详阳光下睡着了的父亲，虽然他已消瘦得走了形，大致还是能够看出原来模样的，他睡在阳光下的样子令我陡然想起了奶奶，父亲的母亲，那个老年里精神矍铄，脸色红扑扑的小老太。

奶奶给我最深的印象就是她晚年对晒太阳的钟爱。奶奶喜欢晒太阳，一年四季地晒，对此我曾在《与奶奶有关》这篇文章里写过她晒太阳的情景。奶奶个子不高，是一个晚年里有福气且有着优雅气质的小老太。据说奶奶的母亲是前清皇室人家的女儿，这个我只是听二姑提起过，二姑说这事的时候我还小，到如今，离二姑说话的时候已经过去了几十年。我记住了她的话，却从来就没有细究过这个有着高贵皇家血统的奶奶怎么会嫁给我的爷爷，一个我奶奶恨着的人。奶奶为爷爷生了七个子女，七个子女生完不久爷爷就去世了。我不知道奶奶与爷爷一起生活是怎样的情景，我隐约听六婆咒骂那个我出生就没有见过的爷爷是个什么“鬼”，也听奶奶说过：

"就那个死鬼死后我才有了福。"我不知道爷爷到底做了什么，为什么就没有人念叨他活着时候的好。奶奶还说过，"我带着老二弟兄几个挨家挨户讨饭啊。"老二就是父亲。没有了爷爷，奶奶说，即便是带着老二讨饭的艰难日子他们也过得有滋有味，一个娇弱的寡妇靠沿街乞讨养活七个孩子的日子想必是非常艰难的，十几年几十年的艰辛日子始终都没能磨掉奶奶的细腻与优雅。

奶奶给我的印象总是娇滴滴、颤巍巍的，脸色红扑扑，颧骨处两嘟噜肉圆圆亮亮，她的眼睛不大却晶亮有神。不难想象，年轻时奶奶一定是个娇小迷人的小美人儿，她裹着一双尖尖的小脚，像两只尖尖的小竹笋，天好的时候她总喜欢盘腿坐在院子里的一个蒲团或蒲墩上静静地晒太阳，脚上总穿一双黑色的小小的尖尖的平绒布鞋。

奶奶身材很好，六七十岁的人依然是腰杆挺直，有着与她人很相称的一对小小的圆圆的乳房。我看见她乳房的时候，记不得她的具体年龄，推算起来，她那时候应该在六十岁左右。虽然奶奶的乳房被我看见了，但却从来没见过她的一双小脚，那一对小脚对我来说一直都是一个谜，它们一直被她用长长的黑色布带严严地缠裹着。小时候，我想拉开带子看她的脚，她就用双手紧紧地护住她一双盈握小脚坚决不肯给我看，直到她去，我也没有见到她裹在长长布带后那一双玲珑而神秘的小脚。我清清楚楚地记得奶奶迈动小脚走路的样子。奶奶走路很好看，她是扭呀扭呀地走，两只小脚捯呀捯的，就像小鸡啄食。我曾经跟在她身后学她走路的样子，可是小小年龄的我迈动着比她阔大的脚，怎么也走不出她扭呀扭呀的味道来。

奶奶喜欢晒太阳，一晒太阳她就会打盹儿犯迷糊。奶奶晒太阳时觉睡得快醒得也快，看她迷糊着摇摇晃晃晒太阳是一件极有趣的事。每当暖和的天气，奶奶就穿着她或深色或浅色偏襟的夹袄，迈着小脚扭呀扭呀地跨过门槛从内屋扭到院子里，她先用手遮住刺眼的阳光抬头看看天色，然后将手里提着的蒲团或蒲墩放到院中央，最后撩起夹袄前襟盘腿麻利地坐上去。起先她是一动不动闭着眼睛晒的，不过两分钟她就开始晃了，她晃的幅度很大，眼见着要倒地，突然就坐正了身子，眼见着又要倒地，又突然坐正了身子，她就像不倒翁一样前后左右晃荡着睡着晒着太阳。天冷院子里的太阳晒不得了，她就在烧得热乎乎的炕上靠窗坐着，阳光透过玻璃晒在她身上，是很暖和很舒服的。她盘腿坐着，两手握住一双小脚闭着眼睛轻轻柔柔地与我说着话，也只不过两分钟，她的头就慢慢地向下垂去，眼看就要躺倒了，忽然身子一晃，她又醒了过来，就睁着眼睛很精神地与我说话，不过一分半分钟，她又晃着睡了。她就是这样边晒太阳边与我说话，边睡着。我见她睡了，就没兴致了，不想跟她说了，她听不到我说话就会醒过来，笑着红扑扑的脸，握住我的手问我："英啊，怎么不说了，接着说呀，你说，我什么都能听到。"

我的奶奶，那个绾着精细发髻的小脚小老太，儿孙满堂的她晚年很健康，是很幸福的，如一个精彩而完美的故事。晚年的奶奶几乎没受过任何病痛折磨。八十岁那年的一天，她将自己全身换洗一新，坐到炕角晒太阳，晒着晒着她就睡着了，睡着了就像往常一样晃，晃着晃着就倒了，那是她第一次晒太阳时睡倒，这一倒再也没有坐起来，这一睡，她再也没有醒来，她的脸上含着笑，含着幸福的笑永远地睡去了。

父亲老年的生活习性很像晚年的奶奶，相貌也像，颧骨处也曾有两嘟噜肉，也曾晶亮红润，只是他的身体没有奶奶晚年那么好，他心脏不好了后，这两嘟噜肉慢慢就没有了，待到做了心血管支架手术后，他颧骨处慢慢地就只剩下一层干瘪灰黄的皮。他的眼睛也不像奶奶那么晶亮有神，也不再那么坚强了。贴近了，偶尔会听他发出轻轻的呻吟的声音，虽然他极力压抑着，我还是能够从他不均匀的呼吸及他发出的异常的声音中听出来他的难过。父亲向来不是轻易服输服软的汉子，如果不是实在难以忍受的痛楚他是不会在我们面前示弱的。一直咬钢嚼铁的父亲这一次终于被病痛压服了，他说话没有了中气，原本高亢洪亮的嗓音变得沙哑低沉，人也低眉顺眼起来。我好疼父亲的这种状态，我却无法助他减轻更无法解除他的痛苦。做医生的小姨告诉我，心脏支架排异期正常都会在半年左右最长不会超过一年，只是父亲年龄大了，加上他本来就偏瘦，他耐受力就比常人差很多，时间就更长。他饭吃不下，觉睡不好，常年病恹恹地捂着胸部，没到奶奶那个年纪，他便像奶奶一样喜欢晒太阳了。

只要天气好，父亲就搬一个马扎到院子里坐着默默地晒太阳。为了让父亲舒适些，我给他买来了躺椅，母亲给他缝了一条窄窄的小褥子铺在上面。他就仰在躺椅上晒着太阳看书，看着书，晒着太阳他就睡着了。母亲说，他身上总觉阴冷，晒太阳会令他舒服些，看书也会多多少少地转移他对病痛的注意力。我回家的时候，正碰上父亲仰在躺椅上晒太阳，他手里捧着一本《天龙八部》，那是我最近给他买的套装书中的一本。

父亲喜欢看书读报。我知道他难受，我代替不了他，只有想办法转移他对病痛的注意力。我从网上买来金庸全套武侠小说，满满一大纸箱。拿到书后，我一刻不停地驱车送给他，我打开箱子给父亲看的时候，父亲开心地咧了咧嘴，发出了笑的声音，不是爽朗的哈哈笑，模模糊糊地听着是“咳咳”的声音。即便如此，我和妈两个人也都很开心，即便父亲以这种方式与声音表达他的开心，我和妈两个也是很欣慰的，因为连这样怪异的笑声我们也很久不曾听到了。

父亲做这个百十户人家村支书的那个时期，村民的阶级感情都是淳朴的，也因为父亲的正直与无私，他得到了村民们的信任与拥戴。父亲振臂一呼，他怎么说，全村男女老幼就跟着怎么做。直到如今，父亲病弱到连自己都顾不过来了，村民依然信任并爱着他们的老支书，虽然他执政村干部期间也有一些人被他得罪过，但是他们会比较，他们明白了父亲这个老支书的好。如今，他们明知道父亲与现今的村支书不对付，得知他生病后，每天依然不断地有人哩哩啦啦地来家里探望他，向他诉说现任的不是，想听他的看法，也给他带一些他们以为他会喜欢的吃食。尽管他没有多少精力去应酬答应他们，他们却丝毫不以为忤，因为父亲是一位值得村民信任和爱戴的共产党员，他们爱他的感情是质朴而真挚的。

我坚信父亲会好起来的，因为他一贯是坚强的，我相信世间不会有什么能够压垮我的父亲。苦难只是暂时的，一切都会好起来。

天佑好人，愿我的父亲平安吉祥！

让我牵住你的手

去年回家时，妈很小心地与我说：英啊，你要是有时间开车带我和你爸出去转转行不行？

那时候我心里正不耐烦，话没有多少考虑就脱口而出：“我值班多么辛苦你与我爸都知道，我都被这份工作累死了，哪有时间与心情带你们出去玩？再说了，给你们钱，你们就不能自己出去玩吗？干吗什么事都指望着我？”

生活中一些不顺心的事，常常让我情绪不好，有时候控制不住，我会不管不顾冲人发脾气，包括父母在内。妈懂我，她知道我不是个心术坏的孩子，她知道我是孝顺的。我们村的人也都知道我待爸妈是极好的，村人羡慕我妈，说我妈养一个闺女能顶他们十几个甚至几十个儿子。他们对于我个别时候的无礼，能忍的就忍了，他们不会真正生我的气。他们对我不满多数是因为我过度熬夜，不注意调养爱惜自己的身体，日常嘟囔的话题基本都是这些。

我对妈说这番话口气有点重，可话既吐口已无法收回，我有些后悔，于是矮下声气对妈说：我最近确实没时间陪你们出去，我回去选个好的旅游线路，你们先跟团走吧。

妈沉吟了一下，对我说：我以后恐怕不能再跟旅行社跑了，我的腿老疼，走不多远路，要不就让你爸出去吧。爸说，你不去我也不去，都没一个熟人，我去玩个什么意思？

我没有时间，他们又不愿意跟团，事情也就搁下了。

秋天时，我打电话找爸说话，妈说他与邻家老头坐公交车外出转悠去了。

烟台三年前出台了一个政策，凡六十五岁以上的老人坐公交车都是免费的。向来对钱财不太在意的父亲不知道是不是因为老了贪图小便宜，只要天气允许，无事时他就与村里几个六十几岁腿脚利落的老人坐公交车四处跑。

腊月的一天，我问妈，天这么冷，他哪来那么多精神头出去玩？妈说，我也不知道，搞不懂他怎么到老了坐不住家了。不久后，妈在电话里说：你爸现在很少出门，整天就闷在家里睡觉，他精神头很不好，睡觉睡得都让人害怕。

妈最近有什么事总爱与我说，找我来给她拿主意，我察觉到她这一变化后，心里有些难过。这表明爸已做不了妈的主心骨，他在生活上已经照顾不了她了。

之前爸一直都是妈的主心骨，只是这几年爸苍老的速度也太快了，不仅在肉体上，更在精神上迅速地老去，让她措手不及，一时间六神无主。爸的迅速苍老也只在最近一两年。一两年前，爸还是那么刚毅风火，精神矍铄，家里家外，大事小事可以说是他一手遮天。妈对爸也是一种臣服，无条件的，这源于她对爸发自骨子里的迷信与崇拜。在他们几十年的婚姻中，爸一直像一只健硕的老鹰呵护雏鸟一样精心呵护着他的妻子儿女们，使他们在他的庇佑下过着衣食无忧的生活。

妈的性子懦，我源自她的基因，也不是个多么有主见的人。而今，爸老了，对于他自己，他尚有些招呼不过来，对于母亲，他再也不能给她拿什么坚毅的主意，妈无奈中就把她已经长成的长女当成了靠山，做了她精神的主心骨。

我是一个警察，一个表面看起来刚猛的职业，然而源自母亲的基因，我在意志与体魄上都不是一个够坚强的人。我的生活不及我的母亲，我的母亲有父亲做她坚强的靠山，而我没有。这个世界上没有哪个男人可以像父亲对待母亲那样对我。小的时候我可以依靠父亲，如今父母都已年迈，生活上精神上我不能再依靠他们，我只有靠自己，而且，我还是一个孩子的母亲，她需要我无微不至的照顾。尽管我依然是柔弱的，我还是要硬挺起我不够坚强的脊梁，我要做他们三人的靠山。

春节期间，小姨来电话说：英，你爸妈岁数都大了，你多回家陪陪他们，有时间带他们出去走走，不用走多远，带他们到海边或公园去看看就好。

开春了，气候一天天的变暖，室外空气渐渐清新起来。脱掉了沉重的保暖外套，我来到楼后身小山上。我看到野外向阳的坡面上有两三朵小花悄悄地开放了，一个冬季的死气沉沉的心就因为这几朵小花的喧闹给唤醒了。

回家取了包，我给妈打了电话，告诉他们准备一下，我一小时后到家。我的住所离妈家正好一个小时的路程。

妈说爸正要出去。

我要他等在家里，我一会儿拉他们去蓬莱极地海洋世界。电话里我听到了爸像孩子般兴奋的声音，我的眼睛突然就湿润了。我才觉察到，这几年我一味沉溺于往事痛苦的咀嚼，对年迈父母的情感需求，我已经忽略得太久太久了，我是该带他们出去转转了，趁他们还能行还能动。

三年前一次大的生活变故使我情绪极度低落，我整夜整夜地失眠，脑中翻覆的全是过去，幽怨与不甘让我久久地沉沦，茶饭不思，厌食，消瘦，甚至厌世。我对外锁了消息的同时也封闭了自己，两年多时间我拒绝一切应酬，怕触景生情，更怕人问询。除了强作欢颜上班，其余时间我就将自己封闭于家中，靠读书写文章或是沉溺网络游戏来打发时间，过着几乎与世隔绝的生活，父母那里也极少去，只个把月的通个电话问候下。

父母不放心，常常来电话问询，有时也来少住几天。痛苦中，我甚至连他们都不愿意面对，不想说话，不想面对过去的话题。父母理解自己的女儿，也就不多做打扰，他们给我让出了足够的时间与空间来疗伤。三年过去了，当我能够平静地面对生活，当我重新拾起生活的自信时，我才发现父亲突然间老去了。当我细细地检点审视自己，细细地端详父亲时，此时的他已经患了老年性耳聋，不能够听清我的话；他嗜睡，与我说不上几句话就犯困；他饭量也减了，本来就清瘦的父亲现在只剩了一把老骨头，做过白内障手术的眼睛现在更加得浑浊了，他让我猝不及防的老了。

我不敢想象父亲的以后，也不愿意去想，我只想趁现在让他高兴，我一门心思地取悦他。父亲喜欢吃排骨，喜欢吃羊肉，我就成片的猪、成只的羊买回去让母亲做给他吃。去年冬天，他患了轻微的脑血栓，医生说大鱼大肉的以后不能多吃了。

妈对我说：你爸现在像小孩一样，整天跟着一帮老头坐车出去玩，家里的活儿也不干了，菜园子也不管了。

母亲并不是抱怨父亲不管菜园子，她想表达的意思是父亲老了，老小孩，老小孩，父亲老得就像小孩一样，只一门心思的想着玩，已顾不及过多。

面对父亲的境况，我心里难过得无法表达。

父亲曾经是称职的丈夫，更是一个慈父，为了这个家，为了给家人一份安适的生活，他几乎熬干了自己一生的精血。在我六岁刚记事时，他自己一人一夜间将四间大瓦房的地基给挖了出来，然后自己进山挖石头，自己一车车地运回家，他硬是靠着一己之力盖起了村里在当时来说最敞亮的四间明晃晃的大瓦房。然后他做村支书，带领村民脱贫致富，然后是承包副业，搞运输，靠一己之力，为一家老小挣下了一份殷实的家业。父亲操心出力比同龄人多很多，壮年时出了过头力的父亲在他六十几岁的年龄里就全部找补了上来，他迅速地苍老了，他的身体状况与同龄人相比要差很多。

……

父亲虽然精神不济，身手却比身子肥胖的母亲利落许多，见我停下车，他麻利地钻进车中坐了下来，母亲则艰难地将自己肥胖的身子挪到了车座椅上。我开车带他们走上了一条刚通车不久的高速路，四车道，两旁种植着墨绿色塔松。

望着车窗外的风景，父母的话渐渐多了起来：

“这条路修的真好。”

“你看边上这山，多清亮。”

“嗯哪，真好看。”

见他们很兴奋，我打开应急灯，把车靠在了路边，让父亲坐到了副驾驶位置，帮他系好安全带，将座椅调高，以使他能看到路上更多的风景。

我用安吉星人工导航寻找去往海底世界的路，我与服务人员的对话就像打开了父亲的话匣子，他一反平日的萎靡，问了我很多问题，对现代科技、对人文时事，大发感叹，他说了很多话。

我心里有一份欣慰，我发现父亲并不像母亲说的那么糊涂不堪，他的思路依然条理清晰，兴奋起来依然精神抖擞。

母亲因为老年性钙缺失，腿脚不利索，路走得极慢，在整个展区内父亲都牵着她的手，陪她一路慢慢挪动着脚步。

在海龟池有花钱给海龟投食项目，十元钱一小碗，仅有四条小鱼。见父母很感兴趣的样子，我想买几碗，他们坚决不要，说价格太贵了。我不顾他们的坚持，递出二十元钱为他们买了两碗小鱼。端着这碗鱼食，老来好玩的父亲如获至宝般两眼放光，他用竹镊子夹住小鱼在龟池上方二十厘米左右的空中来回晃悠着。那些笨拙的海龟看见父亲这边有鱼，纷纷向他滑过来，层叠着拥挤着聚拢在一起。它们将头高高地伸出水面，然后向上猛地一蹿，父亲在海龟蹿起的一刹那迅速地将龟食向上一提，那些海龟抢食不到，咕咚咕咚地跌下水去，这时的父亲母亲就开心地大笑起来。

一碗食喂完，父亲已兴奋得双颊发红发亮，再给他们买的时候，他们说什么也不肯让我再花钱了。我趁他们观看别人投食的当口儿与卖家私下里商量好，骗他们说龟食已降价到五元一碗，然后又说商家免费赠送，花了二百多元钱，让他们尽兴地逗玩海龟。

直到离开龟池很远了，他们还在意犹未尽地言笑着，见父母开心，我心里很是安逸，很是欣慰。

隔不多远有一个海豹馆，也有花钱投食的游乐项目，我带他们下到池子边上。

池子里有十几条身子肥胖滚圆的海豹，它们憨态可掬的样子活像一个个蹒跚举步的婴儿般惹人爱怜，连我都有忍不住想去抚摸拥抱它们的冲动。这里鱼食的价格与海龟馆一样，我以买二百条鱼的条件同店家商量价格，见我要的多，他们就一元一条的卖给我。父亲母亲在海豹馆里用竹镊子夹着小鱼从池子这头走到另一头，逗着海豹打滚追随，他俩兴奋得眉眼都挤到了一起。父亲不时地传出嘿嘿的笑声，年迈母亲的笑声则如小姑娘一般的细滑轻柔。

在他们忘情逗玩的时候，我在边上即时的抓拍了各种镜头，我发现父亲重拾了年轻时的豪迈，母亲腿脚也变得利落了。手里夹着鱼饵，他们像孩子般开心地笑着、移动着，逗引着那些海豹不断地拍打着肚皮竞相翻滚跟随。池子上方很多游客在观看他们喂海豹，他们也在开心地笑着、尖叫着。我与年轻的他们，与年迈的父母一起，感受着那些憨态可掬的海豹带来的快乐与惊喜。被这种快乐所感染，店家免费赠送了几十条鱼，本来是收费项目的抚摸海豹，店家也没有收钱，让父母平生第一次与海豹做了久久的亲密接触。

事后母亲问起我花了多少钱，我说：“妈，我看你玩得很开心，你看我爸是不是也很开心？我带你们出来玩不就是为了开心吗？只要你们开心我就开心，花多少钱都值得呀。”母亲一只手被父亲拉住，另一只手就握紧了我的手，说：“英啊，咱村的人都说我跟你爸养了这么个闺女太值了，比咱村任何一个儿子都好。”

说着她就掏手巾去揩眼睛。

我抻了抻她的手说，这里人这么多，你怎么像小孩子一样呢？她就眼泪叭嚓地笑了。爸见妈又掉泪，他没有说话，也没有笑，只是将妈的手拉到他的胸前，让妈离他身体更近了。

出了极地海洋世界，在通往龙口南山大佛的高速路上，我听爸对妈说：“这条通向黄县的高速路以前是一条土路，现在改高速了。时间过得真快，一晃几十年过去了，变化可真大呀。”龙口撤县建市前就叫黄县，父亲说他以前走过这条路。

父亲年轻时给村办企业做过外跑，他行程近半个中国，在农村中他算是个能人，是个有极多见识的人，即便到这个年龄这个境况了，他依然清晰地记得很多人与事。我开车走的这条路是新修不久的一条高速路，父亲肯定是没有走过的，他应该是通过周围的山势地理感受到了所在的方位。我心里又是一阵激动，母亲也很高兴。她说：“你爸平时看起来痴痴呆呆，与他说话他都爱答不理的，我还以为他老糊涂了，彪了。你看他现在的精气神，与以前差不多了。英啊，你爸又有精神头了，都亏了有你这个好闺女呀。”

透过后视镜，我看到她又摸出手巾往眼角揩去。我又看了看父亲，见他正两手抱住副驾驶座椅极力地往前方看去。我对父亲说：“爸，到前边来吧。”

爸看了看妈，说：“不去了，我在后边挺好。”

父亲是想陪在母亲的身边，他不想让她一个人留在后座上，不想让她感到孤单。父亲比母亲大五岁，四十年的婚姻已将他们两人紧紧地捆绑在了一起。母亲身子矮胖，走路慢。父亲身子筋道，走路都带风，两个人半生的风雨兼程，父亲从来就没有将母亲落在身后。老了，他更加看顾她得紧，每次走路他都要拉着母亲的手。他牵着她的手走过了四十年的婚姻道路，牵着她走过了半生的风雨坎坷。由年少俊美到两鬓斑白，他总笑看着懦懦的她在他面前挪动着企鹅一样肥胖的身子晃来晃去。当子女长成单飞了，家里只有他们两个人，他们相互扶持着，牵引着走他们的年迈之路。

对于母亲行动的迟缓，父亲从来就没有一句催促与抱怨。在龙口南山，他就这样牵着母亲的手，慢慢踱到了龙口南山大佛座基下。

仰望着盘坐在巨大莲花座上，高高在上、遍体鎏金的南山大佛，身侧的父亲一双一直昏花的老眼在那一刻竟然清澈明亮了起来。他面带红光，双手自然下垂，就那么定定地站着，定定地仰视着上方这尊宝相庄严的亚洲第一大佛，他看得很忘情、很投入，嘴微微地张着。在他脸上我依稀见到了他年轻时那生动明快的笑，我看到了他的痴醉。

父亲在想什么我不知道，他痴醉于什么我也不知道，我也没有顺着他的目光去看佛，我在用心地读我的父亲。我慈爱的父亲，佛不在我眼中，也不在我心中，我的心中只有您，只有守候在您身侧，被您牵在手中的母亲，你们是我今世幸福之源，我是用你们半生苦厄成就今世快乐的果啊。

“父兮生我，母兮鞠我，拊我蓄我，长我育我，顾我复我，出入腹我。欲报之德，昊天罔极。”我的父亲母亲，乌鸦尚知反哺，羔羊膝跪以乳，子路自食粗淡而百里负米孝双亲，儿又岂不知感亲恩？

无论长多高，无论走多远，儿永远都走不出你们慈爱的目光，走不出你们佛光的普照，永远走不出我的双亲佛。我所做的这一切只为你们晚年快乐幸福，只愿你们快乐幸福。我的父亲母亲，你们就是我的活佛，你们赋我以生命，乳我以成长，看顾着我时刻的苦乐。

我们的父母就是两尊在世的活佛
无私的爱比天地还辽阔
生我养我育我疼我永远爱护我
为了子女受尽了折磨
每一个人都有这两尊活佛
我们有没有真用心对待过
……

我的父母双亲，我怎会不真心对待？这个世界上只有你们知我懂我疼爱我，年少时，你们是我的大山，你们年老时我就是你们手下拄持的拐杖。

父亲母亲，请把你们的手递给我，让我肩起你们晚年的孱弱，让儿来领你们走过今后每一条风雨路途，每一处的泥泞坎坷！

母亲的天空

灾难来临是那么得猝不及防。当孩子在当地三甲医院里病情一天重似一天的时候，我再也坚持不住，在第七天的早晨，为带女儿到北京大医院里治病，与他发生了激烈的冲突。他将病房的门狠狠地摔上，然后就不见了踪影。我摇醒了从疼痛里安定下来刚睡去的甜甜，将她带上了去北京的飞机。

四个小时后，我与孩子出现在北京天坛医院里，挂号、排队，脑电图、心电图、核磁共振等一个个项目的检查，一切指标都显示正常，而孩子的痛苦却每时每刻都在加重。此后，宣武、同仁、协和，各个大医院挨个儿看过去，我甚至不惜近千元的高价从号贩子手中购买各大医院的专家号。然而十几天过去了，孩子的病仍然没有确诊。

每天夜里，孩子头痛都会比白天厉害。甜甜是个坚强的孩子，而那不能忍受的头痛却使她忍不住夜夜哭号。每当发作的时候，我在给她服下散利痛后，就在床上抱着她。看着怀里痛苦挣扎、日日消瘦下去的孩子，我的心如刀绞般的痛。在朝阳区中海油国宾馆十四楼的客房里，在一个夜里，对孩子的病痛束手无策，却又不甘心放弃的我，听着孩子一声声的哀号，心就如被一把锋利的刀片在无情切割着，那撕裂般的痛，使我再也坚持不下去，在那个时刻，我放下了怀抱中的孩子，走到了窗口前。望着窗外京城繁华的灯火，内心突然间沉静了下来，死的欲望就在那一刻那么强烈地袭来。我没有回头看因头痛躺在床上泪流满面的孩子，我慢慢地拉开了酒店沉重的双层玻璃窗。就在我欲迈过去的时刻，我听到了从背后传来的甜甜微弱的呼唤声“妈妈!”

这一声妈妈那么微弱纤细，却似一道有力的绳索，将我紧紧地套牢，把我的心重新拉回到她的身边。回头，我看见孩子伸着她细瘦的小手，向着我的方向抬了抬，无力地再唤了一声“妈妈”。

“甜甜，妈妈在!”

我踉跄着扑到床前，握住了孩子无力的手，抱住了她的头，我把脸紧紧地贴在了她的头上，一时间泪汹涌而出。疼痛使甜甜睁不开眼睛，她却努力地抬起她的小手，摸着我的脸，“妈妈别哭!”我看到她紧皱的眉头，知道她正在头痛剧烈发作中。十几天了，她的病一天天地加重，在毫无医疗措施的情况下，只能靠大量服用镇痛药片来抵抗无情的病魔。

痛，漫无边际地延伸，扩展，弥漫了我的整个精神世界……

那天早晨在病房里与他争吵，当他把我推倒在地，愤愤地摔门而去的时候，我就在内心告诉自己：他不能靠了。我只能靠自己，一定要坚强起来。即便是走遍天涯海角，就算是倾家荡产，我也要把甜甜的病治好。

十几天过去了，情况再难，我也没有给他打过电话，他也没有来电话问下孩子的情况。那些日子，每天带着孩子到处求医，每天面对着痛苦中的甜甜，我对她的痛与怜压过了对他的恨与期冀，甚至忘记了在我们生活中还有他的存在。

而此刻，在近乎绝望的情况下，我终究还是记起了他。虽然之前因为我坚持要带孩子进京诊病，而一向稳健的他，考虑到在此过程中治疗的中断会加重孩子的病情，断然拒绝了我，为此我们发生了激烈的争吵。他狠狠地骂了我，并赌咒发誓不再过问孩子的情况。但事情到了这种地步，我相信，作为孩子的父亲，他若明白了我与孩子的处境，无论如何是不会袖手旁观的。之前若不是因为在老家医院我为孩子的病急火攻心而不顾他的面子，当着他的领导与下属狠狠顶撞了他，他不会赌气这么多日子把我们娘儿俩丢在京城不管不问。对于我来说，他也许不是好丈夫，而对孩子，他的确是一个很好的父亲，他非常爱孩子，一直视她如掌上明珠。

此时，面对着痛苦不堪的孩子，我的心，被撕裂了，执拗，被彻底摧毁，再也坚持不住。我拿起了电话向他求助，告诉了他我在北京带孩子求医的结果。他意识到了事情的严重性，当即拿起电话，一个小时后就联系到了301医院的专家。

第二天，孩子的病在301医院被确诊，此时，距刚发病，已经过去了二十多天，因为病拖得时间太长，没有得到及时救治，孩子左眼视盘上下及鼻侧已经出现了较大范围神经上皮质脱离，被诊断为一种罕见病。得知情况，他放下了手头的工作，于同天抵京。在与我单处的一刻，他哭着向我跪下了，向我忏悔，感谢我救了他的女儿，然后就紧紧地抱住了泣不成声的我。满怀凄怆的我，泪一直不停地往下流，我不知道他是不是能够通过我的泪读懂我内心的痛与对他的怨恨。

为了照顾孩子方便，我们从朝阳区中海油国宾馆搬到了五棵松医院附近住下。此后九天的时间里，他与我一起照料重病住院的甜甜。九天后，因为一个上亿元的经济案件，必须要他亲自挂帅，他被单位招回。此后十几天，孩子的病情逐步稳定下来，其间的每一天，从早六点，到夜里十点，一直是我一个人在医院照料甜甜。这期间，妈妈每天都有电话来，询问孩子病情，千叮咛万嘱咐，要我照顾好孩子，照顾好自己。

在他走后不久，心力交瘁的我终于病倒了。孩子在住院，我则每天拖着沉重的身子到门诊部输液。这期间，头一直昏涨，浑身酸痛无力，口中干苦，什么东西也吃不下。为了能有足够的精力与体力照顾孩子，我对宾馆餐厅说，每天为我炖一只人参乌鸡，天天如此，并在不该吃海参的炎热夏天里每天吃两只海参，直吃到鼻子出血。我只以这种生硬而野蛮的进补方式，使自己在北京坚持了下来。

妈妈得知这一情况后，几次要求来帮我，被我坚决拒绝了。

我曾告诉过妈妈孩子所在医院，她记不住，又问我，并再三说她要自己过来。妈妈身体不好，弟弟两口子在工厂上班，她要照顾我年幼的侄女。还有，父亲不会做饭，妈妈要服侍他们的一日三餐，她若过来，爸爸与孩子恐怕连饭都吃不上。另外最重要的是，北京夏日干燥酷热，我怕住惯了海边的她受不了。为了不要妈妈来，就拒绝再接她电话。七月二十二日夜里十点，服侍孩子睡下，当我拖着疲惫的双腿迈出医院大门的时候，我听到了一声熟悉的呼唤："英儿！"

我怀疑是听力出了问题，我不相信妈妈会出现在千里之外的京城。母亲天生没有方向感，这一点我遗传了她的基因，而她比我的辨识能力更差，除了村子方圆十余里的地界，她这一生，几乎就没出过远门，她怎么可能会来到我的身边？想到一个人在京城的艰辛，我是那么的孤独与悲伤，眼泪很快地流出。此时，我是多么希望母亲真的会出现在我的身边。我茫然地抬头看着远处，看到的是夜里仍川流不息地奔波于夜生活中的京城人，我看不到母亲那熟悉的矮矮胖胖的身影，于是格外哀伤地低头向宾馆走去。

"英儿！"

我再一次听到这样的呼唤。这一次我不再怀疑，我真真切切听到了是母亲的声音，是我听了三十几年的熟悉声音。在千里之外的京城，在孤苦无依的人海里，这声音就出现在我的面前。我抬起头来，我看到了我的妈妈，矮胖的母亲，她就站在我的面前。

她拉住了我的手。

当矮矮的妈妈突然那么高大地站在我的面前，我虚弱得几乎站立不住，踉跄了一下，跌在了妈妈的怀里。

对着怀里的我，妈妈凄惶地叫了我一声“英儿，你瘦了！”她就站在医院的大门口，在来来往往的人群里当众呜呜地哭出了声，我听出了她心里的痛，因为我为我的孩子正体验着如她一样的心酸与痛楚。

“乖呀，甜甜的病，把你累垮了，你看你瘦得不成人形了。”妈妈哭着一手揽住我，一手把我的胳膊举到我的眼前，我这才有工夫注意到，我的胳膊已经瘦得脱了形，皮包骨头，峥嵘着根根的青筋。

“妈，我没有办法呀，甜甜她是我的命，我没有办法啊，妈！”见到了妈妈，我突然感到了那么的委屈，靠在妈妈的怀里，我的泪水决堤而出。此前，我的绷紧了的神经与身子一直像一根上足了弦的发条，在见到母亲那一时刻突然间就松懈下来，虚弱的身子摇晃着晕倒在妈妈的怀里。

醒来的时候，我躺在了医院急诊室的病床上，妈妈守候在我的身边，她握着我的手，就如我此前一直守候着我的女儿一样。

“乖，睡会儿吧，我来替替你，就不会那么累了。”母亲贴我很近，我感受到她呼在我脸上的气息甜润而沉静，她的眼里满是怜爱与慈祥。她慢慢地将她的手从我的脖颈处绕到我背后，轻拍着，另一只手轻缓地捋着我的眼眉——像儿时一样，一种多么相同的时光轮回！在母亲的天空，在妈妈轻柔的爱抚里，我闭上眼睛再一次睡去。

醒来的时候，天已放亮。我记起了头天的情景，恍如置身梦中。看到趴在脚边睡着了的妈妈，我终于确定那不是梦，是妈妈真的来到了我的身边。我六十岁的妈妈，孤身一人来到人生地不熟的北京。她的身体一直不好，而且她还是扁平足，多走路或长时间站立，她的脚就会疼。我不知道妈妈头天晚上在医院门口等了我多长时间，如果医院允许全天陪床，妈妈在医院门口见不到我，她是否会等到天亮？她在人生地不熟的北京又将到何处落脚？

我没有叫醒妈妈，在沉思中，我记起了一个久远的情节。

那是我七岁多一个冬天的夜里，五岁的妹妹突然发起了高烧，呼唤不应。那段时间爸爸出远门探亲还没回来，夜里雪下得很大，一向胆小夜间不敢独自外出的妈妈，在那一刻毫不犹豫地用两床棉被裹起妹妹，用独轮车推着她，冒着生命危险深夜走上了去往十几里外镇里医院的山路。那个时候村镇之间没有公路，去镇里要翻越两座大山，要走的路是山间林丛里或地堰沟边的崎岖小路，路经处有很多采石场，由于村人世世代代日经月累的采石，那些采石场向下挖去几丈深，而且还有很长一段路经过悬崖边上，那些地方人若不小心跌下去轻则重伤重则会丧命。

山中雪没过了脚腕，天地一片浑白，没有月光，分辨不清哪里是路，哪里是沟壑。听妈妈讲，她是凭着记忆，一步步地探索着，感觉脚下踏实了才移步。在翻山的时候，有一次滑倒了，妹妹滚下了山坡。找到妹妹的时候，她什么知觉也没有，也感觉不到呼吸，妈妈以为妹妹死了，却不甘心放弃，就丢掉车子，抱起她，在呼号的风雪中，一路哭喊着奔跑去了医院。在医院里，医生说，如果妈妈再晚来一个小时，妹妹就没救了。

在我数不清的生活记忆细节中，有我柔弱的母亲为了儿女在关键时刻瞬间爆发出的令人惊诧的果敢与坚韧，更多的是母亲的温柔与细腻。我的母亲，她用羸弱的双肩，用她柔弱却宽博的怀，用无私的母爱为她的儿女们撑起了一片明朗的天空。

母亲的头发垂散在床上，有些凌乱。一个昼夜了，她没有好好休息过，灰白色的头发顺贴在她肌肤松弛的脸上，更衬出了年迈母亲为我们千里奔波不堪的困倦与憔悴。面对着日益衰老的母亲，我透过泪眼，依稀见到了母亲年轻时那一张饱满红润的生动面孔，想起了她每晚映在一盏棕褐色煤油灯下那一头黝黑乌亮的秀发。幼年时每个夜里飘摇在母亲发边那一盏煤油灯低矮、昏黄却无比温馨的光焰，一生都照耀在我内心的深处，恍惚在沉静乡村童年热炕头上的每个记忆夜的底色里。

童年里，吃完晚饭后的妈妈总是先把炕打扫得干干净净，早早地给我们把被子铺好，等被子在炕上焐热后，她忙完了地下的活儿，就上炕来，给我们脱掉衣服，看着我们一个个肉滚滚、赤条条地钻进被窝，她就坐在我们身边，在中指上套上顶针，眯起她那双很好看的凤目，在煤油灯下开始了她的针线活儿。那个时候，似乎她每晚都有做不完的针线活儿。我们睡了后，她就在我们身边，就着那盏昏黄的煤油灯，一针一线缝制着我们一家人的一年四季。

我年轻漂亮的妈妈，用她灵巧的双手，用她手中那五彩的丝线串联起了我童年乡村的每一个夜晚，在我记忆深处绣出了让我珍藏一生的幸福与美丽。

妈妈的煤油灯，见证了我们健康快乐的成长；妈妈的一针一线，绣出了我们童年的美丽与欢欣。而妈妈却在煤油灯前一天天飞针走线的日子里逝去了她的青春与美貌……

在孩子住院期间，为了给她补充因为大量使用激素而造成的维生素流失，我每天要给她买很多的水果，特别是那些她没有见过或吃过的价格昂贵的进口水果。那些水果，有时候我也会尝一些，而母亲从来都舍不得吃一口。有几次看到因为她不舍得吃水果孩子也赌气拒绝吃，她就借口离开了病房。她这样做，仅仅是为了节省下那几口，好让孩子与我能够多吃点。

我的妈妈，她一直是这样。

自我记事起，家里有好的饭菜她都是先给在外操持的父亲，然后是她的孩子们。她不顾我们的劝让，顿顿都吃着我们的剩饭剩菜。这一习惯，她一直保持了很多年。到现在，由于父亲的精明能干，家里生活条件非常富裕，妈妈却始终保持着她的这一习惯，不舍得吃，不舍得穿。而对家人，她从来不苛刻，她总是说，吃不穷，穿不穷，打算不到才受穷。

妈妈，她一生都在为家人辛勤操劳，无私付出着，从来没有计较过自己的得与失。妈妈的贤惠，她的精心操持，使我们一家人吃的开心，穿的体面，与妈妈在一起的日子总是开心幸福的。

由于不适应北京的气候及身体原因，我与孩子每天会因出汗换下很多衣服。这些衣服包括内衣裤，妈妈每天都会给我们洗好，晾干。自从妈妈来到北京，我就不用再早起，妈妈每天会早早地起来给我买好早餐，然后将两只拉缸盐海参择洗干净，用开水泡着，放到我枕边的床头柜上。连我每顿需要服用的药物，她也都给我准备好放在了床头。每天我还在梦中的时候，她就一早去了医院。

由于妈妈的到来，卸去了我大半的负担，我的身体慢慢恢复起来，体重由她刚来时的七十多斤很快增加到八十七斤。孩子守着姥姥每天很开心，身体也在轻松快乐的日子中渐渐地康复起来。

北京，自从母亲到来后，我的心里不再是惨白凄凉。我在北京的陌生之路，也因母亲的牵引而不再走得蹒跚泥泞。母亲用她苍老已不再强健丰满的羽翼努力地为我撑起一把伞，为我与孩子在北京顶起了一片无雨的天空。

八月下旬，孩子各项生理指标基本恢复正常。办理完出院手续，我与妈妈一边一个牵着甜甜的手，行走在北京舒爽的秋天里。有一刻，孩子抬头很认真地看着慈祥的姥姥，问她：“姥姥，你把姥爷和月涵丢在家里，你不疼他们吗？”

“乖，姥姥很疼他们啊，可是姥姥把你与妈妈丢在北京会更疼啊！”妈妈对甜甜说完这句话后，把头转向了一边。我看见，在母亲的眼里分明有泪光在闪动。

与奶奶有关

水　呢

我推开奶奶家的大门，看见奶奶还是坐在老地方晒太阳。

奶奶还是在老地方，还坐在她自己编的那个坐了多少年的蒲墩上晒太阳。

她喜欢晒太阳，一年四季地晒。

奶奶还是十几年前那个样子。头发黑黑的，脸庞瘦瘦的，颧骨处两嘟噜肉，圆圆亮亮的，眼睛也明亮有神，精神矍铄。没见她有多少苍老。

奶奶年轻时是个小美人儿，即使现在也不似同龄老人那般苍老丑陋不堪。

我走近奶奶，在她身边站下来，我没有说话，我端详着慈祥的奶奶。

西院仍然会不时地传来一两声咒骂：老家伙，还不死……

我与奶奶早已习惯了这声音，她骂去吧，不是有句话说，越咒越健康吗？她越骂，奶奶越健旺……

西院住着本家一个二叔。奶奶现在住的房子早已经半卖半送的属于他了，只是要等奶奶去了后他才能正式收归房子。

二叔为人忠厚，耳朵天生有点背，因为这点残疾，他在二婶面前有点怯。

二婶也只是骂几句，她不敢有什么过分的举动。追问她，她不敢承认是骂我奶奶。虽然大家都知道她在骂我奶奶，既然无法奈何她，也只能充耳不闻，任她骂去。

西院骂了几句，内门同往常那样，在几句咒骂后，关上了。

外面只剩下鸡飞狗跳的声音，间或秋蝉一两声绝望的悲鸣。

奶奶踮起小脚，扭呀扭呀地从屋里拿出一个蒲团，让我坐她身边。她操起我的手，边摩挲着，边上下打量着我，就如十几年前一样。

忽然，她就哭了。她说：英啊，你怎么瘦得这么厉害？你女婿不给你好东西吃吗？

她撩起偏襟夹袄前摆，揩揩眼。用她干瘦的手，反复摩挲着我同她一样干瘦的手与肩。接着，她的老泪又流了出来。

她把手伸进她一贯穿着的夹袄缝里，抖抖索索地摸索着。一会儿，她摸索出一块月饼，是那种冰糖八宝的，不是囫囵的，掰去过一角的那种。在那掰过的新茬上，还挂着几条青红丝，鲜艳明亮，使人馋涎欲滴。

她摊开我的手掌，把那块缺失一角的月饼放到我的手心里，并使我的手握拢：英啊，吃吧，悄悄地吃，别让他们看见啊。

他们，就是我那十几个堂兄弟姊妹。

她每次偷偷塞给我好吃的东西，都是这么嘱咐我。

她手里拽着我那长过臀部的大辫子，眼睛盯着我的嘴与手，问我：好吃吗？

实在是不好吃啊，我嘴里没了唾液，月饼干巴巴的，胡乱地填在我的嘴里，我吞不下。

好吃，甜呢，奶奶！

我边对奶奶说，边艰涩地转动着舌头，发出含糊不清的声音。

奶奶似乎看明白了，她递过那因为长期饮茶而油亮发黑的茶杯，那搪瓷茶缸掉了许多的瓷，掉瓷的地方就如同人光润的肌肤上缀着的一块块脓疤，看来很让人恶心。茶缸里有大半缸水，尽管是白开水，也被茶垢映得些许的发黄。

这个时候，有洁癖的我，没思想地接过奶奶的茶缸，张开嘴，大大地喝了一口。

怎么喝不到呢？刚才明明看到是半缸水的。

我含混着对奶奶说。在我张嘴说话的时候，那没经过唾液搅拌的月饼，就如粉尘，纷纷扬扬从我的嘴里飞了出来。

奶奶有点不高兴，那月饼是她藏着掖着，偷偷地留给她最喜爱的孙女的。每年的每个节日，我都能从奶奶那儿得到一份额外的东西，比别的孙儿孙女多出的。

我告诉奶奶，她的杯子里的确没水。

奶奶接过她的茶缸，掂了掂。于是就捯动着她的三寸金莲，扭呀扭呀的去了里屋，端出一杯水，这回我看清了，是满满的一茶缸。

可是，在我张开嘴的时候，还是没水进到我嘴里。

我要被噎着了。

我抓起我的手包就往外跑，车钥匙在我包里，我边跑边用遥控器打开后备箱。我要到车里取水去。我保证车里有水，我确信无疑，那是我来这里之前刚搬到车上的。

打开后备箱，拿出一瓶矿泉水，拧开盖子，却没有水流出来，水没了？

水怎么就没了呢？月饼还在我的嘴里呀。

奶奶杯子里的水没了，我车里新买的一箱矿泉水没了，我的唾液没了，那么我身体里的水还在不在呢？

拜　祭

一大早起床，我就同老公商量，要他陪我去拜祭奶奶。

我同老公说，我要去给奶奶烧点纸钱，昨晚，我很清晰地梦到奶奶了。

你自己去吧，我今天要加班。

老公的样子很不屑，他冷冷地说道。

我不知道奶奶的坟墓在什么地方，给父亲打电话，父亲说他带我去。

秋收了，父亲在地里收花生。刚下过一场雨，地里很湿，很黏。花生收起来很难，拔出花生棵子都带着大团的泥土，很沉，很累。

父亲从来不用我下地，即便是在家做姑娘身体很好的时候。父亲请了帮工，一天五十元，管吃。

父亲种庄稼不是为吃粮，只是为了种点特色农作物给我们姊妹几个吃个新鲜。玉米还没成熟，就被全部掰下来，煮好，分送我们吃嫩玉米棒子；吃不完，母亲就用擦子打成玉米糌，放冰柜里冻起来，如果愿意，我们全年都可以喝到新鲜香嫩的玉米糌稀饭。父亲种花生不为打油，只为了让我们能吃到那半干不干的时候嚼起来甜甜味道的花生。

父亲就这样，听说我要给奶奶上坟，留下帮工在地里做活儿，他自己从地里跑来，到大路边等我。

看到父亲了，他腰背有点驼，面庞消瘦，头发有点凌乱。还没等车停稳，他就伸手拉车门，自然没拉开。

我打开车门让父亲坐副驾驶位。

在父亲坐进来的一刹那，我闻到一股浓浓的屎臭味。

父亲说，是路两边地里传过来的味道。

我没说话。

来之前，我现去洗车场清洗的车，黑亮黑亮，显得尊贵典雅。

父亲、母亲都要求我每次来家之前把车洗干净。尽管农村土路崎岖不平，尽管洗完车，只跑一趟整个车就会覆上一层厚厚的尘土，看不出模样了，但是我还是愿意把车打扮得漂漂亮亮的。我理解父母的心思。也就十元钱嘛，能满足父母那小小的虚荣心，未尝不是儿女的一份孝道。

车里空气清新剂不顶用，那浓浓的屎臭味依然紧紧地跟随。我瞅了瞅父亲穿的黄胶鞋，底子上糊满了黄泥。肯定是发自那里的味道。

车是刚装修过的，脚垫都是全毛的。我有些心疼，但是我没说，因为那是我父亲啊，我总不能要他把鞋子扔出车外去。

我打开车窗，让风在四十公里的时速下从前窗灌进，再从后窗带走臭味。

跑了十分钟左右，车拐进了一条很好的水泥路面上，却是蜿蜒通往几乎是无人烟的山顶的。

父亲说，市委一位重要人物在山上盖了别墅，于是镇里就专门为他家修了这条道路。

这条通往山顶的路大约有两公里长的样子，路以能并排跑开两辆车为宽。

娘家村里几百口人，村民住房条件都还可以，只是村里的路非常的狭窄，路面凹凸不平。车每进村，我总是将车开的比人行走都要慢，因为路面不时地会有一块高高的凸出来，或者那段会突然凹进去，不小心就会托了车底盘。我要小心翼翼地绕过那一个个的堡垒与暗礁，车在一挡还要点着刹车走。

这样的路况，这样一个几百口人的村子，没有哪位村长或是乡官想到来平整一下村里的路面。

其实这样做起来很简单，只需找几个人，将高出的地方铲平，凹进的地方填几锨土压实就成了，却是没人来干。而那远在山顶的盖了豪华乡间别墅的市级大人物，乡里却动用专款专人为之整修一条两公里长的宽敞平坦的盘山公路和宽敞的停车场。

据说，为了那位大人物盖别墅，我们村好好一块山林给整平了，木材用作了建筑材料。说是土地给了钱，可是谁也没见。

我的父老乡亲就这样默默容忍着他们的腐败，没有谁出来争过什么，包括我这位现在已失了锋芒的当年的村支书父亲，对这腐败现象，对他们对他自身利益的盘剥，他都安之若素了。

我有点好奇，我对那位所谓的大人物产生了兴趣，我不知道他到底是来自哪路的神仙，能如此的神通广大。

对于他是位什么级别的重要人物，我有种想见识一下的冲动。

沿着水泥路面跑了几分钟，车停在一座豪华别墅前宽大的停车场上，因为再往前已经没路了。

有几条狼狗凶猛地朝我与父亲咆哮着。

我带着情绪，从路边拾起一块石头，往叫嚣的最凶的一条狼狗身上扔了过去。那杂种叫得更凶了，眼放绿光，带着粗大的铁链子蹿起一人多高。它似乎要挣脱锁着它的铁链子，扑过来把我撕碎一样。

我不再理会那畜生。

我把车停好，上了保险锁。

因为修路，建停车场，去往奶奶坟墓的路已经找不见了。父亲约莫着方向，带我走上一条小路。

说是小路，其实也就是草木稀疏点，根本算不上是路。

父亲在前，我紧跟在后。

父亲走路很快，我穿着高跟鞋，穿着短裙，没穿袜子。

小路很快没了，我只好跟着父亲拨开草丛，艰难地一步步往奶奶坟墓处挨去。

草没胸深，尽管父亲在前面特意为我踩出一条小路来，还是有一些不知名的小草亲吻着我的脚，一些不知名带刺的藤蔓切割着我光润的小腿。

我一瘸一拐地跟着父亲，小心翼翼地踩实每一步，我时时警惕着，注视着脚两旁，我生怕会有一条毒蛇从草中忽然钻出来，在我小腿上咬上一口。我在想，咬就咬了，只是，父亲肯定要背着我，跑那么远的山路，回到车旁，那会累坏他的。我还盘算着，如果被咬了，父亲背起我回到车上，再到医院是否还来得及。

这样的行程很是辛苦，没有路可以走，在经过十几分钟艰难的探寻与跋涉后，终于到达了奶奶的墓碑前。

我发着烧，我大口喘着气，我的腿被那些知名的不知名的草给割得条条道道发红，甚至拉出了血口子，又疼又痒。那些毒蚊子不知道什么时间也在我的腿上趁机留下了七八处指肚大的包肿，痒得心颤。

父亲蹲下身，把纸钱铺展开来。我把香点燃，并排插在奶奶墓碑前。

纸钱点燃了，我没有跪下来，我只在心里默默地念着奶奶。我的泪流了出来，我转过头去，用纸巾偷偷地擦去，我没让父亲看见我在流泪。我不要他看见我不开心，我不要他为我担心。

奶奶，我有好多的话要对你说，奶奶你能听见吗？活着的人对我的命运已经无能为力，我只有借助冥冥中奶奶您的力量了，奶奶您能保佑我脱离这份苦厄吗？

您听到孙女的心声了吗？我的身体不好，已经三个多月，始终查不出病因。我还有个身体也不是很好的女儿等待我的照料。奶奶，原谅我不能，也不肯现在就去陪您，我要把我的女儿抚养大，我的女儿还需要我，奶奶！

父亲坐在一边默默地抽着烟，手里拿着一根树枝拨弄着纸钱，他怕火蔓延开去，他小心地将火与周围草木隔离开来。他不断地翻动着纸钱，让它们彻底燃烧。

纸慢慢地烧完了。等到最后一缕烟也熄了的时候，就来了一阵风，将那些纸灰旋上了天空。地面上，墓碑前只剩下那些未烧完的草根与枝条，还有我，与发呆的父亲。

我想，那是奶奶来收走了我的一份孝心。

我想奶奶既然收走了孙女的心意，奶奶一定听到了我的心声，奶奶一定会保佑我度过这次劫难。

保佑我今后的路途平顺吧，奶奶！

这时，我已经泪流满面。

我想，这时的父亲一定看见了我的泪流满面！！

那一席父亲母亲的炕

我总不喜欢城市的席梦思，梦中千回百转，仍是农村那一盘土炕。也许，是那一盘土炕上，有我的父亲与母亲，有我儿童时代的欢乐，有我种下的许多梦，只是还没有发芽，我已走进城里。

父亲与母亲，他们的情感就如他们那盘土炕，永远都是温暾暾的，没有火热刺激，没有冰寒刺骨。

他们之间似乎永远都是温情脉脉的，他们之间似乎永远都是默契的。在我的记忆里，似乎没见激烈的争吵发生在他们之间。他们俩给我们的总是亲切温和的印象，他们说话声音也是，父亲的低沉，母亲的轻柔。母亲称呼父亲，总是只喊名字的后俩字。开始，我听出的是亲昵；后来我听出的是依赖。而父亲叫母亲更奇怪，不管母亲多大岁数，他总是叫母亲小兰，母亲在他的眼里，似乎永远都长不大，永远都需要他的呵护。他们把这温柔与细腻一并传导给了后代。在我们姊妹中，没有谁会尖酸刻薄，我们给人的印象，也总是亲切而温和。

我想念母亲烧的热炕，想念正餐时炕上放的那方木桌。我似看到，就在这个时刻，娇小的母亲一如既往地在做好几个菜后，轻轻柔柔地爬到炕上，隔着桌子坐到了父亲对面。父亲看着她坐好后，伸手取过她面前的茶杯，动作轻轻地往杯里倒着酒，那酒流是细细的，倒的时间不长，也就是说她杯里的酒量很少。这时的母亲脸上带着年轻的好看的微笑。她在望父亲的时候，脸上总带着这样的微笑。透过这微笑，我们轻易就读出了年轻和满足。这时候，她那双很好看的凤目，就会因了笑意而眯得更细，拉得更长。母亲以柔和的目光，看着父亲倒酒的手，没有去想自己微小的酒量。她似乎从来就没担心过父亲会做错什么，她总是无声地服从着父亲，近乎迷信与崇拜的服从。她的爱，植根于这种崇拜中，没有什么力量能够动摇。他虽然不能给她锦衣玉食，不能给她貂裘宝马，却使她和儿女们温暖无限，就像一席永远温温的暖炕。他宠爱着自己的妻子，无论生活多么艰难，他都不舍她暴露在毒辣的太阳下，在凄冷的风雨中下地劳作。她总被温暖地藏在家里。他深爱着自己的儿女们，以他并不宽厚的臂膀，担起一家五口生活的重担，从不问路途曲折遥远，从没想到什么时候将担子放下。

辛苦只有他一个人，而她始终年轻着，用满足浇灌着年轻。在外，他从不显露出这番儿女情长。在村子里，父亲曾是呼风唤雨的人物。他做过村支书，带领村民勤劳致富，使村子成了县里首批富裕村。退下来后，他又凭着灵活的经济头脑，先承包工厂，后搞汽车运输，他为这个家提供了丰裕的物质生活，为家人建起了高墙大院。同样，这个小小的家，也是她释放爱的天地。她手艺很好，每天调理出丰美可口的饭菜，满足在他们吃饭时痴醉的表情里。而父亲呢？脸庞上似乎永远都挂着退不去的表情。我们姊妹几个，似乎也无师自通，即便哪顿饭菜不合口，也会违心地说好，好。

父亲比母亲大五岁，他们从小青梅竹马。到牵了手，走到现在，已是儿孙绕膝，他们是满足的。儿女离开他们羽翼的庇护，独自飞行后，家里只有他俩人了。此时，母亲总是爱端量父亲的表情，她总是希望在父亲面上看到什么。父亲总是不负所望，在脸上展现出他对这生活的惬意与满足。父亲斟满了酒，母亲会轻轻端起，与父亲轻轻碰一下。父亲大口地喝，她自知酒力不济，只是轻啜一点。但是，为了迎合父亲，那轻啜中，总是发出丝丝之声。不一会儿，母亲脸上就会多出了许多的红晕。这时，父亲就把眼从酒杯上移开，眯缝着笑眼，投去一丝只可意会的疼爱。

这一投，就是几十年。她那红润的脸，已经不再白皙如初，却仍是健康而光润。母亲顾不得父亲看她笑话，她一手往嘴里扇些风，一手忙不迭地去夹菜，并以极快的速度咀嚼着，她要压下那老白干留在嘴里的辛辣。过后，她眼里带着被酒辣出来的泪花，却满脸带笑，歪着头把酒杯挪到一边，嗔父亲：辣死了，人家不喝不喝，你非要人家喝。而父亲就会再一次把酒杯送到母亲面前，笑眯眯地又与母亲碰杯，哄着她喝下那辛辣的老白干！

这一幕幕，在以后的岁月中，总如放电影一般，让我回味，让我留恋。我总尝试着，在我与他之间演绎父亲与母亲的这种旖旎情态，重现父亲与母亲之间的那份温情，那是我对婚姻生活永远的期待与渴望。

每当我想家的时候，情景总落在母亲那烧得热乎乎的热炕头上，总想起父亲与母亲那番永远都老不去的儿女情长。那是一番多么美丽的景致啊！我很希望我与老公也会如父母那样。我慢慢地学会了服从，我已经习惯他的指挥与领导。我敬着他，任由他管理着我。其实我也很想依赖他，在他面前，我总试图做出千娇百媚的样子，只是他不很理会这些，他不欣赏。有的时候，他会很厌烦地说，你都是孩子她妈了，看你这样子像什么？于是，我就检点娇痴，彻底收拾起了一个女人与生俱来的那份依恋。他个头比我父亲高出半个头，体重比我父亲多出四分之一，可是，我更渴望他的胸怀，也像我父亲那样。

虽然，我已经习惯了这些，可是我还是羡慕母亲。我总希望有一天，他会看到我的憔悴，会因为怜惜而转为疼爱。我按照他的要求，尽力地克服自己的软弱，把种种小女子情态强行压在心底，努力在他面前做出女强人的样子，不依靠，不等待，万事靠自己。我努力地倔强着，我努力地强悍着。可是那倔强，那强悍，不是我的本性啊！我最终还是因不堪负重，倒了下来。这时，他才真正地紧张了起来，那久违了的温情，才从他的内心深处强烈地迸发了出来。他请了长假陪侍我，在我面前他不见了那久来的官长作风，我终于从他的身上，在他的心中找到了本该属于我的位置。我只想就这样躺着，以倒下的姿态，把那一席温情留住，生怕一起身，就被轻风吹走。

我就这样躺着，在北京协和医院。他默默地坐在病床边，摩挲着我枯瘦的手，盯着我那蜡黄的脸，心里透露出久违的心痛。因为我的病总也确诊不了，他被莫名的恐惧折磨着，整夜整夜地不能入眠，甚至有一次他与我说话的时候哽咽了。他也迅速地枯瘦着。他男子汉那宝贵的泪，我只在公公去世的时候见他流过，没想到，再次见到，竟是在我从病睡中醒来。我发现，他正在泪流满面。他终于懂得了我内心的无助与软弱，理解了本为弱柳质的我是多么需要他的怜爱。他从此把他宽厚的肩膀无偿地给予了我。我柔若无骨地伏在他的肩上，任他卸去我心中所有的负重。我放下了千年的包袱，只如一个婴孩，无忧无虑地在他的怀抱中感受着那久违的温馨。他对我的生命充满了无尽的渴望，在我病中，不会做饭的他，不断从宾馆酒店不计成本地订各种花样饭食，试图吊起我的胃口。我似乎又回到了那灿烂的恋爱季节，春天那桃花的颜色又慢慢地上到了我的脸颊。我尽情地体味着做小女人的幸福。尽管各种山珍海味在我抱病的嘴中味同嚼蜡，但我努力装出很有胃口，吃得很香甜的样子。这样，我就在他的眼里看到了他对我生命重新燃起的希望。

此前，我总怀疑他不再爱我，我甚至怨恨着他。由这场病，使我感受到原来我在他心目中是如此的重要。我由此理解了他爱的厚重，那种与父亲表达方式不同的爱，那种粗犷甚至是粗糙的爱。

病是痛的，但只要心是暖的，我们就不怕，就会像儿时躺在父母亲的炕头。天渐渐地变暖了，这一刻，我闻到了来自春天温暖的味道。

斯人既去了无声

一、我张张嘴，又闭上了

昨天晚上睡下后，妈来电话，告诉我一个消息，之所以我称为消息，是因为妈妈对我说的这个人、这个事，我不是很上心。

妈说：你大爹去世了，明天一早发殡，你明天有时间就回来送送他吧。大爹是我们当地的叫法，就是大伯的意思。当听到妈妈说大爹去世了的时候，我没有感伤，没有慨叹，就如听到一个于己无干的老人去世了一样。生老病死是自然法则，很正常。所不正常的是，这个人是我的亲伯父，我父亲的同胞哥哥，他在不该走的年龄走了，妈妈在说到他去世了的时候语气是淡淡的，感觉不到惋惜与哀伤。

我是从睡梦中被电话叫起的，也就是说他应该是在夜间走的，或者说他走了已经不知道有多久了，只是在昨天夜里才被人发现已经没了气息。我在接完电话后，没有多少沉吟就对妈妈说我不想回去了，妈妈也没坚持要我回去。其实我是应该回去的，毕竟他是我亲伯父。原因是我的工作刚做了变动，昨天下午才决定的。另外我很害怕面对那生离死别的场面，我在那种场合常常刹不住自己的眼泪，何况他毕竟是我的亲伯父！

我只在一瞬间微微张了张嘴，却没有发出一丝声息来，很快就闭上了。

二、他把快乐提前收割

父亲兄妹七人，四男三女。而大爹是四男中长得最帅的，近一米八的个子，外表看来气宇轩昂。只是不知道为什么，他脑瓜却不灵光，不算是傻子，也差不多少。以至于我都出生几年了，仍然没有一个姑娘愿意嫁他。后来，也就是他现在的妻子，我的大妈，一个带着孩子的女人嫁给了他。带孩子不要紧，她还是个半语人，模样一般，脑瓜也不够灵光。

我不知道大妈的故事，我从来就没好奇过，现在想来我怎么就会一点儿不好奇呢？我从来没问过妈妈大妈的来历。只知道他们夫妻很般配，都属于缺心眼的那种。他们这许多年之所以能够顺利地过过来，没有忍饥挨饿，全是因为他们有三个好弟弟——我父亲与我的两个叔叔。

他们结婚后很快生了三个孩子，加上原来带来的那个，三女一男。大爹与大妈生活技能都很低，种了小麦，人家都储备起来供全年吃，而他们在麦子还没成熟的时候将麦穗掐下来煮熟，麦粒放碾磨上推撵蒸（音）。小的时候我去他们家赶上他们推撵蒸吃，那煮熟的麦粒从碾磨上方进入，一条条的撵蒸从碾磨四周跌落下来。他们边推边吃，我也跟着吃了一次，那样吃麦子味道确实很鲜美。也许他们是我们村唯一这样吃麦子的人家。现在想来，可能是我那来历神秘大妈带来的吃法，因为此前我从没见过我们村还有谁家知道可以这样吃嫩麦子。麦子从灌浆到籽粒成熟时间很短，那撵蒸的美味是享受不了几天的，麦粒便很快地老了，成熟了。这个时候的麦子才被他们很遗憾地收起来，磨成面粉。有了白面，在一段时间内他们就不吃粗粮了。但他们收获的细粮实在很少，像他们这种吃法，不用多久就把全年的白面都吃完了，当粗茶淡饭也不能保证正常供应的时候，就需要父亲与两个叔叔不断地给他们家送米送面，接济着他们。

父亲兄弟四人，每家都只一个男孩，独根苗。对于父母来说，无论生儿生女，都是自己的骨肉，都很金贵。而大爹与大妈似乎连这感觉都没有，他们养着四个孩子，最小的也是男孩。尽管他们夫妻脑瓜不够灵光，四个孩子却一点缺陷没有，他们所生的三个孩子，模样都不错，承袭了大爹的相貌。特别是二女儿，高挑的个子，细白的面孔，丹凤眼樱桃唇。任谁看也不会想到会是农村女娃，更不会想到其父母会是弱智人。

二女儿在十七八的时候，一天傍晚来到我们家，看到她的裤子被撕破了，白藕似的胳膊上都是血道子，腿上也是道道伤痕，血糊糊的。那时她就快一米七的个头了，她说放学回家被人连人带车推到沟里了，后面的话我们没问，她也没说。妈妈赶快烧水给她清洗身上，至于妈妈与她说了什么我就不知道了，现在想来，也许她遭到了不测。当时我的思想还很简单，只想她是被沟坡的荆条根划拉伤的，没往别的地方去想。

儿女有什么事，他们的父母是指望不上的，基本都要找我父母及叔叔婶婶们替他们拿主意，做决策。

三、全子走了

大爹的儿子名叫全子，是老来子，相貌英俊，只可惜我们最终没见到他长大的模样。

穷人的孩子早当家。堂弟全子的父母是如此的情况，同母异父的姐姐嫁人了，从此就与家里断了来往。两个同胞姐姐都上学，全子在十六岁的时候弃学了，他成了家里整壮的劳动力，成了家里的顶梁柱。

可惜好景不长，没多久，他失踪了。

对堂弟的失踪，大爹与大妈毫无感觉，他的两个亲姐姐很着急。于是我父亲动员所有的亲戚帮助查找，在电视台电台都发布了寻人启事，终是生不见人死不见尸。十年后，大妈在说到他们儿子的时候还用含混的话这样问我们：全子哪去了，怎么老不来家？大爹呢？从来就不见他问起过儿子的下落，似乎他与全子全无关系。

全子嘴很甜的，他知道感恩，也很会来事，我们大家都很喜欢他，也因为他是大爹家的根，是我们林家的男子汉，生在弱势的父母家，父亲叔叔几个都特别地疼爱着他，眷顾着他。不想就这么个讨人喜欢的半大小子莫名其妙地就突然丢了。妈妈想起他，常常会心疼得掉泪。想起那个可爱的堂弟，我们也心里黯黯的，印象中总挥不去他憨憨的笑，他亲亲的叫姐姐的声音。

曾经一段时间，社会上有传闻，有人专门诱骗半大的孩子。他们把孩子骗去后，挖出健康的人体器官，高价贩卖到国外去。对全子的失踪，我们也想到了这个最坏的结局。

后来还有人说，在韩国有人见过全子，他被完整地贩卖到韩国去了，说的有鼻子有眼儿。情节是这样的：一个人A在韩国一个公共场合遇到一个中国人B，他坐着高档轿车，身边保镖成群。B见到A，停下车，对他说：我认识你，你不是周家沟的×××吗？我是××村的，姓林，现在是亿万富翁的唯一财产继承人。回去你只要对××村人说到我姓林，他们就知道我是谁了。

这是个带有传奇色彩的故事，谁相信人生会有那么好的境遇呢？所以没人去核实它的真实性，只把它当做一个故事听了。当然，如果是真的，那么这个林是我的堂弟无疑了。

四、一声叹息，淹没了他的一生

我从高中起住校，然后是大学，然后是工作，然后是结婚，这许多年来，回家见大爹的次数还真的屈指可数，对大爹最清晰的记忆就是他抓住我家的鸡，狠狠地摔在地上的情景。我家养了十几只鸡，被他一年内摔死了近一半。并且给我父亲起外号，满大街的高声喊着我父亲的外号，得意洋洋地梗着脖子，斜睨着我们家高大的院舍，扬言着哪天要一把火给我们烧了。妈妈气得直哭，父亲想去打他，被妈妈多次拦住。只因为他，妈妈患了神经衰弱，几年内都睡不着觉。我妈妈对他们家那么好也出于天然的亲情，一则他是爸爸的亲兄弟，另一则，爸爸与妈妈是姑舅结亲，大爹是妈妈的姑表哥。

尽管妈妈恨大爹，却还顾及着他不懂事的孩子，总是心疼着他们。包括我的两个也都被他作害过的叔叔，虽然都不喜欢大爹，也还心疼并尽可能地帮助和照顾着他们的孩子。

对于大爹的死，在我们林家没有引起多大的震动，这好比家里养了一棵花突然枯萎了，只换得一声叹息罢了！

梦中章节

一、毒　果

又回到了童年的景象。

一丛丛野果透亮的红，散布在地堰沟坎上。

他牵着我的手，奔向那棵果实最大的小树前。我看了看那野果，红红的，只是表面色泽有点暗淡。我随手摘下一颗，递给他。他用手轻轻地抚了抚表面的浮灰，放到嘴里，面无表情地咽了下去。我摘下一颗，学着他的模样也吃了下去。只是在我把果实拿在手里的时候，就已经发现果实很不新鲜了。那果皮蔫蔫着，似乎与果肉已经脱离开。我皱了皱眉头，没有多少犹豫，揭去果皮，把果肉放到了嘴里。我感到了苦涩，一股强烈的腐败味道充斥了我的口腔。面对这腐败的苦涩，我身心却产生了莫名的强烈的快感。

那果树实在算不上树，不到半米高，只是在枝端分杈，各个枝头都挂满了累累果实。黑红的果实，完全失去光度的果实。那枝头被压得向地面直直的垂去，压得心有几分沉重。

那棵小小的野果树实际上已死亡，枝干呈现出枯木的颜色，果实在枝头上失去了营养供应，在慢慢地腐烂。

尽管满嘴的苦涩，满嘴的腐败味道，我却对这些果实充满了渴望，我将那些果实一一摘下，一一放到嘴里，慢慢品尝。我对这些腐烂的渴望就如被毒瘾死死地纠缠，欲罢不能。

前方，很多鲜红欲滴的野果，一串串的挂在枝头。我没有去摘，连看一眼的欲望都没有，我守在这棵树身干枯、果实霉变的野果树前，恋恋不肯舍去。

这霉烂的野果有毒，我感到了舌尖的麻木，心也无比地疼，而我难以舍去。我在万紫千红中无比执着地选择了它，心甘情愿地吞咽着这一枚枚苦果、毒果。我将守候到最后，守候到或者将所有的苦果吞完，或者我被毒死，倒在它的脚下，与它一起朽烂。

二、菇　鸟

他从来就不喜欢那些小玩意，今天却一反常态，很有情趣的逡巡在地边沟坎上。他对我说，如果能找到棵菇鸟就好了。

果然景象如他所愿，眼前出现了一串小灯笼，麻色的果皮，包着一颗颗透绿饱满的菇鸟。我将菇鸟棵子连根扯下，递给他。他取下一颗，撕开果皮，扯去果蒂，用一根槐针，很仔细地刺破果蒂处，将种子与果肉轻轻地揉挤出来吃掉，留下完整的，呈半透明状，韧性极好，青绿色的果皮。他将果皮放进嘴里，很在行地一咬一吸，那菇鸟便在他的嘴里发出有节奏的咕咕声。

我有点惊讶。在我的记忆中，他的生活似乎除了钱、权，除了交际，除了烟酒，别的一切在他都了无意义。他面对我的种种爱好总是很鄙夷地说我不务正业，说我低级趣味。而今天，他突然变成了一个有血有肉，如我一般的低级趣味的人。我心里有一份幸灾乐祸，却没有反唇相讥。那是我一直的习惯，不爱与他争执与冲突！

他在有滋有味地玩着，那有节奏的咕咕声到最后只让人听得干涩，感觉单调得心烦。

他指了指前方，我顺着他手的方向看去，视线落点，另生有一棵菇鸟。他的意思要我去拔给他。

我有些紧张，尽管是紧张着，我还是很听话地连根拔起了那棵菇鸟。我不愿意违背他，否则会有很大的麻烦。

我很紧张地往四周瞧了瞧，我想起了大爹。大爹是看山的，他脑筋有点问题。我很怕他突然出现在面前，如果被他发现我拔了不属于我自己的菇鸟，他会六亲不认，这是件很麻烦的事。

在他聚精会神玩的时候，百无聊赖的我，听到有细微的声音来自脚下。我低下头来，看到脚边有一个大约手腕粗的洞，黑黑深深的，似乎望不见底。伏在洞口仔细听去，不时地有轻微的窸窣声来自洞底。我想，这也许是个老鼠洞，也许有蛇。无论哪种，都被人恶心或惧怕着。而此时的我并没有害怕，这是尘世锤炼的结果。

我经历了太多的恐惧，它们不知道要比来自蛇鼠的恐惧强过多少倍。我的一生似乎总在伴随着恐惧生活。

在我的童年里，我怕着智障的大爹。在我淘气的时候，妈妈会说，你再不听话，你大爹就来了。成年后，离开了家乡，大爹的恐惧随之结束，而我却转身投入了另一种无边无际的恐惧，他结束了我童年的恐惧，也结束了我人生最美的梦，终结了我的一生。

我看到，他正津津有味地、舒缓有致地玩着他的菇鸟，一脸的陶醉与无辜！

三、猫

猫站在我的脚边，它一如既往地长长地伸了个懒腰，之后就用身子磨蹭着我的腿，然后就抬起头望着我。

我蹲下身来，看看它。它微眯着眼看我，眼光慈祥而柔和。它斜瞅了他一眼，眼光再看向我的时候，就带了怜悯与疼惜的味道。我伸出手，轻轻地抚着它光滑而柔顺的毛发。它将耳朵放下，紧紧地贴住头皮，并努力地伸长脖子，闭上眼睛，一副很受用的样子。随即，它发出了轻轻的噜噜的声音。

那噜噜声很熟悉。

童年里，它每夜都偎着我入睡，就这样闭着眼睛，噜噜着每夜伴我入睡，让我感到很多的温暖与温柔。

一丝倦意袭来，我便想拥它入眠。而这时，它却突然跳起来，一跃而出几米之外。我的倦意也便消失无踪。

他正站在我的身边，半躬着腰身，手向下伸出，僵在那儿。我看到他表情很复杂，有点尴尬，更多的是愠怒。我听到来自他嘴里的骂声：死猫，我也不是老虎，躲我什么？

而那只对我很信赖、很慈祥的猫，此时正站在离他几米远处，全身毛发耸立，眼里露出比他表情更复杂的内容：戒备，愤怒，我还看出了鄙夷与不屑。

这是猫的表情吗？

他一向以超然物外的态度生活着。对猫狗等小动物，他从来不会施与小恩小爱。普通人的小情调总为他所不屑。就如我与孩子喜欢吃冰点，喝咖啡，吃西餐，喜欢制造点浪漫，弄点小资。对此，他从来不入我们的流，他行的是大酒大肉，是划拳行令，是人声鼎沸，是前呼后拥，是畅快淋漓。他要的是空里来，雾里去的生活。

今天的他，不知道为什么却变了性情，玩了菇鸟，也欲似我一般对猫施展一番温存。这突然的改变，我还没习惯过来。那猫比我更敏感，它以直接的姿态，明白无误地拒绝了他。

那猫已是满脸的鄙夷。

据说，猫可以通灵，它能捕捉人的灵魂。是否这只猫看出了什么？他突然间性情的改变，是否让猫看出了端倪？

我便心生了警惕，不敢再有所放松与放肆！

四、晾衣绳

雨下得很大，衣被都湿漉漉的。

天晴的时候，我扯出一根长长的绳子，这绳子是由尼龙绳、布绳与草绳三段接成长长的一条。我将它系在三棵树之间，将宿舍里的被子，箱子里的衣物通通翻出来，挂到了野外三棵树之间的绳子上。

小姨来了，我与她，还有他，坐在公路边的路涯石上，等父母与小姨夫。

三叔与父亲不知道乘坐什么交通工具，风驰电掣地经过我们面前。似乎他俩没看见我们，依然向前飞驰。我站起身，朝他们挥手，高声地呼喊着。

他们看见我了，却很惊异，满脸陌生的表情。我的父亲，我的三叔，他们竟然不认识我了，还有小姨，他？但是他们还是停了下来。妈妈也来到了，还有小姨夫，奶奶与大爹，大姨他们全到了。

大爹老了，他白白的头发，白白的眉毛，白白的胡子，个子也矮了半截。年轻时满脸的煞气没有了，现在，他只是个慈祥的、须发胜雪的小老头。

奶奶还是那么精神。眼睛亮亮的，很有神，很灵活的上下打量着我。我看出她很想亲近我。

三叔还是那种威风八面，颐指气使，目空一切的样子。

人到齐了，我返身回到那晾晒衣被的树中间。

树中间除了由绿色尼龙绳、白色布绳与草绳系结在一起的那条悬在空中、随微风晃荡的长绳，什么都没有。

我伸手摸了摸绳子。

这洇湿的绳子经过一天烈日曝晒，仍然未有半分失水的样子。

原来我在晾晒绳子?

五、梦　觉

天太热了，原来盖在身上的那条毛巾被被汗湿透，呈麻花状拧曲着蜷伏在我的身下，浑似那条洇湿的绳子。

奶奶的魂魄，大爹的暴戾，大姨多年的病骨支离，都已作烟散。

那只猫，在陪伴我十多年，在反复死过多次后，也终于在我上大学的那年正式地寿终正寝了。

醒来，满嘴的苦涩!

魂灵絮语

人生真真假假，假假真真，怎能分辨？本以为山穷水尽，却分明是柳暗花明；本以为是峰回路转，却偏偏是死胡同一条，偏偏又是不肯认输。这，或许正是人性悲哀之所在吧！

郑板桥说：“难得糊涂。”人若真能糊涂多好？在这个世界上，人多鄙视白痴，岂不知，空灵处佛在俯视着笑你的无知。也许，真正幸福的只有白痴！若非白痴，或许还有智者，而智者之幸福，盖也因他大智若愚！

我在填完一首哀伤的词后，佛爱怜着我，要我放下，我对佛说：“我既由灵草幻化肉身，已重似泰山，如何得清灵？只得将此浊物点滴融化，飞作清泪，还诸此君！”

寒冷的冬季，一个人，就这样，行走在狭窄逼仄的幽巷，不知道前方通向何处，是阳光大道，还是一条没有出路的死胡同，无论前景如何，都要坚持着走下去。这，或许就是人生！

认输不认输？不服又如何，命运早已决定了一切。该来的还会来，即使短暂，毕竟经历过，那些美丽！试图永久吗？该走的还会走，试图强求？佛曰：“莫安排！任它去吧，跟着感觉走，走过一个无为的人生！”

莫安排，莫安排，心机费尽，到头来仍只一场空！

爱过了，已无法回头。记得一首歌的歌词：“我爱过了痛过，心碎为你。”听歌，知道有人在为爱心碎，而有人则把爱情当作了一场廉价而艳美的游戏。

走进文字，要把心情说给谁听？有意义吗？人已经转身，无法回头，心已经走远，无法挽留。往事只如乌鸦与麻雀的聒噪，在幽寂的暗夜里，纷纷扰扰！

在好友的微博里，有这样一句话：“这辈子的劫，是你……”很喜欢，真的很经典。或许每个人，都有自己的劫，只是不知道他存在何方，无法把握，难以触摸。人之悲哀就在于，有时候，明明看到了是自己的劫数，走近了，却装作恍然无觉，依然的飞蛾扑火，到头来，只落下了自己的遍体鳞伤，或随光焰灰飞烟灭。

佛曰：“放下！”

对于我的一条微博，有人这样评论：“人永远行走在游戏圈内，规则停止了，路程也结束了。”我说，人生如戏，却不能视作游戏，该庄重的还要庄重，该矜持的就不能随意。毛泽东说：“怕就怕认真二字。”认真，有多可怕？正可谓：成也萧何败也萧何，成与毁之所在！

佛曰：“放下！”简简单单，只有两字！人之悲哀，就在于：拿得起，放不下！若能够放下，林妹妹不会自筑香坟葬落英。爱，原来是一座早已为自己掘好的坟墓，切莫轻易踏上以爱命名，实则通往坟墓的旅途。

老大对我的微博回复说：“人生在世，本就忧多欢少。”明白这话，却无法悟觉，无法释然。纠缠的始终是过去，沉湎的永远是记忆，心翻覆在失去的恐惧里。无法决断，是否让心游移，让痛延续在那些似是而非里。

朋友回复说：“只要能走，就一定要走下去，生活不是一个点，而是一条连续不间断的线，纵然有些地方像毛线团一样交缠，终究有一个线头的……”

我回复说：“心纵有千头万绪，也终究是乱麻一团，难得挥理清楚。也许，只有忍痛扯断，才会有新的头绪。”

在朋友的微博里有句话：“我发现我还活着。又过了一天，明天又如何呢?”

我回复说：“活着不易，活着就好，在这个世道，能够多活一天就值得庆贺!”

朋友的话让我感到了严冬中的一丝温暖，借用朋友的话，稍作整理，作为本文的结语：

今年的冬季似乎比往年冷，在雪中，我遇见最后一片树叶：冬天里最后一片树叶。抬起头，我看着它眼睛里充满幸福的泪水!

当树叶静静地静静地落下来，我突然想起你温暖的脸！我不想说再见，不想和你分别，想陪在你身边，为你许下小小心愿；最寒冷的季节就让我回到你的身边，与你一起期待春天。

第三辑

守望

一个失血的村庄

【题记】：我在等待，在守候着，我等待村庄回归，等待那条融入我灵魂的河流。我用文字记录，用文字去完成对一个村庄的坚守。我希望千百年后，生息在这块土地上村庄的子孙会在我显摆的文字里寻到他们灵动跳跃着的那个绿色村庄，尽管我不确定这块土地上还能不能生长出它的子孙，照此下去！

为什么我的眼里常含泪水？因为我对这土地爱得深沉……

——艾青《我爱这土地》

村庄是什么？是水流潺潺，遍地长满了野草与野花，有山峦，有梯田与瓜果，还有乡亲自足自乐的笑脸。村庄是铺陈于大地上的一幅农耕画卷，是我的精神家园。

打开村庄尘封的门，我就看到了这个村庄，看到了一方小院里养着的一群鸡鸭。气宇轩昂的芦花大公鸡满院子追撵着一只母鸡，之后用它强劲的喙扭住母鸡的鸡冠，把那只棕红色老母鸡死死地压在身下。我还看到一条老黄狗烦躁又无奈地耷拉着硕大的舌头满院子转悠，哈喇子不断地从它的舌上滴下，落到院子里的土地上。转了一圈后，狗就在门楼下阴凉地方卧下来，一边继续哈嗒哈嗒喘着气，一边看院中系着围裙忙碌的女主人。

傍午，天越来越热了，从各家各户院墙内不断地有母鸡下蛋后抻着脖子，一个比一个起劲地“咯咯哒、咯咯哒”自豪而又炫耀的声音传出来。寡妇三翠家的大门一如既往死死地紧闭着，她紧闭着的狭窄门缝从来就不曾透出半丝的闲言碎语。

一个身披蓑衣、头戴斗笠的老汉叼着一只老木头烟袋沿河边慢悠悠地走着，在他的肩上有一副木铧犁，他身后不远处跟着一头老黄牛，牛不时地甩着尾巴驱赶那些不即不离一路追随着的牛虻与苍蝇。牛背上有一捆青草，后面还有一条追着老牛尾巴撒欢的狗。

……

我从村庄那扇尘封已久的门后轻易地就捡拾起这幅泛黄的老照片，照片上落满了时光厚重的灰尘。当我一点点地拂拭去尘灰，当我细细审视照片的时候，我看到了时光的凌厉，它已经褪去了村庄昔日的温柔与明丽。

如果时光能够倒流，我希望能够回到我从前的村庄。

多年来，无论梦里梦外我一直就在追寻这个村庄，我的车轮不停地在城市与乡村之间滚动，从城市到乡村，再从乡村到城市。我的灵魂也跟随着我的脚步在这三十几分钟的路上徘徊，就像一只飘忽在半空中的风筝。我在这一头，家乡在另一头。那条长长的路是连接我和村庄的丝线。

我的村庄名字带一个“沟”字，针对这个村庄，后来我查了很多资料，在众多的史志中我没有找到关于村庄的历史记录，只在一本乡志中发现了对于村庄人口数量与土地面积的简单介绍，可见这个村庄在历史上，在人们眼中有多么微不足道。村庄隐于沟深林密的群山交叠处，实际上就是群山皱褶处一条大沟里的百多户人家。而就这样一个深居简出的小村庄，多年以后竟被人们发现了它存在的价值，被人像名贵古董一样从深山里开发与挖掘了出来。

许多年来，这个大沟里的村庄一直就像一棵深深根植我心底的枣树，我能记起它开出的花、结出的果，还有沟里潺潺流淌着的小河。我是闻着它的花香，吃着甜果，喝着甘美河水长大的山里孩子。如今我的肉身走出了村庄，我的灵魂却从来就没有从那里走出来，从没有一刻将这个村庄忘记过。我一直被诱惑着，我总惦记着，渴望着能回到它的从前，去采摘，去收获；我渴望着再次走进村庄的河，用它的清波洗去我一路走来的风尘，滤去我历经红尘的千百沧桑。

只是，我没有想到村庄会长出那么多的刺。

小河干涸了。没有河水滋润的村庄开出了更多的花，是变异的花，无香无色。它结的果越来越少，却长出了越来越多的刺。村庄在时间久远的干涩与无情磨砺下，青葱被一点点地锈蚀掉，一天天地露出了它的瘦骨嶙峋，像一个病入膏肓，无药可医的贫病者。

自此后，我一直就在期盼，期盼河流能重回我被时代割裂与瓜分了的村庄，我等着它去唤醒村庄的沉寂，去滋养灌溉，去医治村庄的贫病。

我在等着它回来，而它始终没有回来。

我等来的只是村庄刺的繁盛。尖锐的刺，那么的醒目，那么扎眼。

我被村庄的刺扎得生疼。

一根刺扎在妈心上

村头原本是没有公路的，现在村头却有了一条四车道明晃晃的公路。站在公路边向里看，可以看到妈家的门楼，有时还会看到弟弟家那辆用来接送孩子上学，漆面剥落，车体破旧的二手夏利车。

弟弟与弟媳在离村子不远的一家混凝土站上班，两个人每月工资加起来四千多元。正常情况下，除了家使家费与供孩子上学，一年剩下来差不多会有万把元。每年万把元的积蓄，对于普通农民家庭来说，如果不发生意外，日子还算过得去。

村庄原本不属于城郊，只是一个地处偏僻，名不见经传的小山村，几年前由于城市政治中心整体东移，村庄就归入了城郊。政治中心的转移，势必会带动近距离区带经济与文化等相关产业的发展，妈家所在的村庄便被纳入了其中。其实，围绕着村庄的开发早在政府搬迁前几年就已经开始了。一些有眼光、有超前意识的人早瞅着村庄是块肥肉，在政府搬迁之前他们就已经对村庄下手了。首先是众多的韩资企业，在政府“零准入”“三免五减”等政策格外的恩惠下，一些韩国人纷纷将一些重污染、重消耗的中小企业建在了村庄附近。得到政府要搬迁这一确切消息的人不多，我算是一个。只是我没有足够的胆量也没有足量的资金去参与对一个村庄廉价资源的掠夺。

三叔在村子里有一个占地近五十亩的厂子，他已经在这片土地上经营了十几年。离使用期结束还有三十多年的时候，三婶去世了，三叔一个人经营起来就有些吃力。此时他已经赚了足够的钱，加上年龄也大了，儿女都在城里寄宿学校读书，三叔就放出话来要把厂子转出去，喊价九十万。五十亩的厂子，就算是租赁，合计每年租金还不到三万元，何况九十万里还包括了厂房与机械设备，到谁手都像是白捡了一块大肥肉。

我回家的时候，爸把三叔要卖厂子的事对我们说了。爱人没有说价格合不合适，只是透露了市政府过几年要搬迁这一消息。我们合计了前景，一致觉得三叔卖的不是时候，可以再等几年，等政府搬过来后，三叔那一大片厂区肯定会有巨大升值空间。于是我提出把这个厂子接过来。因为不确定政府到底哪年会搬迁，爱人坚决不同意，爸也不同意，妈不拿主意，剩下我一人，孤掌难鸣，眼睁睁就错失了极好的一个发财良机。

厂子不久就被市里下来的人买去了。那个姓李的人同三叔通了电话，电话放下人就到了，看完厂子连价都没有还，九十万，立马拍板成交。四年后，政府搬了，房地产热了，韩资企业进驻了，韩国工业园建起来了，原本归三叔的这块土地连同地上的房产设备再次被转手，转手价五百多万。

我妈在北山后近海路边有一块地，一亩多点，爸在地上种了樱桃，樱桃树长大了，结果了。爸年龄大了，嫌地远，没有同我们商量就以两万元的价格连同地上的樱桃树一起转了人。那块近海的土地上很快起了一幢二层小楼，开了海鲜酒楼。近几年政策紧了，城里人不敢在城里公开吃喝，就转战到城郊一些特色酒店，于是在妈家土地上建起的这家饭菜贵得离谱的海鲜酒楼就天天人满为患了，不几年时间就让主人赚了个钵满盆满。

妈与弟弟家的房子连在一起，一道不高的院墙隔开成为了两户人家。侄女学习挺用功，只是脑瓜不够聪明，成绩总上不去。因为有绘画特长，弟弟两口子就抻着腰筋将孩子送进城里一家寄宿学校学习绘画。农村人家轻易是不敢送孩子学艺术学美术的，因为这类专业学校学费极高，一年没个三五万拿不下来。

弟弟家的几亩地由于位置恰好，已经全部被征完，连菜地也没有剩下。征地补偿款村里截留了一部分，分到弟弟手里只有十几万块钱。没有了土地的庄稼人日常吃穿用度全要花钱买，家使家费杂七杂八的加上买车，加上供孩子上高价学校，不到两年时间，弟弟手里的十几万块钱就见了底。当两口子的工资付不起孩子上学的高昂费用时，他们就盯上了父母口袋里的钱。

父母手里倒是有几个钱，只是他们自己舍不得花，生怕哪一天有病有灾无法应对。

像父母对待钱的这种心态，是国人大多数都具备的忧患意识。人一辈子不舍得吃不舍得穿，一个劲地攒钱，只为了有一天生了病好用钱来保命。换句话说，起早贪黑辛苦赚钱不是为了吃穿享受，攒钱都是为了送给医院。这在国人来说是多么的无奈又令人心酸的生活状态啊。

村庄里失地村民虽然国家给了一些补偿，却只是土地年收成的六倍，此外国家给每位六十五岁以上老人每月发90元的养老补助，在物价高昂的今天，这点钱也仅够买两斤牛肉。以往靠着土地自给自足的农耕生活被打破了，没有了土地，土里扒金的日子永远都不会再有了。失去了土地，就等于失去了生活来源与保障，对于未来，村民心里没了底，此后的每一分钱对他们来说都是十分的金贵。

村里的中青年还好说，靠外出打工出苦力还可以养家糊口，那些年过五十或看起来不够强壮没文化没技能的村民，连打工都没有人要，挣钱都找不着门。

村庄里有几个因家境贫寒而失学的少年，十六岁的杨明亮是其中一个。杨明亮家本来有四亩粮地，征地后也得到十几万补偿款。杨明亮母亲在村头热电厂食堂做饭，每月工资不到两千。如果日子顺顺利利，凭着杨明亮的聪明与刻苦，将来考清华北大都不是什么大问题。

自从村东建起了化工厂、热电厂及塑料制品厂，村子里这几年就不断地有人患癌症、患皮肤病及各种怪病死去。两年前，杨明亮那一向健壮得一头牛都不换的妈妈于芳开始生病了。起初以为是感冒，吃了药一直不见好，后来持续发烧，身上有出血点，出现成片的紫斑，浑身乏力，多少干点活儿就头晕气喘。再后来出现了淋巴结肿大，骨痛关节痛等症状，在医院确诊的时候已经到了血癌晚期。血癌就是人们常说的白血病。于芳治疗白血病很快花光了家里所有的钱，为凑钱，家里仅剩的几亩果园也低价转给别人，杨家很快就一贫如洗了，而且欠了一屁股外债。

于芳患病只是杨家苦难的开始。杨明亮在建筑工地做小工的父亲在上混凝土时，不小心从三楼脚手架上摔了下来，人没死，却造成了高位截瘫。杨父失去了劳动能力，杨家就失去了生活来源。工程方倒是赔了一些钱，却依然没有改变这个家庭的悲苦命运。于芳为治病在把这些钱花完后，债务没有还清，人就走了。没了母亲，父亲残了，杨明亮辍学了。杨明亮就到他父亲原来那个建筑工地上打工，每天干十几个小时的活儿，按日计工资，每天六十元。

杨明亮太年轻了，年轻人有年轻人的火性。工作没多久，杨明亮在与他人殴斗时因出手太重致人重伤被警察抓走了。那时杨明亮刚过十六岁生日，正好到了负法定刑事责任年龄。

杨明亮被抓了，家里截瘫的父亲，只能靠着村人与亲戚朋友接济，有一命没一命地活着。

我二十年前离开村子外出上学，现在回去，村里已经见不到几个熟人，儿时熟悉的同龄人不是外嫁就是外出打工，能见到的差不多就只是一些老人与孩子，昔日的中老年人也走了多半。偶尔与妈说起来，妈就会提起村里很多过得不如意的人与事，说很多生老病死的话题，说完后她都会唏嘘感叹。因而妈是最怕没钱的，尽管爸年轻能干时挣了一些钱，还有政府征地发给的一些土地补偿金，但妈还是害怕，她害怕天灾人祸，怕老来没有保障。

土地的被征只解了农民的燃眉之急，却解决不了他们长久的温饱与生计，他们是矛盾的，既希望又不希望自己的土地被征。人为财死鸟为食亡，无钱无权又无土地的村庄不可避免就滋生了很多的灾祸。钱成了万恶之源，它撕裂了亲情，撕裂了恩情，也撕裂了人性。古人在发明钱的时候有没有想到会有这么一天？

当弟弟两口子快要供不起学美术孩子的时候，就开始啃老，变换着法子向父母要钱。爸心脏不好，两年前做了手术，术后一直靠服用价格昂贵的进口药物来维护，每年需要一两万元，而且不属于报销范围。当家里剩下钱不多了，妈就紧张起来，对弟弟两口子整天无休止的索要开始不满起来。要不到钱的弟媳就给妈脸色看，想着法子逼他们掏钱。

老年人喜静怕惊，弟媳就在他们午睡和晚上睡熟时敲盆子砸碗，摔门，隔墙咒骂，往院子里丢东西，让他们休息不好，整天担惊受怕。妈经常在电话里向我哭诉，抱怨，她甚至怕弟媳为谋他们的钱财像后街那个女人一样害他们。

后街那个女人年轻时有点姿色，只是嘴不好，性子烈。谁家要是惹了她，她能骂翻人家祖宗八代，动手打架不要命，是村子里无人敢惹的主。她从结婚起就与公公婆婆分开过日子，却一直逼着公公给她种地侍弄庄稼。后来有一天公公生病没有干活儿被她看见了，她就用一把镬头把公公家的锅给砸了，公公气得一病不起。看到老头还不起来干活儿，她拿起一根木滑子就向公公头上砸去，公公当场背过气去，隔不几天就一命呜呼了。

公公被儿媳伤害致死，按常理应该追究法律责任，不知是家人没有报案还是因为什么，此后很长时间老头的死没有人去过问，只是村人都说老头是被恶儿媳给打死的。

这个女人生有一儿一女，女儿像她，长得挺漂亮，却天生一双斗鸡眼。她在公公死后不久与村里男人打架，被人用棍子捅瞎了一只眼。在处理这件案子时，她打死公公一案才被翻了出来，瞎了眼的女人就被判了刑，村人议论起来，都说她是伤害了天理，遭了报应。

弟媳的脾性与后街女人有些像，既泼又蛮，她变本加厉的闹腾令妈很害怕。每次闹得不安生时妈都要打电话来向我诉苦抱怨，她希望我这个做警察的女儿能为她撑腰，替她做主。只是她们婆媳之间的事我这个当大姑子的也不好过多掺和，我也尝试着调和了几次，当我也感到无能为力的时候，就劝爸妈搬来与我一起住，再有一个法子就是去老年公寓，躲开他们。两个方案他们都不愿意，他们不舍得离开村子，舍不得离开住惯了的宽敞明亮的乡间老宅。我实在无法可想，就建议他们起诉，妈听到后当时就不愿意了，儿子媳妇再不好也是她的儿与媳，她不舍得送他们去法庭，也不愿意家丑外扬，而且她还疼孙女，不舍得远离他们。她就处在这样的矛盾中，并不时地掏出点钱来安抚儿子与媳妇，她是在花钱买平安。同时她又不断地给我打电话，似乎只有听见我的声音，只有我守在她的身边她才会安心。对于懦弱又无主见的父母，我别无他法，只有常回去看看，陪陪他们，安安他们的心。

这几年本职工作上我经常加班加点，常常彻夜不眠。与省作协签约，也加重了我的写作任务。尽管留给我的闲暇时间不多，我回家的次数却越来越频。对父母状况的担心，对村庄命运的忧虑成为了我剪不断乡愁的一部分。

村庄成为了我割舍不下的一份牵挂。

去与留是难耐的刺痒

从我家到妈家开车只要半个小时。每次回去几乎都赶在晌午或傍晚时间。先帮着妈做一顿饭，坐在她的炕头上，守着父母吃下去，陪母亲说一会儿话，整个过程也就几个小时时间，然后开车回自己的家。

看我收拾东西要走了，比我矮半个头的妈会拉住我，像摩挲一个小孩子一样摩挲着我的手，盯着我的眼睛，用恳求的语气问我能不能在家留一宿。每次要走的时候她几乎都要问我这样的话。问话的时候，她的语调是怯生生的，像一个做错了事的孩子。

妈拉着我说话时，爸就眼神直勾勾地看着她。等她说完了，爸就把目光转到我身上，他盯着我的嘴。我能看出他眼神里的期待，他希望我会说出留下来的话。但他的话很紧，他不会说出来。

我几乎拒绝了妈所有的挽留。记不清从什么时候起我不愿意在家住了，我总要找各种理由来搪塞和拒绝她。次数多了，爸就不再提让我住下了。而妈不甘心，每次都要带着恳求的语气来挽留我们。她总希望我有一天能破例留下来，能陪她住一晚。

我拒绝后，爸就垂下他松弛而苍老的眼皮，目光游离，然后用瘦骨嶙峋的手从口袋里掏出火机，抖抖索索地点燃夹在他指间的那半截香烟，他眉眼中是深深的失望。

我是不忍心见他们这样的，很多时候我会恨自己的决绝，却又不能说服自己克服心理上的障碍去满足他们这一点微不足道的要求，有时候我很想哭。

父母的挽留，一部分也是为了留下乖顺温和的甜甜，他们太喜欢这个孩子了。在她小的时候有几年时间跟着姥姥姥爷过，姥爷喜欢她简直到了溺爱的程度，他出门有事无事地都会带着甜甜，他总喜欢把白胖的小丫头架在脖子上满街转悠，自豪地把她展示给街坊邻居看。小丫头也缠姥爷，只要抓住姥爷，她就会像一条小尾巴一样紧紧黏在他的身上。而今甜甜长大了，这个亭亭玉立的大姑娘已经有了自己的思想，她不再是当年那个成天围着姥姥姥爷屁股转的小胖丫头了。姥爷苍老的颈项已经扛不起百十斤重、身高近一米七的这个大丫头了。

甜甜长大了，却仍像小时候一样眷恋姥爷姥姥，每次要离开姥姥家的时候，懂事的丫头会动情地抱抱姥爷与姥姥，挨个亲亲他们满是皱纹的脸。当她捧住姥爷脸的时候，姥爷满脸的皱纹就在她白嫩细长的双手中舒展开了。每次看到这些，我心里总是既欣慰又感到心酸。甜甜抱住姥爷要亲的时候，姥爷会稍微偏一下头，略带羞怯地嘿嘿笑着，说“姥爷脸脏，不亲。”而甜甜从来就没有嫌皱纹深重苍老的姥爷与姥姥，她用手挨个捧住姥姥与姥爷的头，很动情的左脸一口，右脸一口，额头一口地亲着他们，她告诉姥爷：“姥爷，我们不住了，我回家还要写作业，周末我和妈妈再回来看你和姥姥哈。”

向门外走的时候，爸与妈就一先一后地挪动着不太灵便的腿脚送我们出门。我与孩子上车了，爸就站在自家门前最后一阶台阶上不眨眼地望着车内的我与孩子。妈会把着车门，带着怨嗔的口气对我说：“你忙，忙，总是忙，你从来就不会在家多待一会儿，想与你说句话都抓撒不着你。”“你不住甜甜也不住……”“人家闺女都会带着孩子回家陪妈住些日子，怎么我的闺女就不会?”她又转向甜甜恳求道：“乖，妈妈忙，你能不能在姥姥家住几天?”妈的口气是幽怨的，有时候她还会掉泪。尽管这样，我还是不能留下来。甜甜常常会因此埋怨我对姥姥姥爷不好，她却不敢自作主张答应留下来，即便在假期里也不会，她是个学生，功课很重。

爸与妈只能无奈地望着我发动车走远，很远了，他们还在望着，直到转弯不见，我仍感觉他们的眼睛，也跟着拐了弯。

已经很久没有回家陪妈住一晚了，已经有好几年了。因为孩子要学习考试，我对妈说的理由是腰不好，不能睡硬实的土炕。妈曾经信以为真，为能留下我们，她曾多次试图在炕上铺很厚的被与褥子，她这样坚持的举动让我不愿意住下来的理由就变得很勉强，但我还是不愿意住下来。其实，垫了多层被褥的炕不比我城市家中席梦思硬多少，而且母亲的炕是火炕，很暖和，我也喜欢她烧的带着烟火味的那一盘暖炕，很舒服，而我却总是想方设法离开他们回我与孩子在城市中的家。

是对一个村子的失望？是惆怅还是逃离？

离开了母亲的家，回家住不几天，我就会担心起他们来，我想家，想妈烧的那一盘炕，想坐在温暖的炕头上与他们面对时心中的温暖与闲逸，想那个曾经令我亲切无比的村庄。

又一次急急地回赶，之后便是对村庄的急急逃离。

我心里刺痒着，总像是在被什么追逐与驱赶着，又似乎是在躲避着什么，我自己也弄不清楚。

几乎每个周末我都会走上回家的路。我的车轮于是便频繁在城市与乡间那条宽阔的公路上滚动。回去、回来，回去、回来，我几乎成了一只飞在空中的风筝，那条公路成了系住我的绳子，绳的另一头是父母，是我的根，是我与他们彼此无法脱离的惦念。

我想起了王彦山的诗，王彦山曾在诗中把异乡孤旅的自己比作“破帽遮颜的流浪汉”。在没有母亲的城市，我何曾不是一样的落魄？我总不能把城市当成我真正意义的家，我总有失落与挫败感。

我曾经很渴望走出村子，走进城里人的世界。当我通过十几年的努力，让这一天变成现实，才发现我与城市的节奏是多么的格格不入。我孤身一人在其中挣扎奋斗，常常会感到生命的空洞和无序，就像一棵自然生长在山野里的枣树被强行移栽到城市里来，我的根须抓不牢城市那些粗粝的钢筋混凝土，也无法在它们的夹缝中繁衍生长。

我的适应能力越来越差，我越来越怀旧，常常会质疑一些物事的合理存在。我试图借助文字表达我的一些思想，也带着一些情绪去描写城市与村庄。村庄的枯与荣，我无力裁断，我贫瘠的文字累积不起我点滴的锋芒，它们在现实的强大面前是多么的孱弱无力啊，它们无法破壁，甚至无法在一张薄薄的纸张上镌刻下我点滴的思想。就像我的人一样，我的存在与消失都会是微不足道的，无论是赞美，怨叹，哪怕是我声嘶力竭的呼喊，根本就不会有人注意到，不会介意。我慷慨激昂也好，旖旎婉约也罢，终究归于沉寂。

村庄在我的心里扎了一根无法拔除的刺，既疼且痒。带着这根刺，我像一个孤魂野鬼一样游荡在城市与乡村之间。

我在寻觅那个失落于岁月里的村庄。

流过家中的河

村西头公路是新修不久的，双向八车道。这条路方便了我回家，却征占了妈的一块土地。

村庄的小河很久以前就断流了，尽管与这条公路无关，我还是把断流的原因归结于公路的修建，就算小河不是很早就断流，到修公路时，也必定是会给截断的。妈家地没了，水断流了，就只剩下了公路，而公路是公家的，不是我家的。走上这段路，我常会想起那一方土地，想起依附于土地上的小麦、玉米和大豆，还有流经地头的那一条河。

对于河流与土地的丧失，就像跟随了我多年，熟悉而亲切的物事突然不见了，只留给了我深深的寂寞与惆怅，我对它们的思念总是扯不断。

怀旧，令我伤感……

六岁时，父亲在村西头建起了一座房子。房子西头有一座山，一条小河从这座山里流出来，流进村子。在建那座房子时父亲没有避开这条河，也没有让小河改道，他让小河自西向东自然地穿过院子。为方便走路，父亲在这条小河上搭了一块青石板，看起来像架在河水上的一座小桥，蛮有小桥流水人家的韵味。

父亲在离西墙根一米远的地方将小河拓宽成两米见方的一个小水湾，他在湾底撒了沙石，湾边放了几块石头。石头顶面平滑，可以用来洗衣，也可以坐人。夏天吃完晚饭后，一家人就坐在石头上把双脚放在清澈舒缓的河流里乘凉。我们一边看着天上的星星月亮，一边听父亲绘声绘色地给我们讲故事，他的故事似乎一辈子都讲不完。

父亲上过高小，能拉会唱，也写一手好字，在村中也算是一个有文化的人，后期又读了很多书，有一肚子的故事。一年四季，包括母亲在内，每天晚上我们都缠着父亲给我们讲他书里读来的故事。他不厌其烦绘声绘色地讲，我们如痴如醉地听，日子在父亲的故事里一天天地过去，我们在父亲那些美妙的故事里一天天快乐长大。

父亲有时候还会拉着胡琴，摇头晃脑地唱京剧唱吕剧给我们听，母亲也会和着唱，他们唱得声情并茂。后来我曾多次地想过，或许我后期的一些写作天赋与父亲自小给我们讲的这些故事，与他潜移默化中给予我的文化熏陶是分不开的。

小院是方方正正的，院子里栽着黄瓜、芸豆、辣椒和茄子。黄瓜是喜水植物，根汲着河水，叶照着太阳，一茬茬黄瓜很快就在小院里长出来。第一天还只有小拇指大小，隔两天就可以长到二十几公分长，就可以摘下来吃。那些黄瓜既脆且鲜，至今我还能清楚记起那些黄瓜的味道。如今市场上的黄瓜遍地都是，一年四季都可以买到，我却再也没有吃出当年院子里的黄瓜味道。

母亲是个爱花的人。房子建起来后，母亲从邻居家剪来一些月季枝插在自家院子的水边，不到两年这些月季就枝杈丛生。春夏季节院子里每天都会开出十几朵、几十朵不同颜色的月季花，粉白、白的、玫红、鹅黄的。我和妹妹与母亲一样是爱花的，弟弟对这些美丽的花草则表现得无动于衷。黑胖的皮小子贪玩，他喜欢那些粗硬的棍子石头与泥巴，喜欢在水中打滚，喜欢恶作剧。

有时候他会光溜溜地仰躺在水中，闭着眼睛，鼓着他胖嘟嘟的双腮使劲地扑腾粗短的四肢，被他溅起的水像急雨一样泼到了两旁的月季花上。皮小子跑出水找到姐姐们一手一个地牵住，死拖硬拽地把她们拉到水淋淋的月季花前，再搬出两只小木凳让姐姐们坐下来，他摇动花枝，花枝上那些清凉的水珠就落到姐姐们身上、脸上。听她们开心地尖叫，他就会拍着手开心地跳脚大笑。

院子里的小河白天是孩子们的乐园。我们在两米见方，深不及小腿的水湾里嬉戏玩闹，妈妈就在我们下方小石板上洗衣服，洗完一件就搭在月季花丛上晾干。在花开季节，家里的衣服和床单上总是带着淡淡的月季花香，很好闻。

白天的暑热散去了，疯闹了一天的孩子们睡去了，村子静了。当柔和的月光落满这个四四方方的农家小院，月季花也散发出了比白天更加浓郁的香，一些夜行的鸟儿与昆虫开始活跃起来。促织与蝈蝈的叫声从各个角落里传出来，清脆悦耳，此起彼伏。此时妈爸就成了这条小河的主人。他们褪去衣衫，无拘无束地躺在水里。清澈舒爽的河水缓缓抚过他们的身体，带走了泥尘，带走了夏日的暑热，也带走了他们劳作一天的疲累。

被水富养着的村庄

小河的源头隐藏在西山一条深沟里。水从沟壁一米多高的石缝里哗哗啦啦冒出来，落在下方的水湾里。沟壁上生着一丛丛的刺槐与棉槐。刺槐已经过了花期，长出了扁扁的豆荚。棉槐一嘟噜一嘟噜的正开着紫色的花。

村庄漫山遍野地生长着这种棉槐。从初夏开始，随着棉槐条不断长高长长，随着花开花落，笔直的枝条上就一串接着一串地长出棉槐种子。从入夏到秋深棉槐落叶，棉槐条一直就在不断地开花结籽。成熟的棉槐籽可以用来制药，每到秋天镇上就在村里设收购点收购棉槐籽。山里白天的时候常会看见三五成群采棉槐籽的妇女儿童，有时候男人也会加入采摘阵营。勤奋人家光凭进山采棉槐籽一个季节就可以有几百元的收入。在七十年代末八十年代初，这几百元可是一笔不菲的收入，相当于城里工人半年的工资。

初冬第一场雪后棉槐条子就不再生长了，村民就将落光了叶的棉槐条子一捆捆地砍回家，他们用一种专制小工具修理掉条子上的叶梗及绒刺，然后将一部分沉到村南平塘里沤起来，其余的就一捆捆地码起来，到大雪封山时他们就坐在自家的火炉前，用这些棉槐条子编制苹果筐、粪筐及棉槐篓子等各种农用家什。

小时候我曾多次跟着母亲进山采棉槐籽，用的就是邻居杨大爷编的一只细条棉槐篓子。杨大爷能用很多材料编制家把什，像玉米皮、蒲叶、麻秆、柳树条等都曾是他的编制材料。我见过杨大爷用棉槐条编苹果筐的情景。杨大爷的手粗糙而有力，他用手握住棉槐条子两端向相反方向稍微用力拧几拧，那些硬而直的棉槐条在他手中就会变得像柳条一样柔软，他坐在编好了的筐底，那些变软了的棉槐条子在他的手中就如一只只轻巧的燕子般上下穿插翩飞，不大一会儿工夫他就被自己编出的一只能盛六十斤苹果的大果木筐给盛在了里面。

杨大爷手很大，看起来很笨拙，实际上却很巧，他将在平塘里沤掉皮的棉槐条子用一个小而锋利的铁器破开，去掉秧，用砂纸打磨圆滑，然后就放入一种药水里浸泡。他能把一条直径不足半厘米的棉槐条子制成四条细滑洁白的丝条，他用这些被药水浸泡过的柔软丝条可以编出筷子笼、饭笊篱、饽饽笼，甚至鸟笼蝈蝈笼等小巧的器皿。

杨大爷曾用这样的丝条给我编过一个铅笔盒，在铅笔盒的正面编上了小鸟图案，染了色。杨大爷是我见过唯一会用棉槐条子编铅笔盒，而且编得很精致，带有小鸟图案的人。如今杨大爷已经去世十几年了，不知村里现今还有没有人能像他那样用粗硬的棉槐条子编制出一件件精致的手工艺品。

离沟壁远一点的水湾里长着一些芦苇与蒲子，有几只青蛙在里面“呱呱”地叫着。蒲子已经蹿出了一掌长青绿的蒲棒，人只需将蒲棒上面一段折下来，像吃糖葫芦一样将蒲棒绒状须肉慢慢地捋着吃，口感面面甜甜的，大人孩子都喜欢。大人们从地里收工回家，经过有芦苇的地方时都会下去寻几只蒲棒带回家给孩子们吃。

水面上有风吹过时，水中那些芦苇，还有蒲棒，岸上的树，头上的蓝天和白云，所有美丽的倒影都会随水荡漾起来，令人恍惚而迷离。后来我读冯延已《谒金门》中“风乍起，吹皱一池春水”一句时，就曾联想起微风吹过的那个水湾。

水不动时，水面上会看到浮起的小鱼，它们撅着圆圆的小嘴，吐出一个个小小的气泡，很逗，像顽皮的孩子。

青蛙把黑色的卵团黏在靠近水面处的芦苇上，卵团附近有一些刚孵化出来的小蝌蚪在游动，它们只米粒那么一丁点大，却拖着一条数倍于身长的尾巴。小蝌蚪们甩着长尾巴游动的样子很迷人，像古装戏里长袖善舞美人柔美的舞姿。水里还有很多身体半透明，体型像细小柳叶的小鱼儿，它们游动的速度极快，成群结队，一蹿一蹿的，似乎在追逐或被追逐着，姿态远不如小蝌蚪们舒缓与优雅。如果水里蹦入一颗小石子或被风吹进一截小树枝一支草梗什么的，这些小鱼立马会慌不择路地沉入水底或钻到沙石缝里躲藏起来。在水里捉警觉的小鱼不容易，捉小蝌蚪却易如反掌，只需双手往蝌蚪群里一抄便可拢住几只。像初生的牛犊不怕虎，这些小逗号一样可爱的小蝌蚪在人的手里一点也不会慌张，它们依然会娴雅与舒缓地在人的手里游动，即便是人手里的水漏光了，它们依然会一扭一扭地试图甩起迷人的小尾巴，很忸怩与羞涩的样子。

白天，小河沿途会见到很多鸟儿。小麻雀们总是成群结队呼啦啦地飞来。它们叽叽喳喳地站在河岸上，稍稍张望一下四周，便一头扎进河水里，扑棱一下旋即钻出，跳到露出水的石头上，抖抖身上的水，之后又一头钻进水里，再钻出来。

我曾经多次站在河边不远处看麻雀。它们显然是知道我在看它们的，在我看它们的时候，它们也不时地瞅瞅我，之后它们的表演似乎更加卖力，不断地重复着出水、入水的动作。不知它们是在乘凉，还是要洗去身上的尘垢与寄生虫，还是天生贪玩。有时候它们还会歪着小脑袋向水里瞧，时间挺长，足有几秒钟时间，像是在研究与思考着什么，似乎不确定水里的影子是不是自己的，就歪着头，用这个眼睛瞧瞧之后再用那个眼睛瞧瞧，一副很认真、自恋的样子，俏皮可爱的样子令人心痒、心醉。

太阳毒辣的时候，小河上空会密匝匝飞来很多蜻蜓，有单只的，也有弯曲着身体两两叠加在一起的，它们用尾尖轻轻勾一下水面后旋即飞起，一个接一个地。夕阳西下时，它们就歇在了河岸草尖上。

小河边最常见的是黄蜻蜓，偶尔也会有蓝色的蜻蜓，形体要比黄蜻蜓大很多。蓝蜻蜓是蜻蜓中比较傻笨的，傻大个，傻大个，这样形容蓝蜻蜓一点不为过。捉蓝蜻蜓要比黄蜻蜓容易得多，人只要踮起脚尖从它们背后慢慢地接近，到了近处一伸手就可以捏住蜻蜓的翅膀。黄昏时孩子们喜欢到村头河边捉蜻蜓，捉到一只就用一根结实的线将蜻蜓的尾巴系住，一根线上系十几只后，就往空中一扔，这一串黄的、蓝的蜻蜓就会挥动着翅膀飞起来。这种游戏对活生生的蜻蜓来说是很残忍的，因为被线串在一起的蜻蜓不会齐心协力，为逃命，它们会用力往各自不同的方向飞，过不多久这一串蜻蜓便会力竭而亡。

草丛中还有一种草绿色叫不上名字的昆虫，体型纤细，长约一厘米，样子与蜻蜓很像，趋光，傍水而生。如果停在草丛中不动，不细看很难将它们与尖细的草叶分辨开来。这些看起来窈窕而美丽的昆虫身上有极臭的味道。它们是小麻雀最喜爱的美食，每到黄昏，就会有成群结队的麻雀飞来这里捕食。

四五月份是果树开花的季节，小河流经果园时，水里会落进很多的花瓣，有红的桃花，白的梨花，粉的苹果花，黄的蓝的等各色花，它们被白亮细小的浪花托举着，跳跃浮沉着，像俏皮多动的小花猫。如果掬一捧清亮的水送入口中，细细咂摸之下，会品出花瓣淡淡的涩与甜香。

八九月进入老雨林子季节，天隔三差五会下一场雨，山里的苹果也熟了。雨大的时候，小河水量大增，一些落地的苹果会被水冲下来。带着苹果的河水在流经我家院子时，一些苹果被青石板给阻住，小水湾一会儿就会被苹果挤挤挨挨地塞满，滚的满院子都是。雨停了，我们会在院子里捡起几大筐苹果。雨水除了给我们带来一些苹果，也会有一些晚熟的桃、李、杏、洋梨、甜瓜及野果。那时人心是质朴向善的，每次大雨过后，妈会说：“这是老天赐给我们的”，“人不可以贪心，一贪心福就没了”。妈会留出部分瓜果给我们吃，其余的就重新放回水中，让它们顺水流出院子，带给其他人。

白天，村子里的大姑娘小媳妇会将家里的衣服被褥等带到河边来捶洗。到黄昏，下工了的庄稼汉子也会被爱干净的媳妇撵到小河里洗澡。

村子里有个叫大军的粗黑高大男人，娶了个娇小白净的东北女人。媳妇在河边洗衣服，大军下了工，就牵了小儿子来河边找媳妇。媳妇衣服没洗完，大军就光着膀子坐到距离媳妇不远处的水里，先将自家小子扒光，没头没脸地按在水里揉搓，一通折腾后，小子跑开玩去了，大军就坐在那里看村里其他女人洗衣服，边看边调笑：“大姑娘，洗衣裳，两个奶子乱丢荡。”被看的女人红着脸笑骂，扬起棒槌向水里砸去，撇起的水迷了大军的眼。他的女人喝骂一声：“死不正经”，就同其他几个女人一起嘻嘻哈哈地捧水向不正经的大军泼去，在女人们集体夹击中，大军就抱头求饶，河边升起一片热闹喧哗……

自那以后，一句“大姑娘，洗衣裳，两个奶子乱丢荡”就成了村子里男人与孩子不分场合不分地点调笑的顺口溜。

谁家的孩子在上方把水扑腾浑了，衣服洗不成了，女人就叱骂：“你屁股痒了是不是?”孩子立马就停下扑腾，水很快清了，水边又响起此起彼伏的棒槌敲击衣服的“啪啪”声。

天擦黑，河边的女人们回家了，不一会儿村庄家家户户的烟囱里就冒出了股股炊烟，村庄就蒸腾在一片烟火与茶饭香气里了。

庄稼人的晚饭很简单。天黑了，星星出来了，月亮明晃晃地照着村庄，街头巷尾陆陆续续就来了人。四五十岁的人一手提着板凳蒲墩，一手摇着蒲扇，到街口将板凳蒲墩顺手往地上一放，就坐上去。男人点一支烟，女人就抬头看天，看月亮看星星，有一搭无一搭地说着话。年轻人卷着蒲包，展开铺在地上，咕咚一声，四仰八叉就躺下来。

乘凉的人很快地多了，话题也多了起来。年轻人插不上话，他们就只躺着，听老人们谈鬼说怪，听妇女们唠家长里短，小孩子撒丫子满街追跑嬉戏。狗们卧在主人脚旁，有人过来，它们照样把狗嘴搭在狗爪子上，只是耳朵挣一挣，最多是抬眼打量一下来人，不咬不动，连头都不抬一下。

村里很多人家栽了葫芦瓜，瓜嫩时可以做菜，长成后，自中间锯开，掏出瓜瓤子晾干，就是庄稼人日常用来舀水盛米装面的瓢。太阳落山后藤上花的花瓣就慢慢张开了，花是白色的，有一股奇特的香味，会引来葫芦蜂。葫芦蜂不属于蜂类，是一种体型较大的蛾子，它们同蝙蝠一样，只在晚上出来活动，以葫芦花粉为食。

街口人家葫芦蔓从墙头上垂了下来，小孩子把蔓上一只葫芦花掐在手里，边摇晃，边大声念叨着："葫芦葫芦花儿开呀，葫芦蜂儿来呀"，这样一召唤，果然一会儿就会招来葫芦蜂。当葫芦蜂将长长的触须伸进花心里采食时，只将花拦腰一捏，葫芦蜂就被逮住了。那些年代，夏夜里捉葫芦蜂、捉萤火虫是孩子们非常开心的一件事。

村子里树多蝉也多。天黑了，蝉息了，人们有时候会在街头空地上生一堆火，红彤彤的火在夏夜里格外醒目。孩子大人就各自抱着一棵树猛摇猛踹，即便是离火堆几十米远，那些栖在树上的蝉被惊醒，就会哇哇叫着朝火堆疾飞而去，当感觉到火热的时候，它们薄薄的蝉翼已经被火烧着了，再无法飞起，于是蝉就跌进了火堆，被烧熟，成了孩子们口中一道香脆的美味。

……

老子说："道生一，一生二，二生三，三生万物。"世间万物都要循道而行。花知时而开，人顺势而为，村庄傍水而生，枕水以眠，已经很多很多年了。被河流滋养着的村庄，春华秋实，水流不止，便生生不息。

得道者多助，失道者寡助，逆天道而行则必受天谴。不知从何年月起，山里那道出水的石缝不见了，在人无知无觉间，小河干涸了，水被大地收回了。失去了河流涵养，村庄便不再水灵，它随时序慢慢地沉寂、枯瘦了下来。

小河再也无法体验村庄的痛痒了。

村庄病了，人病了。

一个失水的村庄枯萎了。

失了血的村庄

以前村子每家每户都会打机井，钻头伸入地下一丈左右就会钻出水来。村庄的河流消失后，那些浅表的机井慢慢就不出水了，再深入钻探，打出来的也不再是甜水，既苦又涩，后来村子就用上了自来水。村民做饭洗菜洗衣洗澡都用自来水，自来水是要花钱买的。自从村子通了自来水，我在村里街道上极少见到鸡或鸭，能见到的只有几条用来看家护院的狗，牛羊也见不到了。

不久之前我偶然地在村庄见到了一头牛，一个人，我一度被这一人一牛所构成久违了的和谐画面所感动。那时我面前刚刚有一辆奔驰车驶过，紧跟着从楼角就转出一个农人，他手里牵着一头大黄牛。农人、黄牛一前一后慢悠悠地走着，原本空旷惨白的马路就因了这一个人一头牛的出现而呈现了少有的和谐与柔软。少时，牛不合时宜地抬起它棍子一样粗硬的尾巴，在洁净的路面上“啪嗒啪嗒”就落下几泡稀呼啦的牛粪。

农人，黄牛，牛粪，构成了我多么熟悉又亲切的原始乡村景象啊。那一时刻，我没有像在城市马路边见到狗屎那般恶心生厌，却在心底生出了一份格外的亲切与感动。

只是这份亲切与感动没有持续多久，片刻之后我便在村庄另一头见到了与刚才画面极不相谐的场景：一大坨血淋淋的牛肉摆在了屠户面前一方木头案子上，或许是为了标榜他牛肉的生鲜，或者不是注水肉，在他案子另一头还摆放着一副新鲜的牛肝和正滴沥着血水带着皮毛的牛头，脚边也胡乱堆放着一张沾满血迹的牛皮及四只没有剥皮的牛小腿。那头刚才还牵在农人手中的大黄牛就系在案边不远处一根木桩上。牛低着头，我看到大滴的泪正从它的眼里流出来。

在我看牛的时候，牛慢慢地扭头看了我一眼，它满眼含泪，声音低哀地向我轻轻哞叫了一声，似乎是在向我求救。

我是无力拯救一头牛的，就像我无法挽回村庄的颓败。村庄失去了耕地，村庄里的牛也就失去了耕地犁田的使命，一头失去了利用价值的牛，被宰杀被切割就成为了它不可逆转的宿命。我知道，即便我能救这一头牛，我也救不了所有的牛，就如我无力拯救我日渐沉陷的村庄一样。人与牛一样，个人与个体是永远无法与一个时代相抗衡的。

那头牛是我很久以来在村子里见到的除狗以外唯一的一头牲畜。村庄已不再是人欢马叫的村庄，也不再有鸡飞狗跳羊上墙的热闹了，我的村庄正被人一寸寸地从农耕土地上剥离出来。

村庄的河流消失了，随之而去的就是青山，是山林。一棵棵古老的大树轰然倒下，成片的大树相继轰轰烈烈地倒在现代化的电动工具之下。曾经乌油油的青山经过人十几年、几十年无休止地砍伐与开采，如今就像患了斑秃人的头颅，裸露出一方方青煌煌的头皮，而后被雨水，被冷厉的风淘洗，青筋历历，沟壑嶙峋。

昔日温软的村庄被水泥沙子浇铸得日渐坚硬，塔吊林立，机械轰鸣，灯火日夜不息。一座座高楼大厦在村庄旧址上很快地拔起，又不断地向着村外的林田蔓延开去。原本闲适安详的小村庄日渐繁华热闹起来。

这样的繁华热闹是以农民失地，村庄失去青山绿水为代价的。炎夏季节，太阳热辣辣地晒烤着村庄的水泥沥青路面，街巷里蒸腾着滚滚热气，路两旁已经没有如盖的梧桐大树可以行走乘凉。如今，在村子里已经找不到一棵，哪怕是小小的梧桐苗，这些树的生长空间已被开发商们掠夺殆尽，村庄里再也看不到梧桐满树招摇着的紫色喇叭形花朵，也闻不到桐花季节弥漫于街头巷尾优雅沁人的香气。梧桐树一圈圈圆满的年轮已被滚滚的历史车轮无情地碾碎，它们用以记录岁月的华美年轮被人们完整地掠走，然后被切割，被重组，成为了豪宅内一件件昂贵的饰品。

时间是无情的，它淡去了村庄昔日的温情，也淡去了村人熟悉的容颜。城市化改造给村庄带来了许多陌生的建筑，陌生的人，陌生的面孔。开发者们掠去了村庄的青山，掠取了村人的土地，他们在曾经的青山，曾经的小桥流水上大兴土木。一座座豪华别墅遮蔽了村庄老旧的房舍，西服革履于是得意地昂扬于灰头土脸的乡亲之上。高速路，高铁，豪宅名车，夜总会，高尔夫毫不手软地挥霍掉了村庄鸡鸭牛羊们世代繁衍生息的牧场。

昔日那个圆润饱满的村庄如今只得苟延残喘于城市夹缝之中。村庄的话语权被强者掌握着，大量的自然资源被他们廉价地输出与攫取，原居住于这片土地上的人反成了客居人家。他们呼吸着他人经营出来的工业废气，花钱吃着有毒的粮果，喝着化工废水，用着比城市居民更高的电价。

一生纠缠乡土的乡亲终于没有了土地可以纠缠，一时间内他们轻松自在地似卸去了满身重负，只是还没来得及缓过一口气，一转身就跌进了一条既无前路也看不清后路的黑洞，那是一个无底的黑洞。

在今天，村庄里被断了后路的农民似乎已经忘记了微笑，那种发自内心知足的微笑。他们失去了靠天吃饭的资本，他们奔走的脚步日益地匆忙与仓皇起来，表情严肃而木然，连孩子也不能例外。

村庄，终究是被掏空了。村庄成了入侵者的村庄，成了暴发户的天堂。原本那些土地的主人一转身就成了在自己土地上给他人打工的奴仆。曾经自给自足的农耕生活被现代文明彻底地打破，笼罩在村庄上空的是焦虑，是躁动、迷惘与不安。昔日安详踏实的小村庄终究远去了，它只在大地上留下了一抹苍凉而落寞的背影。

时光里的疼痛

（一）

夜，一分一分的深了，大楼外，暴雨如注，电闪雷鸣，一道道耀眼的电光火弧疯狂地撕扯着厚重的云幕，望不到尽头，看不到有丝毫停止的迹象。人，便由希望到无望，到绝望，到不再挣扎。一切都是天意，属于不可抗力，一切，终归安静。

夜渐深，门外的声音也渐渐消失不闻。在我封闭森严宽大的办公室里，除了偶尔地从对讲机里传出一两声调度人员声嘶力竭中透着无奈的往来呼叫，四周只有死一般的沉寂。我一个人坐在办公室里，坐在办公桌前，在电脑上漫无目的地浏览着，电脑画面随着我右手的上下动作，在我眼前快速而无谓地上下滑动着，我的内心凌乱、无绪。

我眼光散漫地落在显示屏上，不欲停住滑过眼前的每一个页面，也抓不住任何一个闪光点来兴奋我近乎麻木的神经。灵动的鼠标此时就如我的生活与生命一样，在迅疾地游走，凝聚不了思想，也留不下我在这个世间行走的印记。

等待，只能这样无奈无聊地等待，等待漫漫长夜渐深，等待时间的流失，等待生命耗为灰烬时，才进入下一个无妄的轮回。

在死寂的等待中，有一刻，我把视线落在我那令人可怜的细瘦的胳膊上。于是，我针对它，做了点滴思考。透过薄薄的肌肤，我瞅见了那里生命的迹象，那也许是它唯一能够证明我还活着的理由。那浅浅的埋在我皮肤下一条条清晰可见的青色血管里，正忙碌地奔涌着我生命的体液与细胞。它们一个个，在前赴后继义无反顾地向前方奔涌，而前方，就是死亡，它们没有选择。它们如我一样，没有权利取舍命运，它们没有退路，只能任凭天择。此时，我透视到了它们死亡前的壮烈，它们在无望地挣扎，我似乎听到它们在死亡前发出哀哀的、痛苦无比的呻吟，那样的无奈与无助。面对着死亡，我竟有了一丝的快感，有如观看美国那些恐怖与血腥的大片一样，随着演绎的深入，残酷与自虐的疯狂很快地调动了我的兴奋。在电脑的液晶显示屏上，我朦胧地看到我此前无比呆板的脸上在此时现出了一丝残忍与狰狞的笑容。

时间在分分秒秒被我倒数着，在静寂中，我木然地，冷然地看着我的机体随着漫漫长夜的纵深，一步步地向生命的尽头挨进。

办公室厚重的木门，隔绝了室外一切的声音，电脑在长时间的静默中，进入了待机状态，电视监控也因为没有转换镜头，影像的场景依然是三两照射中空旷、寂静森然的大厅，没有生命在其中活动的痕迹。

所有的一切，都随着夜的深入昏昏！

在死亡镜像的交错汇演中，沉默了许久的对讲机，冷不丁地爆出了警令，将我猛然地激醒。瞬间，我清楚了我的位置，记起了此身的使命。我快速地站起，以最快的速度将装备系在腰间，拾起手边的对讲机，扣上帽子，抵达事发现场。

现场，一片混乱，有人在撕扯，伴随着尖厉的女声谩骂。

拨开围观的人群，我站到了对立人中间。我的出现，暂时使他们停止了撕扯，而谩骂仍在继续。很快的，一个五十多岁的男人冲我吼了起来：站开，否则连你一块打。

我很清楚，按照我的形象，是没有足够的威慑力的。尽管在凶悍的他面前我显得楚楚而娇小，我依然以凛然傲然的姿态站在他的面前，我没有按照老男人的要求退出现场，我不会做逃兵。我直视那个老男人，在他的眼里，有一团火在燃烧，血红。

“这里不许打架，有事跟我到派出所解决！”

他没有用语言回答我，却用手狠狠地掳了一下我的胳膊，是那个老男人在向我示威，他试图把我拉离现场。

我将对讲机天线直直地指向他：“你要袭警?”

潜意识驱使我把手伸向了腰间。

就在我解装备的瞬间，一个强悍的女人过来将我胳膊连同我娇小的躯体一起死死地环住，我胳膊动不得，警械抽不出。那个老男人就在这一时刻向我扑了过来。此时，我脑中飞快地闪过念头一个：我遇悍匪了，他们果真要袭警，我也许就要为了事业而“英勇”了。

此时，在我心里，没有丝毫恐惧与退缩的念头，一直生活在婉约与柔弱中的我，突然萌生的献身念头使我感觉无比的神圣与壮烈。就在这时候，那个红眼睛的男人被他人从身后捆抱了起来。他也没有能力再挣出捆抱他男人铁箍一样的臂膀。

那个抱我的女人松开了我，也去帮着约束那个老男人，我凛然听他们述说原委。

挨打的一方是西装笔挺的三个韩国人。在这场厮打中，我亲眼看到那个老男人在那个年轻的韩国人脸上很响亮地扇了两个耳光。他没有还手，也没有言语，只是被动地躲避。他的两个同伴也默然地看着同伴挨打，不言语，不帮架。

事情起因很简单，那个老男人喝了酒，在椅子上睡着了，他的女人在他身边也睡着了。尽管大厅内冷气开得很足，却因为暴雨，空气湿闷，气压低，加上长时间无望的等待，使众人疲态尽显。在很多人横七竖八以各种姿态入睡的时候，那个年轻的韩国人，公然拿出相机，对准国人各色睡相不断地拍照。相机的咔嚓声在静寂的空间里特别清晰，那个女人首先跳起来，揪住韩国人，要求交出相机，事端因此而起。

韩国人方面，没有人会说汉语。他们嗯嗯啊啊地对我比画着，我不能理解，我示意那个年轻的韩国人与那个女人跟我到派出所解决问题。

在往外走的当口，那个被松开的老男人冲了过来，对准那个韩国人白净的脸上就是一拳。我用胳膊架他的当口，他抬起了脚，对准那个韩国人裆部踹去，韩国人躲开了，却踹在我的大腿上。因为不是踢，所以没有感觉疼，只感觉被他的强力推了一下，身体猛然往后坐去，所幸被人从身后扶住，没有跌倒。

这时，协警来到了现场，将现场主要参与的六个人带到了派出所。

三个韩国人穿戴很整齐，在三十几度的大夏天，他们依然是西装革履，而我们的同胞，很多人很随意的穿戴着，并且在公共场合不讲究地睡着。这些韩国人估计是要将这些人睡中的形象发布到国外去，因此引起众怒，引发国人强烈的爱国心。因为那个老男人喝了足量的酒，因此表现得很强烈，对那个拍摄的韩国人大打出手。

在所里，老男人眼里的红光更盛，我要他在我对面坐下来，他不肯，转到打印机前，对着韩国人破口大骂，污言秽语，不堪入耳，并试图搬起打印机砸向韩国人，我内心里也倾向于他维护国格人格的行为，尽管鄙视他的简单与粗鄙。

协警将他按在椅子上，我严厉地警告他不许在所里闹事，并准备对他采取约束措施。在我电话向值班局长请示汇报的当口，他竟然恶狠狠地威胁要打我。此时，几名身强力壮的协警站在他周围，我把警绳与手铐从腰间取出，放在面前的桌子上，我冷冷地逼视着他，我很希望此时他能对我动手，那样我就可以对他采取约束措施。而他，也许是听到我与局长的对话，尽管醉酒，却明白约束措施对他意味着什么，因此再没有动作，也不再说话，乖乖地红着怯怯的眼睛在我对面坐了下来。

我向韩国人要过相机，我仔细地审查每一张照片，没有看到他们说的关于睡相的照片。据女人说，她亲眼看见韩国人把照片删了。现在，已经没有证据证明他们关于被人偷拍的说法，他们于是便要求韩国人将内存卡交出，以防他们回国后恢复照片。我将相机交给年轻韩国人，他不会说汉语，却懂了意思，他很利索地取出内存卡很恭敬地双手递交给我。我收拾起内存卡，问双方还有什么要求，韩国人没表示，那个安静下来的老男人似乎已经酒醒，以相对平和的口气表示，既然交出了内存卡，只要不把他们的照片发布到国外就行。然后我按照局长指示对他们做了安抚调处，双方达成和解。

因为韩国人的拍照行为确实有辱我国格与他人人格，我内心里也很不忿，就没有因老男人在我执行公务中向我施加暴力的行为，以妨碍公务或妨害司法的罪名来追究他。

凌晨一点，他们如无事一般，和和气气，在雨停下的时候一同乘机去了大连。

一场闹剧收场了，随着他们的出发，大厅里辉煌的灯火相继熄灭，我褪去制服，换上了轻松舒适的便装。此时，已经是凌晨两点多，经过一场风波，我睡意全无。不想独自一人穿过星空下的空旷回宿舍，我反锁上办公室的门，继续在办公室里枯坐。我继续想象我的人生，想象我细致的生活，细腻的情感。我又想到了那个粗鄙的老男人，想象他的生活状态，不由得有点儿羡慕。尽管他粗鄙，他却随心所欲地快乐着，尽情地演绎着他自己的种种精彩。而我，在他们看似无比的精彩里，却怀着诸多的不如意，精神萎靡与颓废充斥着我整个的生活，身体与情感相呼应，也每况愈下。

在我站起身的时候，我的腰间有些麻木，很快地，这种麻木伴随着疼痛扩散到了右腿。我想，我本已脱出的椎间盘，挨了那老男人强力的一脚，想必是脱出更重了！

（二）

我对疼痛的耐受值比一般人低很多，像肌肉注射，护士只需要将冰凉的消毒酒精棉签往屁股上一擦，我臀部肌肉马上会因恐惧绷得紧紧的，针还没扎下去，眼瞅着她们持针的手往上一抬，我会像被马蜂蜇着了，身子陡然挺直，本来丰满后凸的屁股即时向前缩进十几厘米，即便如此，我从来就没有躲过护士紧紧跟上的一针。

有一次吃东西吃坏了肠胃，他陪我去打屁股针，看到了我的㞞态后，笑得前仰后合，人几乎就站立不住，而后说："做警察能做到不怕死的份儿上，却被一支细细的毛针吓掉了魂，笑死人了。"

害怕打针会有那么好笑吗？又不是我一个人害怕，不到时候呢，不是有句话说关键时刻才显英雄本色嘛。

"我开刀做手术时不也是没害怕吗？"

"不是你没害怕，那时你已经被麻醉得不知道害怕了。"

他说的没错，那次手术是在全麻状态下进行的，我根本就不知道医生在我身上做了什么，也不知道被摘去的器官与组织的样子，又怎么可能会害怕。那次手术很顺利，全部过程只用了三个多小时，在身体里那些没用的东西被取出后不久我被推进病房，在病房等待苏醒。病房内还有两张床，分别躺着与我同病相怜的另外两个人，他们一个在我之前，一个在我之后做了与我同类性质的手术。

当我从手术全麻中醒来，我的上身已被医用纱布紧紧捆裹住。之前医生在我身体上动刀动剪子割裂剪切直至术后缝合，自始至终没让我有一丝痛感，其间连一个梦都没有做过，我在思维与记忆的真空中度过了三个多小时可怕的手术。后来我努力地回忆手术前后过程，或许是过多的麻醉药伤害了我的记忆力，我记不起很多的情节，只记得被放到聚光灯下消毒之前的一些事情。

其实早在两年前我就稍微察觉了身体的异样，只是因为不疼不痒，就没有引起足够的重视。最近一次单位查体，医生告诉我病情不能再拖下去了，必须进行一次手术，然后我就住进了医院，等待手术。

术前，护士给我打了一针，说是镇静剂。之后，我躺在病床上边输液边轻松地与孩子、与小姨说着不疼不痒的话。不多会儿进来三个护士，她们很麻利地将我身上所有的衣服扒光，然后用我穿的那件病号服盖住我身体的隐秘部位，我被移到了担架床上，又加了一层薄薄的单子。而后进来一个个子很高的年轻男子。他拽着担架床一角很轻松地就把我给拖出了病房。年轻男子穿着鸭蛋青色大褂，戴着鸭蛋青色口罩，头发被同色小帽遮住，只露出一双清澈明亮的眸子在外面，看不清其他部位的丑俊。他走路带风。在通往手术室那条无风的走廊上，他以极大、极快的步幅撩动着细长的双腿，鸭蛋青色大褂的下摆被他带起的风吹起来，果然是衣袂飘飘，很潇洒。我很喜欢看他走路的样子，通往手术室的这一段路上，我一直像欣赏一件艺术品一样欣赏着他疾走的姿势，这期间我曾发出了淡淡的会心的微笑。

通往手术室的门有很多重。进入二重门后，他把我交给别的人，走了。我被另外几个人推着又走过了几重门。

衣袂飘飘的年轻人走了，我有些失落。我把目光转到空旷走廊的廊壁与廊顶，那里镶嵌着一些灯，发出了与此前年轻人衣着一样，青幽幽的灯光。

长长的走廊，除了我和这几个推着我的人，没有别人。几个人的脚步声很轻，很轻，以至于这里除了行进的担架车胶轮与地面离合所发出的黏滞的刷刷声，几乎再无其他声音。悠长的走廊与外界完全隔绝，无菌，无尘，连阳光都投不进一丝。

经过重重过滤的走廊灯光青幽，通道静寂。我生出了奇妙的感觉，像走入了地层深处，越走越深，深入到光怪陆离的世界，像魔域，我一点儿也没有害怕。

进来前小姨代表家属在我的手术同意书上签了字，这是术前必须履行的一道手续，无论病情轻重，无论手术大小。如果说手术室是病人的生死界，那么手术同意书就是一纸生死契约，等于把病人的生命无条件地交给了医生的手术刀。在这个世界上，无论哪个国家，哪个州府，无论何时何地，只要是杀了人，依照法律大抵是要偿命的，只有这里除外。法律没有明确界定医生的手术刀，医生对他的病人可以刀剪齐下，可以掏肝剜肺。推出手术室来是活着的一个人，皆大欢喜。人死了，医生只消对着家属说一句：“对不起，我尽力了！”则万事大吉。亲人也只有哭天抢地的份儿，极少有人会去追究医生的杀人之责。签了手术同意书，等于无论生死，一概都与医生无干。

由于进手术室之前被推了一针镇静剂，躺在手术台上时我没有一点儿害怕的感觉。我平静地看着护士给我挂上一瓶静脉滴注药液，之后盖在我身上的衣服和单子被取了下来，我全裸了。躺在手术台上，被无影灯照着，被那么多医生护士看着，我感觉有些害羞，就闭上眼睛不去看那些盯着我的人。

倏忽间感觉胸腹间肌肤一凉，我明白这是在为我做术前的全身消毒。而后冰凉的感觉一抹一抹地扩散开来，再之后就什么也不知道了。

手术是成功的，医生站在我的床前，他说：“很好，一切都很好。”之后，他就出去了。

我的意识一点点地在恢复，医生这句话我听清楚了。我睁开眼睛，看到了小姨、姨夫，还有丫头，他们围住我，关切地看着我。丫头眼里含着泪，本来红润的脸蛋失了色。她一定是被半截身子像被纱布紧箍着的一只木桶般的妈妈给吓坏了。

住院，检查，到确定做手术，这一切我都没有告诉父母，也叮嘱丫头不要告诉姥姥姥爷，因为他们已经年迈，我怕他们经受不住恐惧。父母没有来，孩子不能签手术同意书，我就打电话告诉了住在医院近处的小姨，小姨代表家属在我的手术同意书上签了字。

已经开始手术了，小姨去幼儿园送孩子还没有来，只有丫头一个人守在手术室外。身体里那些没用的组织被切了出来，护士用两只透明塑料袋盛着，走到手术室门口时，她让孩子看了，然后就送检了，然后小姨、姨夫就来了。

刀口处开始疼起来，像波浪一样，一波高过一波，慢慢地感觉身体像被架在了一堆燃烧的柴草上，烈火强劲地炙烤着我的肉体，不能忍受的疼痛令我忍不住呻吟。

我眉头紧紧拧结，面目扭曲。孩子连按了两次止痛泵，还是止不住胸腹部撕裂般的疼。丫头俯下身来，一手环住我的头，一手抽出纸巾为我擦掉流出来的泪。她用脸贴住我的脸，轻轻地说：“妈妈最勇敢了，乖，坚持一会儿，很快就好了。”

我的意识是清醒的，我担心吓着孩子，就极力忍着，最终却还是无法忍受那种惨烈的痛，我开始烦躁与粗暴起来。我推开孩子，冲她哭喊：“疼死我了，快去找医生来给我打止痛针！”

止痛泵不顶用，护士又给扎了一针，我只能把希望寄托在护士每一次给我注射的止痛针上。我泪眼蒙眬地，在无比的疼痛中期盼着每一支镇痛剂的效果。

我被一波波巨大的疼痛折磨得疲惫不堪，直到晚上九点，疼痛才慢慢地一丝丝地消退了，我的肉身似从魔鬼利爪的撕扯中解脱了出来，令我感到了从未有过的巨大幸福。

（三）

不久前我看到了敦煌山洞出土的一份《放妻协议书》。放妻就是离婚的意思，唐代人把夫妻离婚称作放妻。

“凡为夫妇之因，前世三生结缘，始配今生之夫妇。若结缘不合，比是冤家，故来相对，既以二心不同，难归一意，快会及诸亲，各还本道。愿妻娘子相离之后，重梳婵鬓，美扫蛾眉，巧逞窈窕之姿，选聘高官之主。解怨释结，更莫相憎。一别两宽，各生欢喜。”

两个原本陌生的人因缘巧合走到了一起，生活日久，多数人习性爱好逐渐磨合，两相渗透，会慢慢地接纳与包容。而姻缘却是不可深究细理的。缘分之始，不知其所起；缘分之止，又怎知所终？而今我只想与你作别，无论曾经的幸福与伤痛。

对于婚姻与爱情，我曾在悲观绝望之时写过这样的一段话：“一朵花，能开多久？一份情，是否可以相伴终生？人生如潮汐花月。潮有高低错落，月有阴晴圆缺。荼靡花开，意味着随后的万木萧条。高潮其后，必然是潮落。一个华美的开端，未必有结局的圆满。能够死生契阔，与子相悦；执子之手，与子偕老，毕竟只是少数。”“日子的平淡，逐渐熄灭了燃烧的激情，于是爱情不再生动，甚至变成一方的负累。于是爱变成了伤害的借口，情至成背弃的理由。能够在天长地久中相守的，是骨肉相连的亲情。能够将爱情变亲情，已是难能可贵的结果。至于将爱情进行到底，几成幼稚的童话，也只不过是现代人的美梦黄粱。”

写完这段话不久，我与他疲惫不堪的婚姻也终于走到了尽头，走到了“放妻”那一刻。婚姻至此我才明白，他进入了我的生活，只是作为我生命过客的身份，他来，是要陪伴我走过人生必需的一段里程，当我过分的细腻与婉约再也无法与他的粗放大气相融合时，挥手告别就成为了必然。或许此后我们不再重逢，而彼此陪伴的那段路在记忆中是永远无法剔除的。即便会重逢，他也不会再为我驻足停留，他只是我生命中的一个抹不掉的烙印。

……

在婚姻登记处，比我大很多的一个大姐热情而悲悯地接待了我们。我与他分坐于长桌两端。看着他满脸的凄恻、凝重与不忍，突然就想起了我们的恋爱，想起了与他婚姻初结的朝朝暮暮，泪不可遏止地汹涌而出，那一刻，我身子软得几乎不能握住手中分量很轻的一支笔。

在我与他面前各放着一张薄薄的纸，他手中也握着一支与我一样的水笔。看着他，我写不下那几个字，他也没有写。他双眉紧拧，眼睛死死盯着面前那张纸，手中的半截烟头已被他夹扁。我猜不透他在想什么，只知道我很疼很疼，心疼得像刀扎一样，泪不停地流下来。作为一个散文作家，以往稍微思忖我便会下笔如流水，对于眼前这个场景，我已经深思熟虑了两年之久，当这一时刻真正到来，我却迟迟地落不下一个字。

两年来，我无比执着地坚持着，任多少人的调解劝说，我丝毫都不曾动摇过。与他分居两年多时间，我一直苦苦地等待这一时刻的到来，我曾经把这一刻想象得无比神圣，我一直都以为在这一刻我与他能够“一别两宽，各生欢喜”。而今这一刻真的到来，为什么我会这样疼？我后悔了吗？不甘心吗？我与他如何能够回得去？

一直等着为我们办手续的大姐走过来，她握住我执笔的手，看着我的眼睛，问：“后悔吗？”

我不知道我是不是后悔我坚持了两年的这个选择，我只知道心很疼，很疼。我的泪流出的更多，汹涌而出。我却执拗地摇了摇头。

“别哭了，每一对夫妻来到这里，在这一时刻都会疼，那种疼是撕心裂肺的。”

大姐也许是见惯了这样的场面，她说的一点儿都没错，我的心真的就像刀割一样，撕心裂肺地疼，疼得说不出一句话。他看着我，良久良久。我签了字后，他也签了。

……

他开着他的车走了。

我盯着他，看着他走远了，走出了我的视线，走出了我的生活。我不知道我为什么要哭，是用眼泪来祭奠这一段已经死亡了的婚姻？还是什么？

我不舍吗？

我的车头对着花坛，紧闭着门窗。没有人听见我在车里撕心裂肺的哭，也不会有人看见我在车内抖动着双肩哭得天昏地暗，只有已经开出我视线的他知道。他打过来电话："回家吧，别哭了，路上慢点开车。"

"忘掉以前的一切吧，我脾气不好，对不起你，不能给你一个快乐安定的生活。"

……

我没有与他要孩子的抚养费，他也没给过我一分钱。他每周都会去学校看孩子，给孩子买衣服，买食品，给孩子零花钱。每个周一的早晨，我开车送孩子去寄宿学校，周末下午他开车将孩子接回家，然后我们像什么都不曾发生过一样，三人各住各的房间，各做各的事。孩子不知道我已经与分居两年多的爸爸离婚了，她依然像一个刁蛮的小公主恣意地在爸爸妈妈面前撒娇作横，她什么都不知道，依然沉浸在父母一如既往的娇宠之中。

在外人看来，我们是非常般配，非常美满与和谐的一对。刚开始的时候，我对这婚姻是很满足的，郎才女貌，郎貌女才。我们也实实在在地过了几年轻松快乐的日子。

婚姻失败很大一部分责任在我，我是一个完美主义者。

有位哲人说过："爱一个人，首先要具备爱的能力和素质。"或许我缺乏这种素质与能力。我希望他是一个既符合社会，又符合家庭双重标准的优秀男人。他事业有成，给我与孩子创造了良好的生活条件，我没有满足于生活物质的丰裕，我还要求他回家能对我们和颜悦色。或许是我的小资，我对于爱情理想化的追求，令我把我们的婚姻架在了圣坛之上。我忍不得叱骂，容不得他偶尔脾气爆发时随手甩来的巴掌。其实，除了脾气不好，无论是社会地位，还是人品学识，他都是比较优秀的，绝大多数时间他对我是好的。他自己舍不得吃穿，总把他赚来最好的都给了我和孩子。

婚姻最初幻灭，令我形容枯槁，心如死灰，我有意无意地放慢了生活的脚步。当我沉静下来，慢节拍地在旅途上，在沉淀的时光中细细度量时，才发现有谁在乎我及我周遭的一切。

离婚后，以前因为他而逢迎我与孩子的那些嘴脸全部不见了，一切都要由我一个人面对，我一个人独当一个上有老下有小的家庭，独挡来自社会的风风雨雨，生活得很艰辛。到此时我才体会到他的存在对于我来说意味着什么。静下来，我会慢慢地思考，慢慢地回忆品味与他的婚姻点滴，时间一点一滴地淡化了我对他的怨，慢慢地恢复了对他的痛惜。

张爱玲曾说：我想表达出爱情的万转千回，完全幻灭了之后还有点什么东西在……

爱情已是过往，我与他的亲情没有随时间的蔓延而衰淡。我的生活里没有了他，他却始终都在我的生命里。他疼着我与孩子，我也痛惜着孤身一人的他。

他有了自己的房子，搬出了我们一起生活多年的家。我没有要回他的钥匙，也没有将房子换锁，这个家他依然可以来去。周末了，他去学校接了孩子会回家陪孩子住一晚。他把别人送他所有的好东西全部拿到家里来，似乎他依然生活在这个家里一样，从来就没有放下过我们，我的孩子没有多数离异家庭那种父母爱的缺失。

因为感恩与安慰，我们偶尔的也会住到一起。现实安稳，时光静好，我们之间再也没发生过吵闹，没有暴力。

后来我们离婚的事慢慢被人知道了，好多人做工作劝我们复婚，我都回绝了。十年前我是爱他的，十年后的今天，我对他曾经那些炽烈的爱已转化为浓浓的骨肉亲情。我们之间没有了男欢女爱，我依然还疼着他，如同我的手足胞兄。

我不断地托人为他介绍女友，离婚四年后他终于再婚了，我也终于完了一份心愿。而今，他有了一个爱他的贤惠的妻子，有一对可爱双胞胎儿女，他依然是没有放下我们，依然牵挂着我与孩子。

他工作辛苦我是知道的，加班熬夜已经成为他生活的常态。我只是没有想到过度的工作损害了他本应年轻而健康的心脏。2014 年冬的一个深夜，我接到他的电话，他说身体难受得感觉快要死了。我叫醒了睡熟的孩子，开车去了他家。在他家，我第一次见到了他的妻子，那时她正怀着一双龙凤胎，挺着一个硕大的肚子，已经进入了临产期。看着痛苦的他，她吓得直哭，几乎就挪不动脚步。

之前我从未见过急症心脏病人，临时一点儿处置经验也没有。事后才知道我当时送他去医院的行为有多盲目，每次想到当时情景，我都后怕得要命。

感谢老天怜我苦心，怜他年幼的三个子女。

因为当时只想着能尽快送他去医院，我手忙脚乱地与孩子一起把他从楼上搀扶下来，他躺在后座上，我不顾路上许多颠簸，加大油门送他去了医院。在医院里不多工夫他就被诊断为心肌梗死。医生马上对他实施了系列急救措施。从确诊到急救，在此过程中我的身子一直抖个不停，几乎站立不住，如果不是孩子在身边扶着，我那时一定会瘫倒在地。我们的女儿，那个在我们眼里从来就没有长大的女儿在大事临头时却表现出了超年龄的理智、坚毅与勇敢。尽管她脸色苍白如纸，她却没有哭，她一直扶着我，握着我的手，还不时轻声地安慰着我。

待他病情暂时稳定下来，我与女儿上前去看他，他紧紧闭着双眼疲惫不堪地躺在病床上。我眼前浮现出他以前对我们的好，也浮现出他健康时工作中表现出的朝气与霸气，眼泪不由地就流了下来。我多么希望此时他能像以往一样从床上坐起来，即便他偶尔心烦地骂我，哪怕他忍不住脾气的暴戾……

孩子看了看我，又看了看她的爸爸，然后把我拉到一边，用大人一样的语气轻声呵斥我："你这是干什么？爸爸不是稳定下来了吗？你这样哭，让爸爸看见肯定会不安的。"

医生护士仍围着他观察，一直强忍着没有哭出声来的我悄悄走出病房，倚着墙角哭得昏天黑地。我突然发现我的世界里不能没有他，我已经习惯了有他的存在，即便他再跋扈，哪怕他是一个植物人，我还是需要他活着。

后来他去安贞医院做了心血管支架手术，他在烟台与北京两地住院期间我请休了全年的公休假，以妻子名义衣不解带地护理着他，直到他康复出院。我陪着他回家的那一天，他一对可爱的双胞胎儿女也健康活泼地出世了。

看着他们开心的一家人，我也很开心，我也爱着他的孩子，像我自己的孩子一样。我希望他能够健康快乐地活着，我的女儿和她的弟弟妹妹们更需要一个健康而深爱着他们的父亲。

有人不理解我的行为，认为夫妻既已离婚则老死不相往来，不相亲或相仇。他是我孩子的父亲，孩子不能没有父亲，而我曾是他的妻子，我们真爱过，一起经历过欢笑与美满，也经历过泪水与怨怼，那些真实虽已过往，却深深地烙印在各自生命里，有生之年怎能相忘，又怎会陌路？

既相别，且相惜，莫相憎。一别两宽，各生欢喜！

人间事

忧郁而美丽的土地

胶东民间有谚语："朝报喜，夜报财，午时前后报客来。"说的是喜鹊叫。

天刚擦亮，我就被喜鹊们的大呼小叫给吵醒了。

喜鹊在楼外已经叫过了很多个时日，它们或许是在我楼前某棵树上做了窝，每天一早睁开眼我就会听到它们叽叽喳喳吵闹的声音。

这时，除了喜鹊，咖啡也在客厅隔着门向我发出哼哼唧唧催促的声音，我赶紧收拾一下带它出了门。一路上遛着咖啡一路揣摩着喜鹊叫，明知道报喜报财那些说法有些虚妄，却还是存着好的心愿，希望真的会有什么喜事发生，这时便见到了路边菜农菜摊上的一扎苦菜。

他想给我送什么，却又不知道我爱吃什么，就问我："你最喜欢吃的是什么？"我一点儿都没有犹豫，直接就告诉他："我最喜欢吃苦菜。"

他很犯愁："你想吃燕窝鱼翅都可以，就是弄不到苦菜。"

因为他问的季节不对，那个时候当然是不会有苦菜的。

冰箱里的苦菜吃完了，妈家里储存的也被我断断续续吃光了，算起来快有两个月没有苦菜了，每当想起来心里就会有一些刺痒。

不知道在我之前他带了多少来，菜摊上仅有的这一扎苦菜根有很多条不完整，或许是人刨苦菜时用力浅了些，菜根就从半腰给挖断了。指甲大小的苦菜叶子也蔫蔫的，而且很多棵根窝处黏糊糊的黏着些东西，心里就有些空落，对那些黏糊糊的东西也有些怀疑，有些恶心，就没有买。

忽然想起喜鹊一大早的叫，久不食苦菜如同“三月不知肉味”的我忽然见着苦菜算不算是一天的喜事？它们是不是要告诉我这个时候可以有苦菜吃了呢？

心里一旦有了事，遛咖啡就变得草草和敷衍起来，牵上楼给它洗完吹干，赶紧掏出电话要打给妈，就见群里有人在说话。

锡波发了湛蓝湖水与杨柳绽出新芽的照片，说他正沿着湖岸骑他的小黑妹。小黑妹是他对新买黑色自行车的昵称。锡波毕业后去了东营，在油田任重要技术职务，拿着很高的薪水，他一个人的薪水能顶我们这些人七八倍，人就手脚大方起来，每日会发几个红包，每个红包十块二十块的，他图的是群里同学的热闹乐呵。

爱琴也发了图片，巧的是她正在挖苦菜，她发了苦菜照片。刚在楼下看完苦菜回来，这时见到爱琴半篮子的苦菜就有些眼气。

我问她：“山里苦菜多吗？”她回答苦菜不少，只是叶子不够大，菜根倒是肥壮的，随即便照了一棵苦菜给我，果然是叶小根肥。

这个季节正是吃苦菜的时候，不知道其他地方的人认不认苦菜，我们这里的人是喜欢吃苦菜的。入冬后尽管苦菜叶子变黄脱落了，苦菜的根是不会死的，它们不停地吸收着土壤里的水分与养分，到春天时就蓄养得肥肥大大，苦味十足。

说起来，吃苦菜也就是吃它的根，有没有叶子倒不是很重要。我很喜欢吃苦菜，我曾跟人学会了一样特别的吃法，就是做苦菜脑。我将洗好的苦菜拌上生豆面，肉丁下锅爆炒，加水烧开，下入沾了豆面的苦菜烧熟就成了一锅苦菜脑。我常拿苦菜脑当饭吃。

妈知道我爱吃这口，每到春天就让爸进山挖很多苦菜，她将苦菜料理干净，用水焯过，用一个个塑料袋分装好放她的卧式大冰柜里冻起来。我每次回家时她都要给我带几袋，还有豆面，也是妈用自己种的豆子磨好的。

爸年前做了心脏支架手术，手术后他一直就不舒服，身体一直没有恢复起来，想来这个季节他是不能再进山挖苦菜给我了。想了想，就给妈打电话，跟她说我要回家挖苦菜，让她不要出门，在家等我回去，妈说好。

我吃了点儿东西，再给咖啡添了水加了狗粮，磨磨蹭蹭，与咖啡到妈家时就过了九点，妈的大门上刺眼地挂着一把明晃晃的大铜锁。

我往东西两侧看了看，没有见爸与妈的影子，倒是见着了进京家的。进京家的拐着篓子从西面走过来，她手里拽着一个三四岁的孩子，见我被锁在了门外，就停下来与我说话："早晨还见二婆和二爷了，应该不会走多远，大姑你要不嫌弃就先到我家坐着等一会儿。"

我说不用，告诉她我一会儿会给妈打电话。然后她就反反复复地上下端详起我来，看得我有些不自在。

她眼里透出些羡慕，说："咱俩年龄差不几岁，你看大姑你多嫩俏，看我老成什么样了？"说着她就撩起额角被汗浸湿的头发给我看她眼角的皱纹。不知道在看见我之前她紧赶着做什么了，在凉飕飕的天气里，她额头和眼角那些深而粗硬的皱纹里满是汗水，在太阳照射下闪着清亮亮的光。

瞅着她黑红的、满是皱纹的脸，我就看见了她内眼角两坨芝麻粒大小白花花的眼屎，她手里牵的那个孩子的脸上有一抹一画的鼻涕痕迹，衣服也油渍麻花的，袖口和胸前襟脏得油光发亮，像铁打的一样。见我注意这个孩子，她就把怯生生的孩子往我面前扯了扯，说是她的二小子。

这不修边幅邋遢的娘儿俩令我一时间有些反胃恶心，她的眼屎和小孩子腮上的鼻涕痕让我想起了路边见到的那扎根部黏糊糊的苦菜。不敢再去瞅，我赶紧把目光从他们身上移开，对她说就不去了，我在门口等妈会儿。

我拿出给妈带的天津大麻花给小孩子几袋，她过意不去，就拉起我的手硬拽着要我去她家坐等妈回来。

她与妈做邻居二十几年，虽然中间只隔一户人家，我却从来都没有登过她的门，不知她家里会是怎样情景，光凭外表我就可以想到她的家肯定不是干净的。我有些洁癖，除非自己的家，到哪里都放不开手脚，就执意不肯去。

她拉我的手干燥发硬，有些刺拉拉的，让我感到了不舒服，又想到了她的眼屎，心里犯疑，就赶紧把手给抽了出来。她似乎看出了什么，就说："大姑，你是不是嫌俺脏?"我不好明说嫌她脏，一时又想不出什么理由来搪塞，只好一再地对她说不是不是。

见我执意不肯去她的家，她嘴里就念叨着"农村人跟城里人就是不一样"，领着她的儿子一扭一歪地向前走去。

我想了想她的话，想不出她说的"农村人跟城里人就是不一样"具体指的是什么，是说我不肯去她家里坐，以为我"各色"，还是说身份与身相的差别?

进京家的是妈对进京媳妇的称呼。进京年龄比我大几岁，论辈分却比我小，两口子每次见到我都很自然又很热情地叫大姑。林进京是我不出五服的一个本家侄子。

少顷，我听不远处有门哐当响了一声，知道是进京家的带孩子回家了，就不再去掂量她的话。回过头，我又看见了妈大门上那把铜锁，就有些失神。我已经打电话给她要她等我回来，怎么就会锁了门呢?

我想不起妈在这个时候会到哪里去，就掏出手机给她打电话。妈平时出门是极少带手机的，没想到这次她竟很快地接了，说因为我慢性子，能磨蹭，爸等不及就拉着她先进了山。

妈说钥匙还在老地方，要我进家去等她回来接我。我没有进去，与咖啡坐车里等她。大约半小时后，我看见村西路上一摇一晃地走来一个胖胖的身影，知道是妈。

妈半年前做了膝关节置换手术，还没有养好，走路照旧是一瘸一拐，我看了心里就有些发紧，有些疼，我迎上去对她说：“你就把我领到山里就行了，你和爸回家，苦菜我自己去挖。”妈说：“你不知道哪里苦菜长得多，你爸知道，他年年都去那里挖。”我又问她干吗不等我回来一起去，她说：“你爸一辈子就性子急，到老也改不了。他一听说你要回来挖苦菜，早饭都没正儿八经吃，就急赤巴哈地把我拉上了山。”

爸早妈膝关节置换手术半年做了心血管支架手术，前不久又因脑血栓住了一周的医院，算起来出院还不满十天。我担心他自己一个人在山里，就埋怨妈不该扔下他回来接我。妈嘴上说没事，眼神却恍惚着，我看出了她心神的不宁。

妈虽然担心爸自己在山里，却还是开门进家拿了一块包头巾，一件毛衣外套，一副腈纶手套给我，说山里有风怕吹我头疼，又说怕挖菜时风吹皴了我的手，又说天冷，硬要逼我穿上她的那件厚毛衣。

然后她说：你开车吧，山里有路的。

妈上了车，我把咖啡牵上车，就向山里开去。山里的路不是很好跑，越往前开越窄，不一会儿就别别扭扭地难进了，而且，纪和嫂的树枝占了半边路，剩下半边路根本就开不过车去。

纪和嫂身后是她家的苹果园，她身侧那一堆手腕粗的树枝大概是她冬天里从果木树上修剪下来的。

从果木树上刚修剪下来的树枝一定是要放在果园里晾一段时日的，因为苹果树的木质较硬，那些硬实的枝干要经过一个冬天、一个春天雨雪的浸泡，再经过反复地风吹日晒，枝干糠一些才好烧火。纪和嫂这时就坐在路边拿一把斧头在剁木质有些糠的树枝，她已经剁了一大堆。

我不好意思要她搬开剁好的树枝让路，而且也不知道过了这段，前方的路还会不会变宽。

路太窄了，见了纪和嫂，我也没有下车，只是按下车窗玻璃，探出头同她打了招呼。纪和嫂说："你不要往前开了，前面的路更窄。"

听了她的话，我想把车掉头开回去，却发现前后都没有可以掉头的地方，我让妈下车帮我看路，她看着路却又是说不清道不明地不会指挥倒车，我心中忽然一闹，就提高了声音对妈说："这都是什么破路，这样的路你叫我开什么车？你看看这路，我怎么把车开回去?"

我的声音一高，妈的声音就低了下来，而且当着纪和嫂的面，她很难为情，脸就红了。她像一个犯了错的孩子一样，嘴里嗫嚅着说："我不是懒得走这段路，我只是不放心丢你爸一个人在山里，他的病还是不好，动不动就犯头晕。"

她的语气神态让我心里一下子不忍起来，想起她做了手术还没有长好的腿，再想想一直就病恹恹面黄肌瘦的父亲，心中倏地一疼，泪就涌了上来。妈没有注意到车里的我几乎就要流下泪来，看着我进退不得的车，她挓挲着两手，呆呆地站在车头前，嘴里念叨着："这怎么好？这怎么好?"

看着茫然无措的她，我更后悔刚才对她说出的重话。

纪和嫂站起身来，她和妈一左一右帮我看着路，我慢慢把车倒回一条岔路上，赶紧熄了火，不再去管车的事，挽着妈的胳膊，带着咖啡向父亲挖菜的地方走去。

山里的气温尽管还是有些低，却已不见了隆冬的萧索，农田里返青的麦子齐扎扎地长着，泛出油绿的光。路边的刺槐也绽出了寸许长紫红色的叶芽，想来过不久便会开出槐花了。

想着槐树花时就看见了父亲。

看见父亲时，他正弓腰刨一棵挺大的苦菜，看见我来他的眉眼就挤到了一起，脸上露出了很舒心的笑。

父亲挖苦菜的地方在后山，离村子比较远，高效率快节奏的土地与山林开发还没有延伸过来，周围山势地貌与十几年前没有多大变化。我依稀记起这里曾经是一块洋姜地。

地里长洋姜已是十几年前的事了。那时村子的山峦与土地还没有被开发征用，这一大片位于后山半山腰的洋姜地由于离村子较远一直就被撂在那里，地里的洋姜完全就是自生自长的，从来没有人追肥浇水，却在每个秋天里长出满地拳头大小一串串的洋姜，一些不嫌费事的人家就拐着篓子或背着麻袋进山挖洋姜回去腌着吃。

后来，位于城乡接合部的这个村子被开发了，大半的土地被征了，成片的山林被砍尽伐光，自然生态平衡被打破了，化肥农药食品添加剂的大量使用，使人越来越多地对吃到嘴里的东西不信任起来，洋姜的食用价值医用价值才被人们所认识和发现。山里这一大片洋姜因此很快地就遭受了灭顶之灾。不几年时间，这里大大小小的洋姜就被人们采挖一净，地里再也长不出一棵像样的洋姜。后来有人试图在这块土地上种粮食，却光长秸秆不结果实，后来地就被撂在了那里，荒了，地里就只剩下了野草与苦菜。

妈说爸年年都要来这片地里挖苦菜。自从洋姜绝种，地里也不能够生长粮食后，村子里几乎就没人来注意这片荒芜的土地，也只是因为我爱吃苦菜，爸才会跑很远寻到了这块地，就年年来这里挖苦菜，这块地几乎就成了父亲的自留地。

父亲手里拿着一把镢头，发现一棵菜，他就弓下腰撅起屁股，将四五斤重的镢头高高挥起，然后重重落下，也只有这样才可以将苦菜扎得很深的根给完整地刨出来。今年春天的雨水很少，在这样干旱季节里刨地挖苦菜是一份很费力的活儿。

山里的气候是不比城里的，在城里看来一丝风都没有，到了山里却冷飕飕地拉人脸。幸好妈给我准备了头巾，捂住了我大半边的脸与嘴巴，只是她给我的那副手套戴起来很不得劲，三下两下之后就被我褪了下来。这样，只一会儿工夫，山土与山风就将我的手皴裂了，苦菜根冒出的那些白色汤汁就顺着皴裂出的细小缝隙将我的手给染黑染黄，擦不去也洗不掉。镢头落在干硬的泥土上，也将我的手震得生疼，指关节也变得酸麻起来。

爸见我很吃力的样子，就带我另寻土质松软的地方。

已经很长时间没有雨水了，山里的气温也低，苦菜的叶子长得不起眼，在乱草中寻起来就费神。爸提着一只塑料桶爬到地堰坡一个苦菜多的地方。他斜着身子将两脚高低分开站在地堰坡上刨苦菜，见他摇摇晃晃的样子，我有些紧张。

爸病后的身子是那么的瘦弱，我有些担心他，我生怕一阵风就会将他吹下来，也怕他踩不实松软的泥土而滑倒。

爸的耳朵有些背，我大声地喊他，要他下来，他不肯。我只好也上坡去离他近些以守着他。见我要上去，他就伸出手来要拉我，却还阻止我："你不要上来，这里不好站，别摔着。"

……

二十多年前，父亲就是这样说的。那一次，我跟他去村西一条沟边捋槐树花。槐树长在沟坡上，父亲站在树下用铁钩子去钩槐树枝，他要把树枝钩下来去捋枝上的槐花。我想上去帮他，他就这样对我说："你不要上来，这里不好站，别摔着。"

时光荏苒，二十年一个轮回，二十年转眼就过去了，二十年后的父亲再一次这样说，让我仿佛又回到了过去的时光，过去的那情景，那时的父亲……

"玉在山而草木润，渊生珠而崖不枯。"我多么希望他依然是二十多年前我的父亲，多么希望他伸出手来，能像多年前一样，一把就把我拽上高高的堤堰坡。

可是他再不能了，因为时光已回不到二十多年前了。

望着寒风下秋叶一样单薄的他，我泪流满面……

拾荒人

房子重装过后，家里就极少有人来了。进家的人是寥寥的，有我，有丫头，当然，父母是可以随时去来的，只是妈的腿脚不好，她嫌房子楼层太高爬不上不愿意来，因此，他们就连这个城市也一并不愿意来了。丫头的爸爸倒是来过几次，他在她假期里趁我不在时来看女儿，给女儿送点什么她爱吃的东西或帮女儿做点什么。我知道他来，我也没有说过不让他来，毕竟这个房子在我重装前他曾住过十几年。

另外还有三个人，是小张，小张的丈夫，还有她的儿子。

小张不属于这个城市，她原本不是属于追求生活质量的人，我也曾同大多数人一样认为她不够这个层次。她一直就马马虎虎地生活着，说到底，她只是一个拾荒人，她的一家人都是这个城市的拾荒人。

但，她有爱她的男人，有一个憨憨的、一旦笑起来颇有阿弥陀佛相的儿子，而且，她最近也讲起了养生，在南山公园的晨光中悠闲地打起了太极拳。

如果不是女儿抱回的一条小泰迪犬，我是不会知道她竟然也会赶时尚讲养生跟着人去打太极拳的。

咖啡在不到两个月大的时候女儿将它抱了回来，与小张儿子一样大的她似乎只负责抱它回来，其他的，咖啡的吃喝拉撒，她一概不管，一概丢给了我。

值一个通宵班下来人简直就要虚脱了一样，回家来除了拿出一些时间写作，大凡不是要紧事，其他的，我宁可不吃不喝也不愿下楼去。咖啡来了就不行了，它一日数次拉撒，必须定时带它出去遛，给它养成定时大小便的习惯，否则它就会拉尿在家里。

人家说泰迪有四五岁孩子的智力，这样说法有一些夸张，总之咖啡很聪明，它会看人眼色行事，你惹它不高兴了，它就会发一些小坏去惩罚人。我的窗帘是亚麻的，不能水洗，脏了就只能送干洗。咖啡憋尿了，它围着你转几圈，哼哼一会儿，如果再不理它，不带它出去，它就将尿撒到窗帘上，然后看着我很心疼地摘下窗帘花钱去洗。

每天天一放亮，咖啡就会准时卡点过来抓我房间门，我就被它硬生生地给拖下楼去。

后来我告诉了他咖啡这些聪明却促狭的事，他就笑我，对我说："那是咖啡心疼你，见你整天不挪窝写作，怕累坏你，想要你下楼去锻炼锻炼你那个破身体。"他有时候还会发信息问我："还在写吗？差不多了就让咖啡领着你去外面溜达溜达。"他这话说得很形象，我们俩出了门，总是咖啡在前，我在后握着绳子，它跑哪里我跟到哪里，真的就像是咖啡领着我在外面溜达。

轻车熟路的，不用十分钟咖啡就把我给领到了南山公园门口。那一次，我在看公园门口广场上的人打太极拳时，就看到了小张。小张排在打太极拳的队伍末尾。

小张的头发很稀，她的发质属于不染就自来黄的那种。除了额前的一抹刘海，剩下不多的头发被她从后边给束扎起来，更显出了她头发的细弱可怜。

我小学同学的妹妹叫华子，人长得俊俏，个头精细，肤色有一种扎眼的白，头发也是自来黄而稀疏。华子与我一个村，从小时候起我就认为村里人不喜欢她，因为他们背地里都叫她黄毛丫头。黄毛丫头在我们那里是对不招人待见女孩子的一种轻薄称呼，是说这个女孩子长得像稻草一样轻贱。我妈对这种说法颇不以为然，她说："自古贵人就不顶重发，别看华子头发长得这样少，这样黄，她长大了一定是享大福气的人。"

妈不是会看相的人，我们都以为她的话是替华子抱不平，谁都没有去当真，不想多年以后，华子的命果然就被妈说中了。长得不怎么起眼，大了以后依然是一头稀疏黄毛的华子不明就里地嫁给了一个外国人，因为嫁得好，她的父母后来就被她接去了国外，哥哥弟弟也都住上了她给买的洋房，开上了豪车。

小张差不多快有四十岁年纪，如果妈看见她与华子长着一样的头发，会不会说她也是命里的贵人，是会享大福气的人呢？

拾荒人小张，她的命再好又会好到哪里去呢？

小张不是本地人，我不知道她来自哪里，也不记得问过她这个问题，也或许是不经意地问过了，只因为没有当真要知道就不记得了。

小张一家三口人租住在小区西北角某幢房子里，他们承包了整个小区街区卫生的拾掇打扫，也承包了小区的废品收购。从事废品收购的人在我们这里被称作“收破烂的”，因为不知道她的名字，为了便于记忆管理，我把她的电话备注为“破烂小张”。破烂小张的丈夫也姓张。

小张年龄应该不到四十岁，她的儿子有十七八岁的样子。她的丈夫老张很瘦，又很老，身子骨看起来不是很结实，脸色一贯蜡黄灰暗，街上是不常见到他的，日常小区卫生基本上就见她与儿子在打扫。他们有一辆破旧电动三轮车，由她丈夫与儿子开着。

我不知道小张一家靠着拾掇小区卫生与收购废品一年到底可以赚多少钱，我总是认为她的条件与我是不可同日而语的，但她却还有令我羡慕着的东西，是我至今都不曾得到的。

有一段时间我曾非常地羡慕她，那时我没有离婚。我的前夫为人正派，而且有着一定的社会地位。或许是因为他身上的担子过重，他的性子就不是很好，脾气暴躁，让我和孩子在他面前常有心惊胆战如履薄冰的感觉。逢他在家，家里的气氛就会变得紧张起来，这样的生活使我很压抑、不甘。在外面看到轻松言笑的夫妻，我总会有一些羡慕，有一些难过，有时候还会自卑。这样的情况下，我就见到了小张和她的丈夫。

小张的丈夫老张开着一辆大概是二手的破旧电动三轮车，三轮车后斗上坐着小张。

老张样子看起来要比小张大很多，他或许怕路上有什么东西把小张给颠下车来，他的车开得很慢。小张那时坐在他身后车斗的前沿上，她身子向前扭着，双臂搭在老张的肩上，脸靠着老张脖颈。她闭着眼睛，样子似乎是睡着了，表情中带些慵懒，也带些娇憨。老张一边开车一边歪着头用腮帮子去磨蹭小张搭在他肩上赤裸着的右臂，旁若无人地从我身边慢慢地开了过去。

这一幕或许是老天对我的警示，他要我抛却让我引以为自豪的一些东西，要我重新去审视我的幸福，我的婚姻与爱情。

我盯着他们，一直到他们的破旧三轮车开出很远，转出了我的视线。此后我经常会想起他们在我面前的这一幕，特别是前夫冲我发脾气的时候，我总会想起他们。是他们坚定了我离婚的念头。

在见到他俩那一幕前，我是没有拿正眼去看过他们的，也不曾正式地去思考过他们什么，自那以后我才注意到他们一家，向人打听起了他们的情况。

小张一家来小区十几年了，最初时候是靠着翻捡人们丢弃的垃圾，以拾荒和收废品为生，后来就承包下了小区几平方公里街区卫生的打扫。他们在做这些活儿时小区不付给他们一分钱，只以另一种方式来补贴他们。

小区在市委市政府搬迁前是市直机关家属区，住户的经济条件都不错，每天会淘汰下来很多废旧物品，每天也招引了很多收废品的人。从小张一家承包了小区卫生后，小区就不允许其他人进来收购废品，所有废旧物品都由小张一家来收购，他们再倒卖给废品收购站换取一些差价。

我不知道他们一年能从拾荒与收购废品这样的差事里赚多少钱，我也从来没有问过小张。我曾听人说他们靠着废品收购买上了车，只是我从来没有见他们开过什么正儿八经的车，他们开的一直就是那辆破旧的电动三轮车。

我不知道小张一家与其他住户关系怎样，我与破烂小张一家的关系应该算是可以的，起初是因为先前见到的一幕，更主要的是因为她的儿子让我喜欢。破烂小张的儿子个头不到一米七，长得敦敦实实，挺朴实，也挺能干。

2010年我结束了不开心的婚姻，此后三年我就宅在了家里。2013年夏天，初步缓过神来的我决定与之前的生活做彻底的决裂，不想留下一丝一毫与他一起生活的痕迹，于是我决定重新装修我的房子。

孩子上学住校，我搬到了离我家有半小时路程的妈的家里去住。

前夫是爱书如命的人。我们一起生活那些年他每年都会订很多份杂志，购买的书籍也很多，而且他上学时读过的书，连小时候读过的一些小人书都一直保存着。家中书柜里、床厢、写字台、地下室里，总之，能放书的地方到处都是一摞一捆、一箱子一箱子的书。搬家时，从各个角落里收拾出来的书大致有四五百斤重，我挑拣了一些喜欢的留下来，其他的就堆在一起，叫过小张的儿子，他就一摞一摞地搬到楼下他的三轮车上，整整拉了三车走。而后他就回过头来帮我打包整理家里别的东西，搬上搬下地忙碌了一个上午，之后一车车地送到我妈家。我过意不去，那三车书就没要他的钱。因为我对钱财不是很算计，也因为我不懂旧书作为废品卖的价格，又懒得去打听，当时他对我喊出了收购价，我也没往心里去，当我知道旧书里有珍品时，已经是过了一年后的事情了，但是我没有后悔，也没有去问他们究竟是怎样处理掉那几车书的。

拾掇家时我挑拣出很多过时的衣服，有我的，孩子的，还有前夫留下来的。那些衣服一点儿也不旧，而且很多是上档次的品牌服装，只是我不喜欢了，极少穿了，就全送了小张。还有一些小家电，有的装在箱子里，连封都没有开。平时一个人生活，这些小家电是极少能派上用场的，留下来也只是白占地方，也送了她。就连沙发、桌椅板凳和一张高档席梦思床，凡我不喜欢的东西，都一并送了她。

小张的儿子小洋，个子不高，身板却挺结实，长着胖乎乎的脸蛋，笑起来眼睛眯缝着，是很讨人喜欢的一个孩子。在别家同龄的孩子还在上初中、上学放学都要父母接送的时候，小洋就跟着父母一起来这个城市做清洁工，一起打工拾荒了。

装房子的头几年，小洋若碰巧见我往楼上拿重物，他总会跑过来帮忙，他胖乎乎的小脸见我就带着甜甜的笑，而且嘴巴也很甜的，东西搬上了楼，我要给他一些钱他从来都不肯要。

就是这样一个孩子，当见着他在街上做活儿，眼瞅着他胖乎乎稚嫩的脸蛋，总会触动我心底的柔软，像见我女儿在做脏累的活儿一样，会让我心里多多少少地疼一下。为了让这个与女儿一般大小的孩子能生活好一点儿，家里有废旧纸箱旧报纸和其他可以回收利用的东西我就堆在地下室门口，遇到时就给了他。

破家值万贯，何况不是破的东西。因为疼与怜悯，也因为感激他们帮忙，收拾家时，那些留着价值不大的，我收拾收拾也都白送了他们。手里有好吃的东西遇到小洋时也会塞一点儿给他。

破烂小张细看起来其实是不丑的，除了皮肤粗黑，她身材还是蛮好的，如果注意护理下肌肤，再认真地打扮一番应该是挺好看的一个女人。小张在我这个小区做工有十几年了，十几年里我不记得见她穿过什么体面的衣服，连我给她的那些衣服也从没见她穿过。我每次见她时她都拿着扫帚在扫街，或拿铁簸箕把扫在一起的垃圾铲到垃圾箱里。或许是因为她总在干脏活儿，不舍得穿我给她的在她看来很体面的一些衣服，她一概是穿着军绿色或卡其色过大的服装。就像这次随十几个人很体面地晨练打太极拳，她也是穿着军绿色迷彩服。她身上的迷彩服显得她腰身粗笨，还有些罗圈腿，人就四不像的，打拳也打不出太极的柔韧味道来。

小张是知道感恩的人，得知我一个人生活后，就对我说，日常家里有什么做不了的体力活儿就给她打电话，让她儿子老公来帮我做。果然在后来我装修房子期间，她的儿子就一直在我房子里做帮手，她与老公也不时会过来看看，见到活儿就顺手干一点，而且楼上楼下搬搬抬抬的帮我做了很多活儿。房子装好了他们又来帮我把装修垃圾拾掇清运出去，房子也从上到下地擦扫干净，我过意不去要给钱，她一分都不肯要。

我接受了小张一家，咖啡从来就不肯认可他们，不管他们与我多么接近，每次见到他们，咖啡总像防盗贼一样防着他们，不管他们如何对咖啡示好，咖啡从来都不领情，每一次都恶狠狠地冲他们咆哮。

“狗眼看人低”，这是狗的本性。

最后的桑树

杨放枪会拉胡琴，也喜欢喝酒。杨放枪喝的酒是一毛五分钱一竹筒的地瓜干酒。

供销社设在村中央四合院里，柜台是水泥和砖砌起来的，木头台面上靠里角放着一个棕黑色大坛子，坛子口上压着一个猪肚沙袋，地瓜干酒就装在这个棕黑色的坛子里。量酒用的器具是一个竹筒，竹筒伸进坛子里，提起来时就是一两酒。杨放枪每次去供销社只买一竹筒酒，那时候他就两腿叉得很开，上半身趴在柜台上买酒与喝酒。

杨放枪身子高而细，想来，他如果穿了破旧的灰色长衫，手里再抓一把茴香豆，按着他的身形与做派，应该是活脱脱一个孔乙己形象的。

杨放枪的手鸡爪子一样瘦长，指甲很厚，甲沟里总是塞满了黑色的泥垢。杨放枪喝酒也比别人喝得怪，他用这样的手端起鸭蛋绿色盛酒的大海碗，噘起嘴，贴着碗边，滋溜溜小口吸着碗里的酒，之后他的两个腮帮子会轮番鼓起，让一小口辛辣的地瓜干酒在他口腔里左冲右突，口腔过足辣瘾后他张开嘴，嘶拉拉吸口气，酒随着他一口气就下了肚。

杨放枪会拉胡琴，他的胡琴拉得很好，他拉胡琴多半是在中午或晚上七八点钟的时候。

逢村子里过年排戏，杨放枪很好的胡琴手艺就派上了用场，那是他最舒心的时候，人就会有一些展样起来。坐在舞台一角的他那个时候会穿戴起他最好的衣服，一套八成新的黄色军装。其他时候，他多半是穿一件破了边的灰不拉唧的人造棉衣服，系一条长过膝盖、黑乎乎油光发亮的猪皮围裙，手里或提一只木桶，一只手拿水舀子，或抱一抱柴火。

只有过年演大戏时，杨放枪才会穿起他那套压箱底的好衣服，会很仔细，一点点地抠去他指甲里黑色的泥污，理一个发，洗一次澡。

杨放枪是生活在村子最底层的人，或许他自觉人嫌弃他，日常几乎就不怎么与村人搭腔。因为根本就没人愿意去理睬他，也没有谁在意他做什么，他日常只在饲养院，在他的家里转悠，还有，就是他常去买酒的供销社。村里开社员大会不用他参加，集体活动，像村里组织进城看电影等也都没他的份儿，他在村子里一点儿话语权都没有，就连死他也死得风平浪静。

杨放枪已经死去了二十年。

杨放枪死后，村里人对于他的话题只存续了极短的一段时间。他就像一株一度生长在山野旮旯里卑微的野草，活着时没有人去追究他的身世，也没有人在乎他在这个世界无声的消亡，他的生生死死都显得那么从容与自然，那么微不足道。

此时想到杨放枪，感觉他的名字有些拗口，却似乎也另存着一些讲究，因为他名字三字是通韵的。杨放枪与村人的口音不一样，明显不是土生土长的本地人，带着吴地一些软语吴侬。但他的杨姓，却从了我们村的姓氏大宗。

杨放枪来自哪里我不知道，此时想起来，他的名字会不会是“佯放枪”三字的寓意谐音？果若这样，他很可能是当过兵的人，这一点我是从他的名字与他一直珍视的那一套八成新黄色军装上突然想起的。

杨放枪的相貌与众不同，脸有些长，颧骨以下直接就凹了进去，似乎除了咬肌再无余肉，眼睛也不够大，整个面部除了两块油光突兀的颧骨，几乎不会令人注意到其他部位。还有，他的个子在村子里算是高的。

依照相术说，颧如孤峰耸立，腮削无半两余肉之人，会时刻计较得失，对别人的处境置若罔闻，重眼前而不及其余，多口舌逞强，言辞逼人，因其心生发乎其外，颚下无肉也由此而生，此种人晚景不免凄凉无助，惨淡孤独。

这样的命法应该说是很符合他晚年境遇的。

杨放枪活着的时候，我与他前院的小桂上小学是同桌，两家距离很近，步行也只不过两分钟路程。每天放学后我去叫上小桂，与她结伴拐着篓子去山里挖野菜喂家里的猪与鸡，也与她一起背着网包去山里搂草给家里烧饭用。

小桂早慧，也是一个能干的女孩，十岁时她就成了家里半个劳动力。

农村土坷垃里长大的孩子很小就要帮家里做一些力所能及的活儿，在我稍大一点，能挑起半担水的时候，妈有一次无意中对人提起：“小桂这个孩子很可怜，她爸瘫在炕上，她除了扫地扫院子挖菜搂草，她还那么小每天就要给家里挑三担水，真叫人疼。”

我打小就要强，妈对邻居说的话被我听到了，那时我还不能够明白妈为什么会说小桂“很可怜”，只知道从听到妈那几句话后，我也每天给家里挑三担水，我也想让妈为我自豪。

我的个子比小桂矮。妈说那话的时候我的个子还不能够担起一担水，妈怕我被担子压了不长个，坚决不许我挑水。我就趁着她不在时悄悄地把家里的那口不大的水缸挑满，时间长了，妈没办法也就默许了。

妈挺喜欢小桂，也疼她。小桂家条件比我们家差很多，每次她去找我，妈就拿出家里的东西给她吃，完后再给她捎一些回去，时间长了，在以后夏天有桑葚的季节里，小桂去我家，常会带去一瓢桑葚。

关于小桂不是她那个瘫子爸生的这事是后来我从同学那里听到的，据说杨放枪才是她的生父。想起杨放枪的怪模怪样，再想想小桂，我有些不信同学的话，就回家问妈。妈说："小孩子说话不知轻重，不要胡乱说话。"妈也不许我在外边说与问这类的话。

杨放枪就住小桂家后院，小桂家的房子有后门，后门直接通向了杨放枪的院子，杨放枪的院子因而也就成了小桂家的后院。杨放枪的院子里长着一棵很大的桑树。夏天的时候，树荫就遮了半个院子。夏天的桑葚熟了，我去小桂家，小桂拉开她家后门门闩，就带我爬上杨放枪院子里的那棵很大的桑树，我就骑在树杈上摘熟到发黑的桑葚吃。哪天不想爬树了，我们就用棍子、用担杖打，打下的桑葚落到地下有时候会摔碎，就无法吃了。打桑葚时，也常会带着打一些桑蚕下来，捡完了囫囵的桑葚，小桂就将她家的鸡赶到杨放枪院子里吃落到地上的碎桑葚、桑蚕和桑叶。

我们吃桑葚，打桑葚，杨放枪从来就不管。他在家时就倚着他倾斜破败的门框，微微笑着看我们，他那无肉的脸上堆起的笑是很古怪很诡异的，深陷的眼窝仿佛一个无底黑洞，看不见他的眼仁。

回忆至此，杨放枪的立体印象就像一个模糊的远镜头被慢慢地拉近，放大了，固定成了一个特写：灰黄的肤色，乌黑的眼圈，深陷进眼窝里的双目，高高隆起的颧骨，塌陷的双腮，颇像一具年份久远的干尸木乃伊，回想起来有些瘆人。但那时我和小桂一点也没有害怕他，他除了喜欢小桂，似乎也挺喜欢我，因为除了我俩，他的东西是任何人都不能动的，特别是他的桑树与桑葚。有时候他看我们够不着了，还会用担杖连枝带叶地打一些桑葚下来，然后弓腰捡起囫囵的放到我和小桂手里，他自己一个不吃，就站在一旁看我们吃。

杨放枪的桑树太大了，就伸出一些到院墙外。从他墙外过往的孩子看到枝头那些诱人的桑葚，想吃了，手边没有棍子，就会往他的树上扔石头。桑葚成熟时他的院子里每天都会多出一些石头，他家里的缸与尿罐子在那个季节是不敢放院子里的，会被院子外扔进的石头打碎，就连他自己也多次被外面扔进的石头给打伤过。

夏天桑葚成熟那些日子，因为尿罐子总被他摆在屋里，而且他从来就不刷尿罐子，他的屋子里总有刺鼻的尿臊味。

那些馋嘴顽皮的孩子扔石头打他的桑葚，只要被他发现，他会持着担杖满街追撵他们，直到他们跑回家，插上街门门闩他才停止追撵。然后他就梗着脖子，斜眼瞅着他们的街门，他那因为脸面无肉而愈加突出的嘴巴不停地翕动着嘟囔着。

杨放枪就以这样僵硬的姿态站在这些孩子的街门前嘟囔着，几分钟不见动静后，也就低下头持着担杖，一撇一撇地撩动着他瘦长的腿回家了。

杨放枪在那一时刻都嘟囔了些什么没人知道，因为他的嘟囔从来都是不出声音的，村子里的人就传他是在念咒语，诅咒那些打他桑葚的孩子及他们的家人。

因为他怪异的面相，加上他无声的嘟囔，村里人对他就有些忌讳，也不许自家孩子去招惹他，只是夏天他那一树黑紫肥腴的桑葚对孩子们诱惑力太大了，依然不断地有孩子偷偷跑到他院墙外扔石头打桑葚。

他追撵过不少往他院子里扔石头打桑葚的孩子，却从来没有撵上一个，无论多小的孩子他都没有追上也没有抓住过一个。他每一次追撵那些调皮馋嘴的孩子时都会惊天动地地跺脚呼喝，一直追撵他们到家门口，看着他们跑进家，插上门，他才停下来，也不再跺脚呼喝，他就只歪着头，愤愤地斜瞅着他们的大门，无声地开阖着他缺了几颗牙齿的干瘪嘴巴做“诅咒”状的嘟囔。

很多孩子害怕杨放枪的长相，村人吓唬自家不听话的孩子有时会说：“你再不听话杨放枪就来了。”

杨放枪实际上没有伤害过任何人，他活着时没有与谁发生过争执，无论人家如何对待他，他也只会无声地嘟囔，那似乎是他用以自卫的武器。之前之后很多的事实证明，除了“多口舌逞强，言辞逼人”一说用在他身上不太确切，其他命相与他的貌相竟弥合得分毫不差。

据说杨放枪所有的亲人都因他“颧如孤峰耸立，腮削无半两余肉”这一面相给克死了。在这个世界上，除了小桂这个不确定、也不能公开的女儿，他再没有其他的亲人。杨放枪的身子细瘦，他的脸是灰黄色的，身子骨很不结实。我们那一带是称孤寡男人为孤老棒子的，村子里就他一人是孤老棒子，孤老棒子说的好听些就叫五保户。为了照顾五保户，大队上就让他做了集体的饲养员，他日常基本就吃住在饲养院，负责每日铡牛草，熬猪食饲养集体的猪马牛。

白天下地干活儿的村人是要午睡的，饲养院里的猪与牛中午吃饱了也要午睡，杨放枪就在村人和猪牛午睡的时候拉胡琴。

饲养院建在村子南头。离饲养院近的人总能隔三差五听到他如泣如诉的胡琴声，就传了他很多的故事，说他自己一个人拉着胡琴边拉边唱边哭，而且说他常常对着牛拉胡琴，说他对牛拉胡琴牛是能听懂的，牛也会跟着他哭。

村子逢年过节要杀一些猪，肉分给村人。杨放枪除了分到一份肉，因为猪是他养的，也因为他是无依无靠的孤老棒子，分完猪肉猪骨后剩下来的猪尾巴也都照顾给了他。他就将那些猪尾巴连皮带毛地埋到锅底灰里，一大锅猪食熬好了，几条猪尾巴也烧熟了。这些烧熟的猪尾巴他只给自己留一条，其他的就带回家给小桂吃，小桂再给我一条，之后，他就带着他特有的、有些诡异的笑，边咽着口水，边看着我和小桂很香地啃吃他烧的黑乎乎硬邦邦的猪尾巴。

多少年后想起来，似乎自杨放枪死后，我吃过的所有的肉都不如那时候他烧得熟焦的猪尾巴那样香。

杨放枪是在我小学三年级那一年不在了，是喝酒喝死的。那一年中秋节前村子里照例杀了几头猪，分完猪肉，几个生产队就召集社员轮流会餐，最后一顿会餐结束后，剩饭剩菜就给了杨放枪。他就用两只挑猪食用的木桶划拉划拉把所有他和他的猪能吃的都带回了饲养院。第二天傍晚还有人看见他喂猪喂牛，隔天晚上，饲养院里的百多头猪无缘由地此起彼伏地嗷嗷仰天长嚎起来，那样的叫法也只是在猪将要被宰杀前才会发出的绝望的哀嚎。

异常的猪叫声一时响彻了不大的村庄，狗也狂躁不安起来。村民们不知道发生了什么事，以为是地震前兆，纷纷丢下手中的活儿惊惶不安地跑出家门跑到了街心。父亲当时是村支书，就带着几个胆大的人去看情况，才发现杨放枪死了。事后传话说是因为吃了隔夜的猪头肉拌黄瓜亚硝酸盐中毒了，因为他死后嘴唇是紫甘蓝色的。

杨放枪是大张着嘴巴死去的。按照村里老人说法，人死了，嘴巴张着是因为人活着时亏嘴了。杨放枪活着的时候，家里有什么好吃的东西他自己是舍不得吃的，总要叫过小桂去吃。他死后，也只有小桂为他哭坟，小桂哭了好久好久，请了一周多假没有去上学。因此，关于小桂是他孩子的说法便成为更多人言之凿凿的凭据。

可是他死后，他留下的仅有的一点财产，那栋黑乎乎、连门框都几乎要倒下来的房子却没有落到小桂的名下，因为小桂只是杨放枪的一个传说。

杨放枪死后不久，作为孤老棒子的他，他的房子和院子很快就被大队收去整理做了村里的油坊。院子里那棵村子里唯一的大桑树不久也被砍掉烧掉了，小桂家屋后门也在极短时间内被几十块灰黑的砖头给堵死了。

在杨放枪死后，他的院子里再也没了我与小桂绕着大桑树的那些欢欣，也不再有人往他的院子里扔石头瓦块了，有的只是那台榨油机很多年里时断时续响起的嘤嘤嗡嗡声，像哭一样。

结　语

婚姻与情恋是女人永远都说不完的一个话题，像一道道魔咒紧紧地绑缚着女人的一生。没有谁能够躲得过。

张爱玲曾是民国星空里那么璀璨的一颗，但是当她遇到了爱情，当她遭遇了胡兰成，她也像一颗划过天际的流星那样，自然、迅疾地就陨落了。

刘川鄂在《张爱玲传》里写道：“她爱得伤心、伤情、伤了灵性……不仅影响了她的生活，而且影响了她的创作。她勤奋的笔耕得慢了，生花的笔开得淡了。全身心品味的感觉钝化了，对意态情致的体悟淡泊了……”离开了胡兰成，张爱玲“只是萎谢了”。那必定是她的宿命。

我与他一场短暂的爱情，无论从哪方面来看，都极像是张爱玲与胡兰成那场爱的翻版：皆识于文章，缘于懂得；偶然地相遇，自然地相爱，最终却又那么匆忙而必然地要分开。

我与他，张爱玲与胡兰成，两场爱情，真的像昙花开放得那么艳丽，那么给人以惊喜，却又凋谢得那么迅疾，令人猝不及防。只是，失去爱情的张爱玲萎谢了，我没有。我没有把一份不值当的爱情当做我生命的全部。它只让我重新审视了爱情这个古老的命题，让我重新定位了人生与幸福。

张爱玲那么专情，却偏偏胡兰成是那样泛情而善变的一个人，或许他应该属于天秤座的，即便他们有再多的懂得，他也不肯去懂因他滥情而带给她的那些伤害与心痛，他不会把爱的砝码专注于某一个女人，即便是“临水花照人”的张爱玲也得不到。

张爱玲终究没有得到那个她爱过的男人一颗完整的心。胡兰成在《民国女子》中回忆张爱玲与他诀别这件事时说：“其实我并不觉得爱玲与我决绝了有何两样，而且我亦并不一定要想再见她，我与她如花开水流两无情。”

或许张爱玲早就预见到了他们后期会发生这样的结果，她跟胡兰成说：“我恨不得把你包包起，像个香袋儿，密密的针线缝缝好，放在衣箱里藏藏好。”这番话应该说是有很深玄机的，颇像是他们爱情的一个谶语。且无论她当时出于何种心理说这样的话，也无论她是否对他的不专有所洞见，她怕失去他却是千真万确的，她也是只愿意为这样一个男人绽放自己的。她那么用心，辛苦地爱着，为了这番爱她曾无原则地委屈了自己很久。胡兰成在他的回忆中说：“她想不到会遇见我。我已有妻室，她并不在意。再或我有许多女友，乃至挟妓游玩，她亦不吃醋。”

她不因为他是一个人所不齿的汉奸避而不见，她爱的深沉而不媚俗，炽烈却不喧哗，一旦见了，爱了，她便把自己的高贵放得很低很低，低到了尘埃里，像是从尘埃里开出的花。

她爱就爱了，爱了不该爱的人，容了常人所不能容的。一个小女人，她的心究竟会有多大才能够包容胡兰成那么多的移情别恋?

我不能，她亦不能。之后，她终于还是包不住他了，也再装不下他了。她伤心地走了，离开了她曾刻骨铭心，倾情一爱的那个男人。我也果决地斩断了我与他的恩怨。自此，花开水流各西东。

……

我喝光了杯中酒，对蹲在身侧一直看着我的咖啡亮了亮空空的杯子，说：“小家伙，你看啊，我喝酒，你吃肉，这样的日子不是很好吗?”

咖啡眨了眨圆溜溜亮晶晶的小眼睛，它似乎听懂了我的话，它突然立起上身来，“双手”交叠就冲我作了几个揖，似是非常赞同我的话。它这一适时而来的适当动作令我忍俊不禁。之后我很仔细地切下一块不蘸调料的牛排递给它，它似乎很不过意，忸怩了半天才张开嘴，露出几个白白的小犬牙，动作很优雅，轻轻地咬住了牛排的一角。它抬眼又看了我一下，之后，掉转了小身子屁颠屁颠地跑到它的小窝里享受去了。

我的微信嗡嗡地震动了几次，我知道是谁发来的，我没有去理睬。

隐　喻

张爱玲的祖母李菊耦是慈禧心腹中堂李鸿章之女。张爱玲在一个显赫的家庭中娇生了，却没有得到这个显赫家庭的惯养。生母在她很小的时候就流浪去了欧洲，留下她和弟弟在暴戾的父亲和后母的监管中成长。张爱玲的童年生活可说是黑暗与不幸的，即便极小的事也会遭到父亲与后母的责打。后来她不堪忍受便逃到母亲那里。而她与母亲的关系也不够融洽。她说：“这个时候，母亲的家亦不复是柔和的了。”幼年里不幸的遭遇早早地便在她敏感的心里埋下了痛苦的因子，恐惧、怀疑和孤独充斥了她整个的生命，连人生的情感也遭到了扭曲。她说：“我是一朵不开花的花，尚未学会绽放，就已学会了凋零。”

如此，成年后仅仅因为胡兰成的一些懂得便令她有了温暖的感念，令她义无反顾，也毫无保留地把她的爱托付给了一个汉奸，一个在年龄上甚至可以做她父亲的男人。这是她人生里又一个悲剧，她与胡兰成的婚姻只维持了三年。这次失败的婚姻对她的打击无疑是致命的，自此，萎谢了的不仅是她的人，她的精神世界也在这一场情爱中崩落、陷落了。我们在张爱玲很多的作品里都可以见到她的影子，泛着张爱玲式的悲剧色彩。她亦如她笔下所塑造的那些悲情女子一样，一步步地走向了堕落，凋零了。

张爱玲，终究不能用她早慧的双眼洞穿人生的阴霾，终其一生她都在与躲在那一袭华丽旗袍上的“虱子”们共舞。那，似乎是老天专为她，一个精彩而华美女人铺设的一条必然人生轨迹。

在我看来，有才的女人在命运上大抵没有几个是好的。这大概是因为稍有才情的女人会较常人多出一份灵性的敏感与觉悟吧，因之对一些习以为常的生活会较其他人多出一些不甘不愿的悲苦挣扎。

在生命中的很长一段时间内，我曾因过多思虑而对酒产生了一些依赖，离开了酒我似乎就无法拥有一个完整而踏实的睡眠。我常需要借助一些酒来钝化我对生活中苦涩和疼痛的敏感与顽固记忆，酒会让我像一个常人一样慢慢地轻松、慢慢地喜悦与兴奋。也似乎只有在这个时候我才会忽略一些所谓的事实与真相，清醒时所发生的一些事情才会被我看轻，看淡。

咖啡也一直是我所钟情的。越南黑咖啡就比较好，我喜欢它的桀骜不驯甚至可以说是暴烈的品性。当一杯墨样浓黑的液体落入我饱经苦涩的食道，我便很享受它稍后在我腹腔里狼奔豕突般冲撞所带来的一些撕裂感。每天醒来第一件事就是要为自己冲调一杯这样的咖啡，92摄氏度的水温，不加糖不加蜜，也不加炼乳，空腹饮下，它的野烈和任性很快便调动起我带着痛感的兴奋。

霸气十足的黑咖啡是不能安抚温润我的肉体的，它会在我腹间长时间地制造有如虫蚁噬咬般的痛。我的肌体在与它持久的对抗中从来就没有压服过它。即便如此，我依然不疲不惫地追逐与放任着那些痛的发生。

我每每借助酒来麻痹疼痛，提升我虚假的幸福感，却又心甘情愿深陷黑咖啡的苦涩与疼痛里不能自拔。我对待酒与咖啡这样的态度，也是我曾对人生，对情感所持的一个矛盾姿态。

我不肯放任一些自觉的意识，总在小心与被动地应付着我所面对着的。我的小资，我在对待一份感情上的谨小慎微常常置我于被动蹇涩中。尽管我也渴望有人能够叩开我紧闭着的心门，我却一次又一次地拒绝着每一个试图走近我的人。冥冥中，我仿佛一直就在等待着什么，有时具体，有时模糊，像我日常生活里的一个隐喻。

我与生命里的这个“隐喻”共舞着，很久很久……

初　遇

胡兰成在读了张爱玲几篇文章后，被她一手练达、娴熟的文笔所吸引、震撼，忍不住对这个才华横溢的女子产生了好奇和惦念。他后来在给张爱玲的信里这样写道：“我是极不死心的人，想要做的事一刻也耽搁不下，想要见的人是一定要见的。那时只有一个念头‘世上但凡有一句话，一件事，是关于张爱玲的，便皆成为好’。”

早先胡兰成因开罪汪精卫被关押时，张爱玲曾陪同好友苏青去周佛海家为他说过情，因而张爱玲是知道胡兰成这个人的。胡兰成第一次对张爱玲的登门拜访被无情地拒绝了，她给他吃了闭门羹。然而仅隔了一夜，因为她突然想起了这个人，这件事，便立即根据他塞进门缝里一张便条上留下的电话回了过去，也立即就回访了他。以此说，他们应该算是有过两度交集的，一次为虚，一次则是后期实实在在的遭遇，恋爱了。

当爱情来临之时，谁都挡不住，张爱玲挡不住，我也挡不住。

2009年秋我写了一篇文章，经过近半年的斟酌修改后我发了出去，那是我经历了许久的矛盾挣扎在决定结束一段无奈婚姻前向自己所做的一个告白。

文章发表后不久，我遇到了一个人，一个天秤座男人。

他是天秤座男人，在他身上有着一股令人难以抗拒的舒心的味道。他人并不帅气，却是温文儒雅的，我欣赏由他身上发散出来的那些忧郁、浪漫及均匀齐整。他在我面前没有刻意地伪装与矫饰自己，一切都在自然地发生着，像夏日里流过我面前的一条和缓的小溪，给我带来了许多清新与清凉的抚慰。

他是懂我的，他懂我的柔软与坚硬，他明白我所谓的坚强只是展示给这个世界的一个表象，他知道柔弱是我这样一个小女人的真实。他给我感情的攻势自始至终都不凌厉，我却像张爱玲见着胡兰成一样，只因为那一份懂得便轻易地动了心。我的矜持被他一点点地卸去了，固执坚守多年的情感也在他并不凌厉的两轮攻势下一点一滴地被瓦解了。

文字也只是个引子，它只证实了我的激情还没有彻底湮灭。我与他的初遇，与他中间的决然以别以及其后的再度相逢以及其后的，一切只应是天意，一切都充满了宿命感。

我与他最初的接触是在网络上，是从文章开始的。我们在对待一些事情的看法上有着很多的默契。发生在我们之间那段时间的那些交流是轻松愉悦的，持续了很多个夜晚，先由我个体散文之阳春白雪，到当下流行的原生态写作，到后期的非虚构，到在场，而后到民生之维艰，到一个散文作家的民族担当直至后期的两性话题。话题投机而顺畅。灵魂呼应着文字召唤，颇有肝胆相照，相见恨晚之意。

他是小说作家，偶尔也写一些有质量的散文。我们在书写风格上有很多近似处，他略有痛感的文字暗合了我一个时期内的一些心境。其后不久我们建立了联系。我们先是在QQ里交流写作，话题慢慢地扩展开来，涉及了方方面面，当然也包括人生情感问题。那个时候他的婚姻也已出了问题，而且已经分居了很久。

我们之间一致的文学语言，相似的人生经历，彼此的惺惺相惜，令我与他的话题很快切入了彼此的隐秘，有了很多个夜晚推心置腹的交流。

他的性子有些急，言谈间尽管他一直很小心地呵护着我的感觉，从一些话语里我仍能觉察他这样的脾气。对这一点，我不是很反感，我认为性子急，脾气躁对男人来说不算是多大的缺点。男人之为男人，就应该是一方一块的个性，不掩饰，不矫情。

我性情温顺，胆小且敏感，对于伤害很少有防御能力。妈总担心我这样性格会受人欺负，尽管她千方百计地培养我，教化我，却始终无法改变我与生俱来的懦弱与柔弱。在她眼里我就像个受气包，我做不到她所期待的那样。或许是出于性情互补的需要，我一直就期盼着生活中会有一个顶天立地的男人，他会懂我，会怜惜我的柔弱，在意我的感觉，能包容我的无能与无奈。

像胡兰成看张爱玲一样，他也把我看到了骨子里，这也就像张爱玲所说的“懂得”。他的懂得可以说是无所不在的，他的文化涵养是合我心意的，他对我细腻的语言体贴也是我所需要的，他的秉直，他一方一块的个性也恰如其分地弥补了我先天的不足，令我信任且依赖着他，慢慢地向他敞开了我尘封已久的心扉。

我们交流了不短一段时间后，他说出了想见我，邀我去他的地方。

我想起了柏拉图的话：“当心灵摒绝肉体而向往着真理的时候，这时的思想才是最好的……当人类没有对肉欲的强烈需求时，心境是平和的……精神交流是美好的、是道德的。”

究其实，我需要的不过如此一份平和的心境。然而，即便如此一番简单爱的欲求，也是我无从把握的。我的灵魂与肉体根本就无法彻底劈分，未来之于我是一个很大的未知数，我是无法从网络语言中得到一个明确答案的。这便是我无法掩饰的内心存在，也是我对传统道德的恪守。

我受过严格而专业的技能训练，除开天性的小心，我还具备着作为一名合格警察所必需的职业敏感，对他我尽管有着诸多的依恋，他也给了我很多的精神安慰，我却仍然不能完全相信网络里发生的爱情。

我婉拒了他的邀请。之后他说要来看我，我也没有表态，这等于是我无声地拒绝了由网络而进入现实的一份情感。

叔本华说："只停留在理论上而从未付诸实践的智慧，就像一朵重瓣的玫瑰，虽色泽鲜艳、香气馥郁，却终会凋谢、没有种子。"对我而言，网络爱情即便如此，就像一个美丽的童话，再美丽斑驳也是经不起触摸的芜杂幻象。我分得清现实与梦境，因而对这段感情我始终掌握着必要的尺度和分寸。我与他那个时期的那些情愫仅只介乎婚姻边缘的一份暧昧，我明白自己该做什么不该做什么。而且，自始至终，他从来就没有在我的梦境中出现，这更让我明了他在我心中的位置。对于与他无疾而终的一份所谓爱情，我没有过多的遗憾，也没有惋惜。

我的婚姻很长时间都让我有溺水窒息的感觉，我曾努力地用尽全身解数试图去维持它的平衡，我不想出轨，不想让婚姻之衡倾斜。我骨子里有着对中国传统文化的坚守，不欲冲破婚姻道德底线。但，我需要拯救，一份情感的拯救，类似于卡夫卡的自我救赎，我需要以此来达到某种平衡。我需要被懂，需要心灵的体恤与抚慰，更确切地说，我只需要精神暧昧，就像对一个美丽爱情童话的向往。

我没有失去自我，也没有失去本真，我以理性，以惯常的感情和逻辑继续编辑和推进着我的人生，我的文学也沿此一步一个脚印，踏踏实实地向前走着。

时间令我慢慢地遗忘了这个与我有过几分暧昧的男人。

幻

张爱玲头天拒绝了胡兰成的到访，第二天却又给胡兰成去电话，继而登门拜访，是因为她想起了之前曾与苏青一道为他去向周佛海求情之事，此人此事令她有了故交之感，于是决定见他一面。然而仅仅这一面，两人的交流就像开了闸的洪水，一谈就是五个多小时，分别之时，两人竟有了依依的不舍。

张爱玲自记事起就没有从父亲那里感受过温暖，或许是三十八岁胡兰成身上那份中年男人的成熟与厚重味道吸引了她吧，这大概也是天定的吧，一份不被世人所看好的爱情与姻缘就这样出人意料地发生与缔结了。在他们的婚书上，二十四岁的张爱玲这样写道："胡兰成与张爱玲签订终身，结为夫妇。愿使岁月静好，现世安稳。"

2015年秋，我参加一个高端文学论坛，事毕坐飞机往回赶。候机当口，我接到陌生电话，听出了是久不曾联系的他的声音。他问了关于会议的一些人与事，我详细回答了他，之后就聊了中断交流后各自生活情况。彼时，我们都已经摆脱了各自不幸的婚姻，成为了现实中的单身男女，话题渐渐就回到了从前，少许的感慨、遗憾交织在各自心头。

十几分钟后，我的手机欠费停机了，我翻出另一部电话给他打了过去，玩笑着告诉他我的手机被他打欠费了。不一会儿，我接到手机信息，通知我话费充值成功。我马上想到了他。问他，他说电话是因为他而欠费，他应该帮我充值。钱不是很多，却有一份淡淡的暖涌上心头，我没有对他表示感谢，只在心里多了一份感叹。

我始终在期待着一份担当。我的工作与生活很长时间都让我疲惫不堪，我是需要一个男人的担当来填充我的生活，来完整我生命的。我需要一个能够懂我，能够包容我，包容我的柔弱、我的小资，甚至我恶作剧般无理取闹的男人。我与他之前的惺惺相惜，此时他的善解人意与男子汉少许的担当，令我与他原本平淡的对话就柔软了许多。在济南办完事，我乘高铁回返，彼时时间已晚，在此后近六个小时漫长的旅途中，他一直陪伴着我，与我微信谈话聊天。言谈话语中不可避免地提及前情，也有稍稍的撩拨，让我的感觉似又回到了从前。

不可否认，几年前我是喜欢他的，尽管那时我的婚姻已经名存实亡，我却不能给他一个明确的答复，除了对他的不确定，还有对我自身的不确定，我不确定我能不能走出既定的生活轨道，因而面对那段时间我们日渐升温的情感，关键时刻我退却了。我必须那样做。

每晚，他都会在九点过后发来语音聊天邀请，我也会在差不多时间中断既定的写作，静静地躺在床上，打开微信等待着他，之后我们会有一至两个小时温情脉脉的对话。

他问我："英子，今天累不累？晚上吃了什么？"我喜欢他叫我英子。在我成年之后，除了父母，没有哪个男人会直呼我的乳名，他这一亲昵称呼令我感动，我在他身上闻到了父亲的味道，温暖而且厚重。就好像二十四岁张爱玲对三十八岁年长胡兰成那样的依恋。

很多时候，他会用"英子"这两个字来完成一句话。我细细地品味着他的舒缓低沉、他语音中旖旎着的爱意。我也一腔柔情，软软地回他一个"嗯"字。

爱，原本无须多言。一个"英子"，一个"嗯"字，足以袒露彼此心迹。

我开始做有他的梦。尽管梦里他是模糊的，醒来我还是明明白白确定梦里那个男人是他。

我生命里那个长久的等待，似乎已不再是一个隐喻。

当他又一次提出要来看我，问我："可以吗?"我没有拒绝。此时，距彼时的邀约已经过去五年之久，他已因工作关系从外地调到了我所在的地市，直线距离我不足一百公里。或许这就是天意，是我与他避无可避的人生的一份缘。我无法再沉默与拒绝，因为我无法拒绝自己的内心，无法拒绝他给予我的感动及他慈父般柔软的渴望。

约定的时间一天天地近了，想起来，我会在内心发出一声轻叹。若果彼时应了他，我与他的人生轨迹是否会重写？或许他真的是我绕来绕去无论如何也绕不过的一段因缘。

他是开车来的，我们事先约定了傍午时分见面，我会带他去一个不大的饭店。我选的这家饭店隐在一个小巷子里，店面不大，饭菜口味却极好，极有特色。所以选它我是另有想法的，因为店面不大，不会显得张扬，碰见熟人的几率会小很多。尽管此时我们的条件都已经许可，我与他也一切皆有可能，我还是不想把他公开在我的人事圈里，因为我无法确定我与他的路会走多远。

十点半左右，我接到他的电话，说在近处的一座立交桥上跟着导航转了几圈，已经被转得失去了方向。我苦笑了一下。他是作家，还是高知，却被一个不复杂的立交桥给困住了。然后我左左右右地给他讲了下桥通道。

时间过去近半小时，依然不见他，再打电话，他说下立交时与人家车辆发生了剐蹭。我心里便不安起来，似乎他的剐蹭是我的过错。问明了地点，我立即下楼开车去找他。

在小区转弯处，我看到一辆黑色轿车与一辆小型破旧面包车开着双闪停在路上，在两车之间站着一高个男人。约摸是他，我拿起电话打过去，高个男人果然接电话，我说我就在他左侧路边。他转过脸来，我一眼便认出了他。他相貌基本没有什么变化，只是清瘦了很多，人比几年前照片中看到的也老相很多，腰背不是很直。我走下车，他马上就认出了我，向我挥了挥手。

走向他的时候，他一直盯着我看，目光热切。由远及近一直被他盯着，我有些不自然，路也走得绊扯。我对他笑了笑，算是向远道而来的他打了招呼。众目睽睽之下，在人来车往的大街上，我不敢与他炽烈的目光对接，我把头侧过去，装着去看车的划痕。他目光依然不依不饶追随着我，脸现笑意。我有些慌乱，借故转到面包车后，避开他热切而放肆的眼神。事后我想，或许他要的就是那种效果吧，因为他说他喜欢女人自然流露的忸怩与娇怯。

车剐蹭的不是很严重。他掏出了五百元钱要来结束争执。这次剐蹭责任很显然在对方，而且他的车新买不久，修整剐痕应该需要不少的钱。我挡回他递钱的手，劝他等交警定责，让保险公司来赔付，他却坚持要私了。他漫不经心地说：“算了，别为着几个小钱耽误时间了。”

他这样不拘小节，不苟小利，是符合我对一个男人审美标准的。

趁他转身与面包车车主说话当口我看了他的装扮，显然来之前没有刻意修饰过，他的穿着很随意，而且磨蓝牛仔裤裤脚磨毛了边，两只裤脚毛边两头分别有两簇白线翘了起来。我的好情绪便因他的这些细枝末节稍稍不快起来，有被他忽略了的感觉。

他黑红油亮的鼻梁上架着一副深度近视眼镜，透过眼镜一圈圈幽深波纹我看到了他不大的眼睛及有些浮肿的眼泡。他肤色不是很好，有些灰黄暗沉，细瘦的身子极显单薄，与之前照片里的人相比，此时已是脱了形地瘦。我的心情瞬间有些灰暗，只是这样的心情并没有持续多久。

他知道我是一个喝酒的女人，带了一瓶很好的白酒去饭店。他酒量不是很大，我给他倒了大约二两，因为先头发生的剐蹭，及见他身体状况，我心绪不是很好，我似赌气般给自己倒了满满一杯。

之前我与他在微信及电话上的交流随心随性，无所顾忌，如今见了他的人，与他单处，我有些抹不开，就大口地喝酒。一杯酒很快就见了底，酒劲上来后，我便放松下来，心情也明朗起来。

菜很快地上齐了，服务员离开时顺手带上了包间的门。在只有我与他的一方空间里，他握住了我的手，我没有抽出，任他温暖地握住。之后，他抱了我，我也没有拒绝他的拥抱。在当时，他握我的手，他的拥抱都适可而止，或者算是礼节性的。

之后他提起了我们几年前那一段短暂的交流。对于他说的那些话，那些情节，或者说是细节，绝大部分我已记不起，我把他讲的那些几乎忘记得一干二净。他回忆的时候，我只是静静地听，没有接言和插话。我这样做是怕他知道我已从心底消除了对他的印记，我不想令他不快，不忍伤他的心。实则，对于这几年能忘记，而且如此彻底地忘记，我从内心里感到了愧疚。

他有了少许的酒意，他不停地述说，说着他的思念，说着一些怨甚至说他还恨过我。其间有停顿，他给我留了说话的时间，只是我没有实际的说法，我没有辩驳也没有解释，我想他应该是明白我当时处境的，也是能够理解我当时的矛盾心情。我与他的那一段过往，准确地说我们之间的那些暧昧仅限于亚偷情。在我与他曾经的亲密关系中，当我们进展得快要触及亚偷情边界时，残存的理智令我适时地止步了，我没有足够的勇气去冲破固有的生活轨道。

“英子，你比照片上人憔悴了许多。”说这话的时候，他盯着我看。迎着他的目光，我在他的眼里见到了不忍。“是的，这几年我过得很累，身心都老了许多。我的压力很大，生活，工作还有写作，都让我疲惫不堪。”

他拉过我的手，用双手握住：“英子，你让我心很疼，我真不想看你这样，为什么非要把自己搞得这么辛苦，就没有别的办法吗?”

我告诉他：“没有。”我的声音很低，似乎只有自己能听到。

我把手从他手里抽了出来，将瓶中剩余的酒尽数倒入杯中，没有给他。轻轻与他碰了杯，我用劲喝了一口，盯着杯中酒，我感觉有泪要流下来。他抽出纸巾，站到了我身后，他一手抬着我的下巴，另一只手为我拭去几乎就要落下来的泪。顺着他手稍微的力度，我将头仰靠在了他的胸前。

……

晚餐时，他坐到了我家老榆木餐桌对面，我从烛台上撤下燃剩的两只半截蜡烛，换上一对粉红色perfumesong浪漫情人蜡烛。一束洁白的绢制樱花插在餐桌一端古玉花瓶里。蜡烛燃起来的时候，在一室飘摇的温馨烛光中，他吻了我。

他，我房子重装后唯一进入我家，并在我对面空位上坐下来，与我一起享受浪漫烛光晚餐的男人。当浪漫而忧伤的亨利二世缓缓地注入高脚水晶杯，烛光穿透了红宝石般晶莹的酒液，落在雪白桌布上，妖冶、暧昧，而又多情……

坚硬与柔软

胡兰成到底是懂张爱玲的，懂她贵族家庭背景下的高贵优雅，也懂她因为童年的不幸而生成的及时行乐思想。没有人会像胡兰成看张爱玲看得那样透彻，看到了她的骨子里，也仅仅如此，使她“一直什么都不相信，就相信他”。

张爱玲对胡兰成的爱是隔离了世俗的，她不计较他的汉奸身份，也似乎不需要他对她爱得专一，只需要他“懂得”便够了。即便爱是一场飞蛾扑火，也不管不顾了。

他走了。回去后，他会在工作间隙给我发信息：“英子，你在干什么，我想你了！”看到他的信息，即使寥寥数字，也会在我心头泛起很多的温情，会想起他温暖的怀抱，想起他的吻，他的很多很多……

那天我做菜时他在厨房里给我打下手，在不大的空间里，我的矮小与他的高瘦就形成了鲜明的高低对比。我喜欢仰视他的那种感觉，喜欢看他脸上露出的亲切而温和的笑，像父亲，又像兄长。

“英子……”的呼唤声是他从背后传给我的，那是与他以往完全不同、幽幽的，似被水沾湿了的一种声音。一瞬间，我似被电波击中，又仿佛生命中一根沉寂很久的弦被骤然奏响。我心中一颤，没有来得及转身，就被他温暖而有力的双臂从背后轻轻而稳稳地环住了……此后，在我与他诸多的交流接触中，我感觉他所给予我的一切的感动都不及那一时刻他从背后对我的一抱，我一直都认为那是自他灵魂深处流露出的最自然、最柔软与真切的情感。或许他也被自己的情不自禁给感动了，他带了些鼻音对我说：“英子，你让我有了家的感觉。”说话时，他抱住我手的力度越来越大，那是男人的力度，令我晕眩幸福到近乎窒息的力度。

多年来，我仿佛一直就在等待着这样的一个拥抱。我才明白，冥冥中我许多的拒绝原来只是为这样的一个等待，等待他的到来，等待与他的这一天。

我与他曾经远隔千山万水，也都经历过人生的百转千回，我们终究没有绕过彼此，没有绕过老天的经营安排。如果说此时我可以拒绝整个世界，却终究拒绝不了他这样的一个拥抱，拒绝不了冥冥中的一份天意。

我渴望温情，无关肉欲。就如多年前我与他曾经的一段交往，当彼此间的温情势必到了需要通过肉欲来宣泄时，我只有斩灭我们之间以往的那些通过语言建立起来的暧昧，我怕无穷止的欲望之火会把我们两个都焚毁。我只有让自己的情欲深深地蛰伏在此后荒凉的岁月中，尽管她每每欲动，却总会被我及时地掐灭在岁月的寂静与悠长里。

我一直就在等待着一个人，一个会出现在我梦里的人，我们既熟悉而又陌生，我在他的身上会闻到往昔的气息。我把自己隐藏在时光深处静静地等待着，等待思维中一些片段的复活。在这种无穷止的等待中，我没有把梦里的那个人与他联系起来，从来就没有。

我在别人的微信里见到一段话：“生活撩人心魄的地方是，你永远不知道在下一时刻，在下一个地方，会有哪一个人，不早不晚，不远不近，为你等在那里。”那种巧合，更像是与另一个自己相逢。

上天终究没有将我与他遗忘。偶然也好，命定也罢，偌大的江湖，我与他，也唯与他，我们在人生最恰当的时刻，在恰当的地点欣然地相逢了。

张爱玲在她的《爱》中说：“于千万人之中遇见你所要遇见的人，于千万年之中，时间的无涯的荒野里，没有早一步，也没有晚一步，刚巧赶上了，那也没有别的话可说，唯有轻轻地问一声：‘噢，你也在这里吗？’”

噢，你在这里吗？

……

他，终究于深冬极寒泥土中，将我已久的蛰伏打捞了出来。他身上发散出我家乡老屋常年烟熏火燎而积攒起来厚重而亲切的味道，令我在此般熟悉味道中瞬间鲜活起来。无法解释，无以克制，我死水一般的心境被他轻轻投以小小的一颗石子轻易地就给搅扰了。

他是懂我的，他知道我在什么地点什么时刻需要什么，他总能在最恰当时刻击中我内心最柔软部分，感动并融化我。他对我的称呼即是这样，大抵不离一个“傻”字。无论做他的“傻妮子”，“傻女人”，“傻婆娘”，还是在某一时刻被他冠以“败家娘们”，都让我亲切、喜欢并陶醉着。

他常常会问我：“英子，你有没有在想我？”

我想他，怎么会不想？连我的爱犬咖啡都想他了。咖啡也只与他处了那么一顿饭工夫就喜欢上了他，就牢牢记住了他的声音。在我每晚与他语音通话的时候，咖啡就会乐颠颠地跑过来，它会站在我床边歪着小小的脑袋很认真地倾听和辨别一会儿，然后站起身来把它小小的爪子搭到我的枕边，侧着头静静地听我们私语。咖啡能辨出他的声音，我们说话时，它会努力伸长脖子，欲把耳朵凑到话机前。有时候我把语音设成外放格式，他喊咖啡的时候，咖啡就会冲着电话极力地摇动着被剪得极短极短寸许长的小尾巴。它用爪子不停地拉扯着我的胳膊想要我把电话放下来，它以为他就藏在我的电话里。我把电话凑近咖啡时，咖啡就会用它短短的圆圆的黑鼻头去嗅电话，哼哼唧唧地冲着电话那头撒娇。我知道咖啡想他了，或许它已经把他当作了这个家里的男主人……

父亲手术后身体一直没有恢复起来，怕累，更怕冷。同他提起父亲状况时我常常会心疼掉泪。因为工作繁忙，业余时间我还有同省作协的签约写作任务，虽然对父亲有许多的牵念，却没有过多的时间与精力常回家探望，只能不时地给母亲打电话问下情况。

入冬第一场雪后，我接到淘宝寄来的一个快递包裹，拆开看是一件男式貂皮大衣，以为寄错了，赶紧按照箱单上电话打回去，才知道貂皮大衣是他为我父亲买的。之前我曾同他提起父亲术后怕冷，他随之问了父亲的身高体重，我以为只是随口问问，没有过多地理会他的用意，不想他会用心地记住了这些。他像之前给我手机充话费一样，没有同我商量就按照父亲的身高体重买了一件品相极好、价格昂贵的貂皮大衣。他牵挂着我的父母，我的父母却不知道在我的情感世界里已经有了他的存在。

谢　幕

胡兰成与张爱玲结婚后，他的身边也从没少过其他女人。在武汉，他与十七岁的护士小周纠缠不清。到温州时，他又与范秀美公开以夫妻名义同居，出双入对。

张爱玲去温州探望胡兰成，一路上虽然辛苦，她的心思却是那样的清澈与美丽："想你就在那里，这温州城就像含有宝珠在放光。"

而胡兰成却不似她的心意，见了她，"心里即刻不喜，甚至没有感激。"他们在旅馆见面时，范秀美也在场。胡兰成后来回忆他们见面的一个场景："爱玲一见就与我说范先生是美的。当下她就给秀美画像，却忽然停笔不画了，秀美去后，爱玲道：我画着画着，只觉得她的眉眼神情，她的嘴，越来越像你，心里好不震动，一阵难受就再也画不下去了……"

爱玲真的是委屈的，她的心里只有这一个男人，而这个男人的心里却装着几个女人，叫她怎么不感伤？

离开温州的时候，胡兰成送她，天下着雨，也算是天公应离情，那场淅沥缠绵的雨终于一点点地浇灭了张爱玲心中爱的余烬，让她明白，她这一生中最美的一次爱情，必定是走到了尽头，再不会有挽回的余地了。民国期间的一场"倾城之恋"就这样结束了，从开场到谢幕，也不过三年。

一个女人的心哪怕再大，大到会像张爱玲一样因为相知与懂得，可以慈悲地接纳与包容很多东西，也终究是装不下那个男人一而再，再而三的伤害与背叛的。

我与他爱的来来去去也必将是天意……

我喜欢泡玫瑰花浴，他知道后很快从淘宝上给我买来几大包干玫瑰花瓣。他对我说："英子，只要你喜欢，我负责供应你一生。"他以这种方式给了我一生爱的承诺，我心里是喜欢的。只是，我们却都忽略了玫瑰花与玫瑰花瓣里的隐喻。玫瑰花象征着爱情，玫瑰花瓣却是凋零了的玫瑰，是否这是一个天意，喻示了爱情必然的凋落？

鲁迅说："悲剧就是把美好的东西毁灭给人看。"

在我一切都准备好了的时候，不经意地，我发现了在他情感世界里另一个女人的存在……

他慢慢地不接我的电话，也不太理会我的信息了，我们每晚既定的语音通话时间被他借故缩短了。他似乎变得愚钝起来，也不再懂我了。他身上那些曾令我非常依恋的父兄味道像被风轻轻吹走了，让我一点点地感觉出了他的冷硬。他对我说："你能不能给我一点空间？你的爱很沉重，让我感到了压抑。"

习惯深夜写作的他开始早睡了，因为早睡他有时会忘记了我们约定的每晚通话。我一些习以为常漫不经心的话也常常被他质疑，成为了我的"别有用心"。他对我的各种诘责扑面而来。我无言以对，只有小心翼翼地对他讲我的每一句话，只有用沉默来掩盖我的一些心痛。

佛说："人从爱欲生忧，从忧生怖，若离于爱，何忧何怖？"

翻看着他来时我用手机给他拍下的一些照片，我耳中常会响起他站在我身后深情呼唤我"英子"的声音，我反复回味着他从背后揽住我的那些感觉，之后再想他说的关于空间与压抑这样的话，一些酸楚就涌上了心头。

我想了很多很多，有些失落，对我们之间这种爱的状态慢慢地产生了怀疑与动摇，与他一样也有了爱的压抑与沉重感。

咖啡会看我的脸色，也会听人话味，如果我语气不是很好，即便是轻喊它一声咖啡，它就会知道我不高兴了，马上会停止了任性的闹腾，一溜小跑地躲开我，躲到它的小窝里，把头埋下去。我不知道它会不会伤心，我只知道那个时候它很安静，一时半会不会儿再来取悦我。

我无法拒绝你给我的温暖，也无法拒绝你给我的忧伤。当我的热情越来越被冷落和忽视，我意识到我对这份感情过于投入了。我似一只欲靠近同类取暖的豪猪，我渴望他以往的那些温度，却又怕被再次扎伤。我只有慢慢地把自己同他拉开距离。我只有像咖啡，像所有巨蟹座女人一样，把头卧下去，把我的柔软埋进我深深的坚硬的壳里。

我想逃避。我试图一点点收回我的心，终究还是无法。每当我刻意地回避与冷落他，首先心疼起来的会是我，他似乎察觉不到我的这种状态，心情好的时候他的语速依然会不疾不徐，也偶尔会以他的诙谐与暧昧给我以小小的幸福暗示。

有人这样评价天秤座男人的爱情：没有被天秤爱过就不懂什么是爱情，没有被天秤伤过就不知道什么是人生。

叔本华在他的《杂喻》中说："对一个人形象大小的估计，会受到你与他距离远近的影响。但是，根据你所观察的是他的身体高度还是精神高度，你会有截然相反的两种结果。……大自然为它的每一件作品披上了一件美丽的修饰外衣，就像梨或李的表皮上那层柔软芬芳的粉霜。"

当我们的距离一步步地逼近了，之前我们之间存在的那些朦胧且美丽的修饰外衣，那层柔软芬芳的粉霜便被剥脱殆尽。他给我的话越来越刻薄，伤害也越来越深地发生了。

星座屋里说："天秤座男生有些博爱……似乎喜欢每个女人。"

事实正如贺拉斯所说，在这个世界上根本就没有什么是完美无瑕的，曾被我认为是我与他的一场"完美爱恋"不久就被现实无情地击碎，碎了一地。

一切依然在自然而有序地发生着，没有经过事先的谋划与彩排，也没有事中事后丝毫的掩饰，一切都随心所欲地进行着，兴起兴败、离与合皆是天意。

一天晚上，我们在微信聊天时，他突然发过来一句话："永照，昨天真是太好了，你让我体验到了一生中都没有过的激情……照，我以后怕是离不开你了。"看到这段香艳露骨的话，我马上明白了在他与那个"照"之间"昨天"发生过了什么。尽管对他的冷漠我已有所准备，却没有料到事情会发生的这样严重，这样突然，我一阵晕眩，心一瞬间疼得抽了起来。

他说的那个“照”我知道，我在他的QQ空间里见过几次，两个人在空间里的互动语言是淡淡的，看不出任何异样。然而，就在这样看似平淡的交集中，两个人却发生了我与他至今还没有发生过的事。

他很快地发现他错发了信息，他没有解释，只是打了两个字过来：“英子……”

我没有回他，因为我不知道还要对他说什么。

一会儿，他打过来几句话：“英子，我把信息错发给你了，我知道辩解是没用的，我只能请求你的原谅，对不起英子。”我默默地看着他发在我手机上的每一个字，我心疼得已经想不出一句完整的话来回复他。

“这个女人有老公，而且她的腿还有残疾，我与她都是在逢场作戏，是不会当真的。英子，你要相信我对你的爱，你是我唯一爱并疼着的女人。你就原谅我这一次好吗？”

可我已经无法接受与原谅了。他错发给我的信息像一闷棍，瞬间砸蒙了我，也震醒了我，我仿佛从一场奢华的梦里骤然醒了过来。

分离已成定局。胡兰成最后一次去见张爱玲，他们是分床而卧的。清晨，胡兰成去张爱玲的床前道别，俯身吻她，她伸出双手紧抱着他，泪水涟涟，哽咽中叫了一句“兰成”，就再也说不出话来。

张爱玲把她的故事写在了她的作品《小团圆》里：之雍来推醒了她。她睁开眼睛，忽然双臂团住他的颈头，轻声道：“之雍！”

无论张爱玲哽咽中的一句：“兰成”，还是《小团圆》里九莉轻轻的一声“之雍”，包含了女人多少的痛心、无奈和不舍？

然而，张爱玲必须保有她与生俱来的那份高贵与自尊，难以释怀却必须释怀，否则她不会是张爱玲。她对胡兰成说：“我并不是为了你那些女人，而是因为跟你在一起永远不会有幸福。”

张爱玲终于离开他上岸了。她不会再为他驻足停留，再不会回头。

我与他，无疑是一场完整的、现实再版的“胡张恋”。只不过，老天给我们布下的这一场局更仓促，不过三个月，连“胡张恋”十分之一时间尚不及。老天为我们布下的一遭局，谁能破得了？

他似又恢复了以前，不停地打电话，发信息给我，不停地回忆在我们之间曾有过的一些话，一些温暖的片段。他试图以此安抚我，以他再次的懂得，他更甚于以往的温度再一次融化我，唤回我曾经的信任与依恋。他却不知道，我心中寸寸的柔情已寸寸成灰，我已经很难再为他表现出的言不由衷的热情所感动了。

我早已经习惯了他的反复无常与冷漠，我也习惯了漠然面对他的冷漠，却不习惯他诸多冷漠之后突兀而来的一些所谓热情，尽管那些热情里有他对我的一些愧疚、不忍与不舍。

张爱玲离去后胡兰成追悔莫及，他写信给张爱玲的好友炎樱，试图挽回他与张爱玲的那段感情，但张爱玲没有理他，炎樱也没有理他。后来他写信给张爱玲：“如今看来，我终究是不能明白你的。你原是极心高气傲的，宁可重新回到尘埃之中，也不甘让我时时仰望了。之前我竟一直愚笨到想你永远是我窗前的那轮明月，我只要抬头，是时时都能仰望见你的。”

他不知道，张爱玲已是忍无可忍了，她再也不肯为他所望见与仰见了，他们的爱情就谢幕了。

三毛说：“如果你给我的，和你给别人的是一样的，那我就不要了。”……

我听到了基督教徒安吉奴斯的神秘语言：

“希律王是敌人，上帝在约瑟夫的睡梦中让他知晓危险的存在。”

"伯利恒是俗界，埃及则是孤独之处。"

"我的灵魂逃离吧！否则痛苦和死亡就等待着你。"

安吉奴斯让我预见到了一个非常危险的存在，我必须坚定地脱离那些潜在的危险和显而易见的伤害。我不能把幸福作为一次冒险的赌注，因为他已不值！

结　语

1947年6月，胡兰成收到了张爱玲的诀别信："我已经不喜欢你了，你是早已经不喜欢我的了。……你不要来寻我，即或写信来，我亦是不看的了。"张爱玲于胡兰成度过小劫完全安顿之后，毅然结束了自己的心痛，结束了她与胡兰成曾经的一场旷世爱恋，自此再无纠缠。

台湾装帧设计师聂永真在他的文章里有一句很见人心的话："我不会永远跟你在一起，否则不会那么美。"

……

我问佛：什么是缘？

佛说：不可见，不可夺，剪不断，理还乱，很绵长。是欢乐，是忧伤。注定冥冥中，犹如千丝网。

我问佛：如果遇到了可以爱的人，却又怕不能把握怎么办？

佛说：留人间多少爱，迎浮世千重变；和有情人，做快乐事，别问是劫是缘。

我问佛：什么是情？

佛说：情是不舍，是牵挂，是衷肠。是曾经沧海水，是垂泪到天亮。直教生死相许，直教寸断肝肠。情无价，情易伤。只要真心呵护，情就不移，地久天长。

我明白佛是在寓示我：既然不能真心呵护，既然情已移，既然不能珍惜，纵有万般不舍也须舍了……

心不动则情不伤。业不重不生娑婆，爱不断不生净土。

我为自己点亮了两支粉红色perfumesong浪漫情人蜡烛，雪白的绢制樱花依然摆在那个我认为合理的地方。在他曾经坐过的位置上我摆上了他喜欢的一套青花瓷餐具，还有他用过的高脚水晶玻璃杯。

对着那个空空的位子，我坚定地对他说："光，我珍惜你给过我温暖的幸福，也包括你给我的这些伤。既然你再不肯施与我温暖，既然我不能给你想要的生活方式，光，我放下，我放你悠闲，放你去高飞！"

蜡烛将尽的时候，我站起身来，手脚麻利地将摆在他坐过位置上那套青花瓷餐具及高脚水晶玻璃杯与垃圾一起打包送到了门外。

回身，我关上了门，关上了我对他一度敞开的心门。此时，月华如练，倾泻出一地的静美。

女警手记

一、超级粉丝

CA1545航班到达的时候，外面响起了尖细的女生群体呼喊声，我与杨对视了一眼，都无奈地笑了笑，我说：我去吧！拿起对讲机向出站口走去。

对这些疯孩子真是没办法，如果他们学习有这劲头家长会省多少心？也不知道是什么单位组织的，什么超男超女，每个月都会来几批，引逗的那些十五六岁的孩子发了疯一般，甚至有的是从千里之外的济南特意赶来，只为了一睹那些“超”人们的风采，若被他们心中的“超”人看上一眼，他们甚至会激动得浑身发抖，泪流满面，真是不可思议！。

这些所谓的超男超女，看起来比这些孩子大不了几岁，却端足了大牌架子，对孩子们疯狂的呼喊追随，他们目不旁视，昂头挺胸，甚至会露出不屑一顾的厌烦表情。

真不明白这些孩子怎么了，为什么会那么崇拜演艺明星。摆的什么谱呀，没多大本事，还自以为是，靠一张脸或一副鬼哭狼嚎的嗓子吃饭，忽悠谁？我真想揪住他们对他们说：没本事才来糊弄这些未成年的孩子，有本事的话，来忽悠我试试!

二、我是不是真的很老

因为上海大雾，航空公司很谨慎，飞机迟迟不肯起飞，别的航空公司航班很多都起飞了，飞机上的旅客就不满意了。飞机到达后，有十余名旅客坚决不肯下飞机，要求航空公司给说法，并包赔损失。按规定，因为天气原因造成航班晚点，航空公司一概不负责赔偿。双方达不成协议，在飞机上僵持起来，航空公司要求出警将旅客带离飞机。

半小时后，五个年轻人推开门，吵吵闹闹的进来，平时见多了无理取闹的旅客，从心底对这样的人感到不屑，我让他们坐着等出警人员回来处理。

不一会儿，治安科杨大队与航空公司代办一起进了办公室，这几个旅客就围住他俩开始吵闹，令我没有想到的是，杨不仅没有制止他们，反而给他们端茶倒水，似他在带头闹一样，表现得比他们还愤愤不平:“你们争得对，他们太不负责任了，我坚决支持你们，你们去民航总局告他们，我也签个名，我豁出去了，大不了我受个挑动闹事的处分。”

带头闹的是一个年轻女孩，女孩子就是心软，好哄，听他说可能会受处分有些心不忍了，他又加了几句话一会儿就把那个女孩哄得彻底没了脾气:“算了，不告他们了，懒得费那个劲，再说，你那么大岁数了，俺不能连累你跟着俺受处分。”

临走时，还直夸杨服务态度好，素质高，比别的地方警察好多了去了。

他们走后，我笑着对他说:“真服了你，你这一张嘴呀，哄死人都不偿命!”

“嘿嘿，对待这样幼稚，却自以为是，爱唱高调的人就要给她顶高帽子戴戴，这就叫杀人犯法，哄死人不犯法！”

又想起她说的“你那么大岁数了”，差点儿笑出声来，只是怕他伤心，硬是把到嗓子眼的笑生生给憋回去了。

与他一起值班，真是笑料百出，都会被他笑破肚皮。有一次我从现场回来，他拉住我的胳膊，可怜兮兮地眼巴巴地盯着我的嘴问：“我长得真的是很老吗？”我看了看他，他三十刚出头，高大壮实，脸面光滑油亮，只是满头花白，粗看能有五十多岁，心里想，嘴上却不忍说破，摇摇头，肯定地说：“谁说你老呀，你脸相很年轻，就是白头发多了，你现在这个样子，简直可以说：哭鼻子，帅呆子（酷毙了，帅呆了）呀，谁说你老那是没有欣赏的眼光，只能说明他们少见多怪，没见央视李咏为扮酷故意将黑发染白吗？”他还是愤愤不平，放开我的胳膊，两手粗暴地抚弄着一头花白粗硬的板寸：“妈的，刚才一个女的来办临时乘机证明，她属猴的，走的时候对我说：‘谢谢大叔’，我越不愿意听，而她竟然还连说两遍，我就那么老吗？妈的，她68年的竟然叫我大叔?!”他边说，边一脸悲愤地走到警容镜前，将两个腮帮子发狠地往下拉了拉，对着镜子仔细地端详研究起自己来，我在一边几乎笑破了肚子！

还有一次，一个小姑娘来所里办事，看见了我这位同事，惊讶地说：“你怎么头发白的这么多呀？”他一本正经地对小姑娘说：“我染的。”小姑娘惊讶得睁大眼睛：“妈呀，你染成白的呀！”我笑得要死，一口茶差点喷出来，而他竟然还一本正经地说：“我挑染的，花老鼻子钱了。”

三、午夜大刀

十点多钟，出发航班全部结束了，在处理完出租车司机打架案件后，所里留下我值班，我反锁了办公室的门。

十一点多，来人敲门，我打开门一看，一个人举着一把大砍刀，闪着冷冷的寒光站在我面前，由于没有心理准备，我心里一凛，本能地大喝一声："你要干什么？把刀放下。"

这是个农村人，个子不高，大脑袋，一脸的呆相。

听到我呵斥，他放下举过肩头的大刀，站在门口，对我说："这是刚才打架那个人丢在冬青树丛里的砍刀，我找到了，送过来。"

接过两尺多长的大刀，我又好气又好笑："你怎么这样持刀？以为你要杀人呢。"他还是一脸呆相地笑笑："嘿嘿，我找了好久才找到这把刀。"

大约半小时后，又有人来敲门，打开门，见到又一个人手提一截粗长的铁棍站在门口，我怔了怔，问他什么事，那人告诉我，他手中的铁棍是对方用来打他的凶器，并指着他那张大而厚的嘴唇，说："这就是他用铁棍打的！"果然是嘴唇红肿，有的地方还渗着血。叫进来做了情况记录。

他们走后，终于静下来，感觉好笑的同时也有点后怕，自己一个瘦弱娇小的女警深夜独自值班，若真遇到袭警的，我如何处置？手里没有枪，只有巴掌长的一只电击器，怎能是这些人的对手？

四、看谁狠

带两名协警开着警灯与警报器绕场巡逻，面上治安状况良好，只是在路边停着一些车，都是为了逃避停车费的。我把车慢下来，向这些车靠去，看到警车到来，这些车陆陆续续启动离去了，只有一辆崭新的陆虎吉普车迟迟不肯挪动，我对小王说："喊他。"

用车载台喊了两遍，那车才拖着沉重的车身极不情愿地离去。我围着车场转了一圈，回来见它还在路上转悠，时速不到十公里。我示意他停车:“你在转悠什么?”不想那小子挺犟:“我车开慢了不犯法吧!”他拧着脖子，气哼哼地看了我一眼，转身开他的车去了。

最近的航班再有半小时就到达了，我想他最有可能是等着接这个航班客人。

好小子，连揽胜运动版都开上了，却为了节省几块钱停车费与我较劲。你车开着不犯法，只要你别停就成，因为我脸上不带霸气，你不怕我是吗?你没见识过我的韧劲，你不知道我拗着呢，今天我就吃定你，与你耗上了。

我不紧不慢地一路跟着他，从他车的行驶状况，能想象他被警车跟着时心里的焦躁。我车上两个十八九岁的小家伙笑得拍手又顿脚:“林姐，你真有办法，再过一会儿那小子就要发疯了，真过瘾!”

十几分钟后，那小子拉下车窗，双手抱拳对我作了个揖:“姐姐，慈眉善目的姐姐，你够狠，我服了，我进停车场，我进。妈的，我的车百公里二十多个油呀，为省四块钱，我何苦来?”

看着他乖乖地进了停车场，我回到了办公室。在小王有声有色的描摹中，杨那带点地包天的嘴大大地咧开了:“哈哈，算你狠，那家伙赔了夫人又折兵，一准在心里恨死自己了，活该!谁让他小瞧我们这支辣手警花来?”

“哼，他若开一般的车我还不与他较劲呢，我最瞧不起小气的男人，开一百多万的车，却为了几块钱停车费打叽叽，居然还对我耍横，小瞧我了不是?我就要他出出血，让他知道，咱这支警花是带刺的!”

五、一个相声演员

执勤的时候，看见了一个光幽幽特点很鲜明的脑袋在值机柜台前长长的队伍里晃悠，似曾相识的感觉，就转到那人对面，一看，果真是那个引人发笑的相声演员。我对文艺界中人向来不感冒，从小就是，看电影只看情节，从来不记演员名字。看到那个人抬头望向我，我就对他笑笑，因为他的相声小品演得的确是不错，让我实实在在地笑过几回。

而这个我不知道名字的人，却仍然耷拉张脸，毫无表情地回应我的笑，于是我不再理睬他，拿着对讲机围着候机人群转了一圈。

看到他与值机人员在高声地争吵，我回到柜台前，问了下情况，原来他要前排座，而他来得晚，前排座早已经发放完了，他就用他那浑厚的声音冲值机人员喊道："我常年在全国各地演出，我懂，你们不可能把前排座都发完，肯定会有几个保留到最后。说前排没座位，糊弄鬼吧你！"他亮出的高嗓门，让我想起了在电视中看到他学驴叫的一节，惟妙惟肖，音质是那么的高亢悠长！

他在那儿争吵，值机人员态度很好地解释，他根本听不进。后面那些排队的旅客很多已经露出不满的情绪。怕事情闹大，我走进柜台里面，低声问小王头等舱还有没有座位，小王说有。我抬起头对他说："我知道你是大名鼎鼎的艺术家，依着你的身份与地位，坐后排确实是委屈你了。我问了，现在头等舱还有座位，若不你加点钱换头等舱吧，别为这点小事，失了您大家的身份！"不知他是喜欢我给他的那一顶"大家"帽子，还是不舍得另加几百元钱，他在撩了我一眼，对着我这个小警察做了一个在电视上常见的、带点蔑视意味的撇嘴动作后，接过登机牌，过安检去了！

六、想偷飞机轮胎的小伙子

小伙子很精神，穿戴干净利落，被两个协警扭送进来，后面还跟着两男一女。讯问不长时间，案情清楚了，小伙子来机场送客人，在停车场的时候，身边一辆与他一样的车，车内无人，瞅瞅前后左右也无人，就下车拿出工具猫着腰卸轮胎，他是想用自家车的旧轮胎换下对方的新轮胎，而此时监控正好就对准了车场这个角落，这个倒霉蛋就被逮住了。

在做笔录的时候，办公室的监控拉到了机坪，机务人员在更换飞机轮胎。那个小伙子见我一时不提问了，就转头看着机务人员更换飞机轮胎的情景，我也是第一次看到给飞机换轮胎，也觉得好奇。只是目前情况下，更重要的还是处理手头的案件。

我向小伙子问了几句话，小伙子正看得带劲，没回答我的话，见他看的聚精会神，我把手边的对讲机猛的蹾在桌子上："看什么看？莫不是你还打算偷飞机轮胎？"

对讲机蹾桌子很猛然，声音很响，那个小伙子被我一惊，没回过神来，随口答道："啊啊，是，就是想偷飞机轮胎！"

七、闻香识女人

朋友从国外带来一瓶香水给我，我讲给她听，她立马找人从韩国捎来一瓶香奈儿，对我说一千多呢。看着她那一脸得意，我笑了。我别怀心思地对她说："我那瓶香水是 Vol de Nuit ，翻译过来叫'午夜飞行'，两千多美元呢。"看到她掩饰不住的失落，心里不由得惬意：看你还舍不舍得捎一瓶三千美元的香水来给我看？

我们两个女人斗法的结果是，从此以后，用杨的话来说："进到办公室，不用眼睛，只用鼻子，我就知道是哪位美女在场啦！"

我问他："若两位美女同时在场呢？"他也就只有歪着脑袋，无奈地抓挠他那一头白发的份儿了。

八、令人头疼的孩子

今天值班，一个中年男子急火火地敲门进来，简述了事情大概：他的孩子现在大厅外的出租车上不肯下车，要我想办法将其弄下来。

在一辆捷达车上，一名大约一米七左右细瘦的女孩坐在后排座上，正满脸是泪的哭着。我打开车门，想把她叫下车来，她两只手边急促地摔打，边哭喊着不肯下车，对她动之以情，晓之以理都无动于衷。

女孩十五岁，穿一件劣质、袖口已开边的黑色半大外套，敞着怀，内里一低胸黑色毛衫，尽管个子挺高，从她没有发育起来的胸部看，却明显还是一个很小的孩子。

男人与妻子在上海打工，女孩跟随爷爷奶奶在菏泽老家生活，孩子不愿意上学，跟着一群小流氓整天在外胡混，也不回家。前段时间跑到青岛，没钱了，他给孩子寄去了一千。现在孩子又没钱了，他于是从上海赶来，与他的哥哥一起，把孩子骗到机场，想领她回去，她却死活不肯下车跟他走，言称要回开发区找她的男朋友，哭喊着不认识这个男人，不用他管。

女孩对出租车司机说："你开车走，我给你双倍的车钱！"我不发话，司机不开车，她就对我嘶喊着："我没犯法，天王老子也管不着！"

孩子父亲同我商量，能不能将她强制拉下来，我说，你要强拉，我不能管，是你们父女的事，只要你控制好她，别在机场闹起来。

我想，这种情况下，他可能会对孩子动粗，若我在场，反不好处理，我也不忍心看他打孩子，那样我的心会疼。于是，我回到办公室。我在内心里，其实很希望他能狠狠的教训下这个丫头，拳打脚踢都不为过，这样小小的年纪，就在外与人同居厮混，不好好教育将来怎么得了呢？目前情况下，动硬是唯一办法了。

我从监控里看到，那男人一只手把孩子拉出车外后，顺手就给了两个耳光，孩子倒地后，还试图爬起来逃跑，他紧跟着就是两脚，孩子于是就老老实实地跟着她的父亲走了。

有时候，该狠心还是得狠起来，一定不能心慈手软，特别是对待问题孩子的教育问题！

九、老总出马

中午，一个五十多岁的瘦弱男人到派出所来向我求助，形貌有点猥琐，首先就给我种下了不好的印象。

他转弯抹角地讲了半天，我才明白，他是要查一个女人的行踪。

这个人向我出示了他的名片，是国家水利部下属一个公私合营企业的董事长，他把复印的失踪女人身份证拿给我看，二十五岁，一个很漂亮的女人。据说是到烟台一个地方演出，问他演出公司的名字，说不知道。问的多了，便话语前后矛盾，漏洞百出。怕他对女人不利，我就仔细地询问了起来。那个男人又说女人是他的一个部门经理，因为同家里闹矛盾出走，手机一直关机，联系不上。此前，他在北京机场查过，女人于本月十八号乘机来烟，曾经开机与一个朋友联系过，此后便一直关机。

我对他的话有疑问，便打开网页，上专网查他的信息，见隶属于他个人名下的各种车辆有六辆，心里更加的起疑。明显地看出他的势力，能够肯定的是，他经营的不是一个小规模的企业。为什么一个大企业的老总，对一个离家出走的女员工这么关心，竟然千里追踪到烟台，并且还要辗转着追寻她？

我对他说：你的话肯定不可信，若要我们帮助，你必须说实话，为什么要找她。以你一个大企业老总的身份，有必要千里奔波亲自查找员工吗？你给我个合情合理的解释。

他只以老总应该关心员工来推搪。

我以有权保护公民出行隐私权直接回绝了他，他磨叽了很久，见打不动我后，怏怏地离开了派出所。

后来我离开派出所外出办事，过后听同事说，他又来了，请求同事帮助他查找，他对同事说，那女的是网上追逃人员。这样的理由真滑稽，他竟然会幼稚到以为警察不知道谁是网上布控的在逃人员，让同事毫不客气给撵走了。

我想，他能亲自来找那个失踪的美丽女人，那么他们之间的关系一定不会如他说的那样简单！这个世界啊，谁又是谁的谁？

十、白天不知夜的黑

昨晚值夜班到凌晨四点，早晨八点半，到办公室的时候，带班的头儿已经到位，见我来了，他面无表情地说了句："你还真能睡。"我苦笑了下，没有言语，毕竟是我迟到了半个小时。这个时候，我真有点恨自己是个凡胎肉身，而不是一架可以日夜开动马达，不知疲倦的机器。心下里就暗自寻思：若下次值班再到那个点，我干脆冲上杯浓浓的黑咖啡，顶到天亮得了；要不就在办公室沙发上靠一靠，打个盹，这两种办法，都可以保证第二天按时卡点地上班。

前段时间，为带孩子去北京看病，与同事调了班。调班的同事是个刚分来的大学生，年轻，还很恋家，一个看起来就很稚嫩与单纯的小伙子，姓于。在同他商量调班的时候，小于很爽快地说：林姐，有事你去办就行了，你的班我替，不用还我，反正我没事。内心对小于的言行就很有感慨，就联想到一些问题。

这几年，我的身体与孩子的身体都出了毛病，在对待我与孩子看病的问题上，上层的领导多数还是能够理解与照顾，也不乏那些背后说怪话的人。不提也罢，我也很想得开，同在一只手上的五个指头尚不能一般齐，又怎能要求不同的人会有一样的素质呢？

有一些事情，真的让人气愤和不平，很想说出来或是写出来。只是那样做了，势必会使一些人很没面子。人家忍心做得，我却说不得，写不得，思来想去，还是抹去这些情节吧。

我想：赠人玫瑰，手有余香；拿起泥巴打人，首先脏的是自己的手，还是保留一些的好。

十一、随机应变的乖儿子

收到了短信：老爸，我的钱包与手机被偷了，用同学的手机给你发信息，请速汇两千块钱到我同学的账户上，工行卡号：***********，名字：赵慧波。

这种把戏我见多了，我置之不理。不料这条信息不依不饶地来了三次。心里好笑，这真是老鼠舔猫鼻子，上脸了，竟然骗到警察头上了：乖儿子，我是你老妈，找你老爸要吧。

乖儿子的信息很快就回了过来：老妈，我的手机与钱包被偷了……

十二、为情出走的未成年少女

晚上十点多，一个穿着朴实大约二十岁的女孩来派出所，要我给她开临时乘机证明，要去广州。按照规定，超过十六岁来开乘机证明的，必须出示户籍所在地派出所开具的户籍证明。我就问她年龄，女孩告诉我她二十二岁，说她姥爷病得很重，快不行了，要见她。看着相貌朴实憨厚的她，觉得不应该有什么危险，就破例上网查了下，结果她还不到十五岁。

我要她父母的电话，她就哭了，哀求我不要给他们打电话，并对我说了实话。她谈了男朋友，她父母不同意，她此行就是去广州找她男朋友。我问她男朋友多大，成家了没有，她说她爱他，不在意他有家庭。原来两人是在网上认识的，那个男人四十多岁了，他为她买了电子客票，要她去广州相会。我要下了她男朋友电话，用办公电话打了过去，当男的听说了事情原委，并知道了我是派出所的后，电话马上就挂断了。再打，死活不接，用女孩电话打过去，也不接。女孩按照我的授意发了信息，男方回了信息："我不认识你，你别给我找麻烦。"

我给她讲了利害关系，女孩哭得很伤心，于是找了个便车将她送回家！

我想，或许今夜，我改变了一个女子一生的命运！

十三、不见她，有点牵挂

"你们注意到没有，那个神经病很久没有来了！"小于到底还是小孩子心性，对于很久不见她，似乎还很遗憾。

记得上次见她是在两个多月前。她来的时候，我把她堵在门口问了几句话，想把她敷衍走，后来一想，总这样不是办法，于是将她叫进办公室，给她倒了一杯热水，对她说："你把你的想法讲给我听听，我给你整个材料，报上去。"

她的名字叫李丹，很美，与她人挺配的，虽然偏执的精神已经把她折腾得走了形，仍能看出她年轻时的漂亮。据她讲，她与三个男人有过婚姻，与八个男人一起生活过。有的是因为她神经病不要她了，而另一些是她主动离开的，她说："那些农村的男人真脏，晚上睡觉连脚都不洗，我怎么能让他们沾我呢？"

大冷的天，她站在我面前，穿着厚重的面包服，显得她人更瘦小，更苍老。心里有些不忍，我想，这样折腾下去，恐怕她没有多长时间了。

果真此后两个月多没见她了，忙碌的工作，几乎忘了曾经有这么个人常来敲门。今天，小于偶然提起，引起了大家对于她的话题，纷纷猜测她的情况，有一个人说，怕是冬天冷，她被冻死了。针对这个话题，大家对她有了一些同情与惋惜，觉得她也并不是那么讨厌，她总是彬彬有礼，如她这样精神病人很难见，也可惜了她满腹的经纶。

我们不希望她死，也不希望她来给我们繁忙的工作添乱，只希望她能安定下来，过正常人的生活。

十四、天下的父母

早晨五点半来到食堂的时候，老人已经按部就班坐在他固定的位置在吃饭了。食堂的饭很贵，老人每早的食谱几乎是一样的，一袋他自己腌的咸萝卜条，一个馒头，一个不锈钢碗，盛着一大碗白米稀饭。他总是在靠近粥桶的地方坐着，在他的碗里几乎看不到汤，全是米，他在吃完一个比鸡蛋大不了多少的馒头后，就用筷子把米挑到嘴里就着咸萝卜吃。到米捞完了，他会起身到粥桶前，用大铁勺擦着桶底捞白米。见此，食堂服务员及来此就餐的工作人员都不会制止他，还会帮着他捞米。大家在有饭菜吃不了的时候会送给他，他也不嫌弃，会对大家说声谢谢，把人家给的剩饭菜打包带回。

老人来自贫困的沂蒙山区，七十八岁，个子不到一米六，身体挺结实，有很好的胃口。他每天骑着一辆破旧的三轮车在机场园区清理捡拾旅客随手丢落的垃圾物品，整个园区的垃圾也归他清理搬运，机场每月给他六百元工资。另外靠出卖废品，他每月也另有近千元的收入。老人所有的钱除了在一日三餐上的使用，余下的钱，都补贴了在单位里做飞机监护的儿子。尽管老人个子很矮，他的儿子却是一米八几的个子，相貌清俊，是老人近五十岁才得的独子。他的儿子十年前来单位做临时工，后来成了合同工，现在是监护班的班长，每月工资四千多，在烟台成了家，买了房。老人一个人住在办公楼一个杂物间里，不与儿子一起生活，每日节俭着吃食堂。儿子值班的时候，也会见父子两人同时在食堂吃饭，却不会在同一个餐桌上。

十五、醉　汉

姑娘带着哭腔：“你们快过来看看吧，有个醉酒旅客闹得厉害，我们招架不住了。”电话里还听出一个男人粗暴的叫喊。对杨说了情况，杨起身去了。

像出这样的现场，若我与杨都在的话，一般都是他出警，因为他长得人高马大的，外形很彪悍，我常开玩笑说他是长了一身腱子肉。那些闹事的人见到他首先就怵了三分，自然的，像我挨了旅客一脚这样的事就不会发生他身上。

三五分钟后，他带回一个四五十岁的男人，醉得东倒西歪，眼睛几乎都睁不开了，嘴里却一直不停地狂呼乱喊："竟敢不让我坐飞机？妈的×，我每年给国家上缴两千多万利税，我为国家做了这么大的贡献，你们竟然不让我坐飞机？"

有人给他打电话，从兜里掏出手机看也不看，啪的一声拍在茶几上，忽立忽坐，一刻也安静不下来。我对杨说："他这样很危险，干脆把他捆起来，约束到酒醒吧。"杨摇了摇头，把现场记录仪从身上解下来交给我，示意我装好，并让我为那人泡了杯茶，他自己则笑眯眯地坐着，一言不发地看着醉汉表演。

那个人一直处于酒后亢奋状态下的狂呼乱叫中，并不时地在沙发上扭动着身子。趁他稍微安静的片刻，我仔细地端量了一下他，他衣着考究，周正的相貌有点像周润发，古铜色的皮肤衬着挺拔伟岸的身材，一个很有派的人。如果不是醉酒，他一定是个举止有度的成功男人。

电话响了，他拿过，开口就骂了起来："你妈×龟儿子，我到你这儿来给你投资，你们烟台人竟然这样对待我……"话还没讲完他就狂躁地将手机狠狠摔在地板上，觉得不解恨，又狠狠地跺上几脚。

这个时候，我与杨都笑了，觉得醉酒的他意气得像个孩子，还蛮可爱的。

有一会儿，我们不再理会他，他就闭上了眼睛与嘴巴，歪在沙发上睡着了。我拿起他的手机，是iPhone4。这手机质量也真不错，被他又摔又跺的折腾，竟然毫发无损。我按照最后一个电话回拨去，接电话的人称已经到机场了。

他被人接走后，杨叫进了一直在门外等待的两个值机小姑娘。对我说："你去吃饭吧，顺便帮我带份儿回来。"我说不饿，等会再去，他站起来嬉皮笑脸地就把我推出了门外："没见美眉来了吗？还不长眼色快回避，在这儿当电灯泡呀！"

他就那么一副大大咧咧没心没肺的样子，与他搭档，总受欺负，而他却从不当真，让人恨得牙根痒痒，却偏偏捶不得打不得。

这么早去食堂，我什么也吃不下，而他却是个地道的肉食动物，还是个大肚汉，每顿饭两个蔬菜不算，还要另加两个鸡大腿。这猪头，又白白揩我十几块钱的油水。

十六、一条老狗

下班后，躺在宿舍里，听见窗外有猫在叫，很凄厉悠长的叫声，想起来，时令已经立春了，不知道猫的发情期是在什么时候，想想，不会这么早吧？想得多了，睡不着，就想起了一条老狗，很久不见那条老狗了。

几年前一个夏夜，一个精神病人闯进飞行区，被在跑道上高速滑行的飞机吸进了涡轮，人被高速旋转的涡轮绞得粉碎，飞机严重受损，是一次很大的飞行事故。只是此后每年的这一天，天气肯定不好，飞机都要大面积延误，整个机场会乱成一团。

从那以后，机场管理得就更严了。不仅是无关人员，还有动物，都要严密防范进入限制区域。

所有的动物，包括飞鸟，机场都采取了严格的防范措施。机场跑道两侧原来很深的草，里面藏着很多兔子，怕它们影响飞机起降，场务队的人每天会开着车，端着猎枪在没有飞机的时候上跑道打兔子，他们每天要用的枪弹都在公安局存放领取，有时候他们把打回来的兔子料理好后，会送一些到局里来。以前有一条很大的狗跑进了飞行区，造成飞机全部停飞，在找不到它主人的情况下，机场发动所有的员工到飞行区围堵那条狗，那是条很凶猛的狗，最后只能用猎枪结束了它在飞行区的活动。

那条老狗，半年前，我几乎每天都能见到，那是条长毛宠物狗，应该是谁家养过的。也许是老了，它身子肥胖，行动迟缓，性情也很温和。它从不招惹人，它只在办公区活动，连停车场都不踏进一步。也许是因为它太安分，机场方面就默许了它的存在。它每天守在理发店门前，吃饱了就躺着晒太阳，有人唤它，它就抬起眼睛看看人，也不动，依然躺着。职工们从食堂吃完饭，剩下的鸡骨头、排骨等东西，会用纸巾包着带给它，它每日的生活很好。理发店里那几个女孩，在手头没活儿的时候，会跑出来与它玩，给它洗澡，做美容。尽管它已老态龙钟，经过女孩们的打理，它仍然是条很漂亮的狗，倒也因此没有人讨厌它，它能安稳地在机场待下去。

深夜里的猫叫，让我想起来，已经很久不见它了，发生了什么？但愿它找到了更好的归宿。

与鲁院有关

一

作家野夫在他文章中说：“好人无好命这几乎已经是这个世界的潜规则。这些好人来到这个世界，就是来承担磨难的。他们像一粒糖抛进大海，永远无法改变那深重的苦难。”按照他的说法，我就应该无好命，活到现在，我有半数时间都觉得苦，很苦。

我是信命的，因为无论我如何努力，我的婚姻最终还是没能维持到底。

写作的女人婚姻大多是不幸的。这或许就是我们这帮人天生的命，我也没能例外。胶东有一句土话：“驴屎卷子外面光。”这话虽不雅，却也是一种人的一种生存状态。我的生活就是这样，为了面子，我一直把苦痛埋在心里，忍辱含垢维持着那份名存实亡的婚姻，再怎么苦也不愿向人述说。我无法直接表达，我的天性决定了我永远都不会通过嘶喊打闹的方式来宣泄。我一直憋屈着，实在憋不住了就写诗填词。在婚姻最后的一个阶段我填了一首词，词牌名叫《金缕曲》：

此念凭方寸，只缠绵、小楼画竹，宝帘香印。最恋此时明月夜，人道风清好趁。愁恰是，等闲思忖。欲与弦丝说心事，怕弦丝也作闲愁困。凭测策、休轻问。

重重帘幕隔花信。料今宵，断红委地，漫成残韵。回望韶华多少梦，赢得流光一瞬。青灯小，笺香意缜。欲把兰书酬我意，奈红尘风雨都题尽。题不尽、爱和恨。

填完这首词后我与他分居了。

我在陈若雷老师博客里看到一句话："生命已经到了尽头，现在是偷生的开始！"我没有去问他为什么要偷生，也没有理由安慰他，因为我差不多也在偷生。

我回了他一句话："感觉无奈与悲怆，偷生吗？如果生命没有质量，毋宁去死！"这句话实则是说给我自己的。此后不久，也就是2010年，我于万般绝望中终结了那段让我痛苦很久的婚姻，随后我写了《衔恨只同天上月》。那是我对十几年无奈婚姻的一个告白，在文章中我写道："……情之戚，情致怨，问红尘中，谁得脱尘缘羁绊？情劫中究竟几人能理清情的内涵？就如我手边这杯苦茶。十几支墨绿的莲心飘浮在青花细瓷中，鲜红的枸杞点缀其间，透过袅袅于杯口轻薄氤氲，映在视觉中，红、白、绿相间，朦胧且鲜艳。入口，才觉其味之苦，其性之烈。"

我的生活彼时只如那杯苦茶。

我是好面子的人，我呈现给人的都是光鲜的一面，他们看不到我的内心，不知道我的生活其实是多么的逼仄和不堪。我把所有的苦和痛窝在心里，十几年了，连父母都不知道我真实的生活状态。

上帝对所有人都是公平的，他为你关上了一扇门，同时会为你打开一扇窗。我感情的大门阖上了，通向文学的窗口却豁然敞开了。我就这样开启了我的文学创作生涯，我用散文，用诗词记录我的生活与情感，我在文学创作的路上走得比较顺，几乎两年一个台阶地行进，从2008年写诗填词开始，到2013年仅用五年时间我就加入了中国作协，到2015年被聘为山东省签约作家。

悲愤出文豪，苦难出诗人，我想是这样的，正是婚姻的磨难成全了我的写作。

我痛苦的婚姻既已结束，生活归于安逸，又加入了中国作协，此后我的文学创作就有所懈怠，一段时间内我作品数量急剧下降。矫健从机场走时，我请他吃饭，我们谈起文学界的事，他对我讲到了鲁院，他说："小林，加入中国作协不是目的，你是一名很有前途的作家，你不能停滞下来，要趁着势头多写多发作品，争取早日进入鲁院。"就在那一次，在他那里我才知道了鲁迅文学院，鲁院唤回了我所有的创作热情。

自此，我所有的努力都是为了进入鲁院，鲁院就成为了我心中一个未完的结。

二

七月份，我接到省作协创联部陈文东主任打来的电话："省作协派你去鲁院学习，时间是四个月，单位能让你去吗?"

陈主任在我们省文学界是有着标准暖男称号的，他说话一向慢条斯理，他在望着你的时候脸上总带着温和的笑，即便是在电话里你也能感觉到他不温不火的笑。这次却不同，他的话是开门见山的，连称呼都没有，语调里透出了以往少见的凝重。

我很仔细地听完了他说的每一个字，是的，他的意思是说我可以去鲁院了。

这好比是范进中举，我知道终究会有这样一天的，但是，当这个期待已久的消息真的传达过来，我的思绪突然乱成了一团，继而惶恐起来。我不知道接下来要做什么，我只是呆呆地立着，电话贴在耳朵上足足有五分钟没有想起放下来。

我没有像范进那样痰迷心窍，我只是对一些必要的程序犯了愁，四个月的时间，我要怎样去向单位请这个假？

我是一名机场警察，我一边疲惫不堪地工作着，一边从事着自己酷爱的文学创作，我有年迈体弱的父母需要照顾，还要教导培养我未成年的女儿。我身上担子太重了，常有力不从心之感。尽管这样，我却哪一方面都舍不得放下。工作是必需的，是经济基础，奉养父母教导幼女是为人的根本，而写作，则是我精神的朝圣，我所有的希望与失望、乐观与悲观都在我的书写里，离开了，我想我会是一个没有灵魂的人。

对于工作，十几年来我好像从来没有正儿八经休过一个节假日。我们警力紧张的状况是可以用"一个钉子一个铆，一个萝卜一个坑"来形容的，如果哪个岗位哪一天突然缺了一个人，整个的工作局面就会被打破打乱，就必须在全局范围重新部署调整警力。

缺人，是最令部门领导头疼的事。掰着手指头算，一个部门也就五六个人，缺了一个人，安排谁顶上都不合适，谁都扛不住连轴转地通宵值班，那样下来弄不好会有人过劳死。因此，大家日常都很自觉，除非是病倒爬不起来，几乎没有人会因事请假，请假也不被批。也因此，日常的一些文学活动我就极少能参加了，能推的我就推掉，实在太重要推不了，就要与同事商量调班，同事就要连续值三天三夜的班，虽然回头我要一分钟不少的还班，却依然要领一份很重的人情。

我是省作协签约作家，按规定每年要参加几次省作协组织的采风活动，这是作为一个任务指标明晃晃地出现在签约条例里的。我每年文学创作任务能够保质保量地完成，只是那些采风活动我多半是完不成的。我在向省作协请假时，就得把各种原因反复强调，好在省里能够理解，能不安排的就尽量不安排我参加，年终创作总结评奖时也没有因为这个降低我的奖项。对于这次长达四个月的脱产学习，他们也考虑到了我的难处，后来陈主任说："我知道你很难调出时间来，尽量试着争取一下吧。"

他给我三天时间，三天后如果请假不成，省里会另派他人去。

鲁院梦眼见就要醒了，一股苦涩泛上来，突然就加重了生活艰难之感，以往生活历练出女汉子般的坚强突然就不再了，委屈的泪再也抑制不住。生与活，道义与责任瞬间变轻了起来。

三

对于四个月的脱产学习，这样长的时间我要怎么去请假呢？找所长，日常里他连准一天假的权力都没有，他总是面带哭相挓挲着手对我说："姐呀，你知道我说了不算的，求求你就别为难我了，你还是找局长说去吧。"如果我对他说我要请四个月的假去鲁院学习，他一准会受惊，结局猜都不用猜，无异于瞎子点灯，只是白费了蜡。

向局长请假吗？怎样张口？张了口，也必定是通不过的。

局长其实不是难说话的人，他与我毕业于同一所大学，是长我几届的学兄，而且，他也以他的手下出了我这样一个作家而骄傲和自豪。有时送客见了我，他还会向他的客人炫耀说："这是我们单位的美女作家，中国作协会员，省作协签约作家，是个大才女呢。"说完，他会面带笑意地看着我，再看看他的客人。我能看出，他是希望能得到他的客人褒奖与赞许的，或许他还想让他的客人羡慕他。

局长喜欢读书，他知道日常里有很多人向我赠书，有时候他还会向我借书看。他为人谦和，言语也是温和的，除了工作几乎就不端局长的架子。他文笔很好，空闲时间里我们曾几次探讨过关于读书写作的问题，他给我看了他的几篇读书笔记。看后我就希望他也走文学之路，我说："你写，我找地方给你发。"他就用浓浓的胶东口音对我说："我现在哪有时间和精力写呀，只好等退休后喽。"

我理解，他身上担子确实太重了。

在地方，如果哪个辖区发生了大案要案，尽力了，案子破不了也算不得多大的事，局长大多不会受牵连影响，我们则不然。

“民航无小事”，这是每一个民航人都懂的，是被赋予了特定含义的一句话。正常来说，坐飞机的人比乘火车汽车的人整体素质要高，打架斗殴，砍砍杀杀及盗抢事件极少会在机场发生，偶尔发生几起吵架拌嘴事件，公安人员出面稍一调停就结了，那都不算是事，一旦算了事，就不会是小事，像因为飞机误点而发生的旅客集体冲击飞机、霸机之类，性质就算是严重的了，但花点精力就可以解决，最要命的就是暴恐袭击及劫机炸机类事件，一旦发生必定是惊天动地的事，说“民航无小事”，指的就是这层意思。一旦出了这样的事，无论是不是我们的责任，局长注定是做不成的，我们每个人也都要跟着受牵连受处分。因此，我们局长怕出事，所有的人都怕出事，我们的工作只能针头线脑般细致地去做，在岗每一分钟神经都要绷得紧紧的，谁都不敢有丝毫的马虎大意。这种情况下，长达四个月的脱产学习他不准假就很自然了，不要说他不准假，就是我自己也不好意思向他开这个口。

整整一个下午的惶恐焦虑，到傍晚时候，我突然想起了聂局长。

聂局长聂作坤是副市长兼市局局长，刚调到我们市不久，是一位有魄力有豪气又极富人情味的领导。我在一次电视电话会上见过他，在那个会上他向全市公安民警公开了微信，他有两句话给我印象很深：“尽管放心大胆地干，不用畏首畏尾，一切有本局为你们担当。”还有：“如果工作干不好，不管有什么背景，我会毫不手软秒杀你。”因他一身的正气与霸气，敢说敢作又敢当，他被誉为了警界的“三敢局长”。

除了找他，我想不出更好的办法。抱着试试看的想法我给他发了微信，对他讲了我的创作情况，还有我们工作的现状，然后对他讲了我要去鲁院的事情。

当晚，他没有回复我。

上班后，我接到聂局长发来的微信，他只说了一句话："好好学习，我们为有你而骄傲。"一会儿，我接到了我们局长电话，说局党委同意我去鲁院。然后他态度很好地说："你应该直接同我说的，你能去鲁院，是我们整个烟台公安的荣耀，这么重要的事，我怎么会不支持你呢?"然后便对我的写作做了肯定与鼓励。

四

九月六日，我利用手中权力搞了一次小小的特殊，在所有人没有登机的情况下提前登上了飞机，在特选位置坐好后，我拿出手机给鲁院三十三届同学群发了消息，告诉他们我已登机，会按预定时间到校。

旅客登机完毕，机舱门也应时关闭，一切都按部就班进行着，飞机却迟迟没有起飞的迹象。正在寻思，就听机上广播说航班因为空中管制不能按时起飞，心多少就有些浮躁。机场工作多年，我懂空中管制的概念，空管时间从来都无法确定，短则个把小时，长则十几二十几小时，都是无从考究的。我本来并不急，如果不是与晨与俊老师有约，再晚也是无碍的。眼下，既然遭遇空管，也没有别的办法，只能耐着性子等待空管解除。

忽然想到了九六六这个数字，九月六日晚六时是我的登机时间。其实早在二十几天前我就订好了这个航班，选这一天这一时刻我没有别的考虑，看机票便宜就订了，无意中碰上了九、六、六这三个比较吉庆的数字，是否预示着我鲁院一程是吉祥顺畅的呢。

想到这里心便敞亮了起来。

先前与晨在群里聊天，晨说她坐高铁进京，我俩合计了时间，会在差不多时间到校，于是约了到后一起在学校附近吃饭。俊平老师看见了，说他带我们找地方吃饭，但是晨却说："我是从来不吃夜宵的，连晚饭也不吃，不过我可以陪你们吃。"他说："你们吃，我看着。"你们，是指我和陈晨。俄尔，他又说："我不吃，我请你们。"

俊平老师比我们这帮学员年龄都小，尽管他是我们的班主任，在群里却常常会受我们这帮大哥大姐的欺负，欺负完他，大家再给个小红包哄哄他，这叫做"打一巴掌给个甜枣吃"。

因为嬉闹惯了，他说的这串话我就不确定要不要当真，又不好问，问了就好似上赶着要人家请客一样，总之感到了不自在。若真请，他不吃，我跟陈晨被他盯着吃，这样的夜宵吃起来也是不怎么舒服的。

我和陈晨都没有再言语，或许晨也有些不自在，俊老师没有再说话。

尽管别扭，三人之约却没有取消。我就想，兴许届时还会有其他同学赶到，顺便邀了一起去，多一人说话，便会少了一层被盯着吃的尴尬。存着这样的心思，我在群里招呼了声："还有谁一起去？"二十几人的群就静了下来。

没人回应也是情理中的事，现在人都讲养生，一日两餐，晚饭不吃，上起八九十岁爷爷奶奶辈，下至十几不到二十岁的小伙子小姑娘，都尽可能地不吃晚餐，这其中就包括我七十岁的妈，她晚餐只喝粥，吃点小咸菜。我六十多岁的小姨、姨夫也是这样。我不行，或许是我的自制力差，一口饭都少不得，我血糖血脂什么的一直都正常，不知怎么稍一挨饿就浑身酸软无力，饿极了估计草根树皮也是能咽下去的。

我乘坐的这个航班飞机座位安排得比较紧凑，可供活动伸展的空间不大，坐着有种被捆住了手脚的感觉，因此机上等待的时间就变得难熬起来。

时间过了八点半，空管依旧没有消息。按惯例，像空中管制这类问题，一般时间不会少于半小时，保守估计了下，无论如何飞机落到北京也要在十点半以后，其他赶路的人多半不会像我这样没人疼没人理地饿着肚子赶飞机。那么晚的时候谁会吃饱了撑的陪一个还没有见过一面的同学吃一餐没滋没味的夜宵？

耐着性子在机上等了个把小时，在事先没有提示的情况下飞机开始滑动了，空姐走过我身边时停下来提示我关掉手机。我问她："有起飞通知了吗？"她说："还没有，不过飞机推离了应该马上就会起飞。"果然像她说的那样，飞机很快就起飞了。

一般情况下，航班如果在夜里晚点了，如果航路情况还好，飞机会尽可能的赶一下，这架飞机也赶了，十点半多点便落到了北京T3候机楼，也算不得多晚。

因为鲁院学习时间要长达四个月，我准备的行李比较多，光床单被套枕巾之类细软的就装了满满一大纸箱，其他零碎物品另装一箱，为减轻路上负担我将这两个箱子走了顺丰。一些怕折怕压的衣服、贵重物品、易碎品就装在了随身行李箱内，也是满满两大箱，很沉，估计该有七八十斤重的样子。

提出行李到门口打车的时候，望着长长的打车队伍我又一次发了愁，排队候车的人看起来比来时坐飞机的人还要多，推着两个行李箱一步一挪地挨了近半个小时才轮到我打车。

站在我面前的是一个穿着警察制服看样子只有十八九岁的年轻人，稍一打量我就看出了是一个协警，或者叫做辅警。他肯定没有受过正规训练，这是我从他站相得出的结论，还有他指挥调度车辆时也显得漫不经心。他漫不经心地指挥着一辆车停到我面前。

一上车我心里就犯起了嘀咕，我想，这个司机不出意外一准会问我"怎么走？"在我对他讲出去鲁迅文学院后，果不其然他就这么问了。

这差不多是北京打车的惯例。

早几年时候我和孩子的身体相继出了问题，那时烟台到北京还没有开通高铁，我前后有四年多时间几十次乘飞机往返于烟台北京两地，因为我是路盲，每到一个陌生地方，因为不能辨识方向，不认识路，也不记路，出行基本都要靠打车。在北京只要上出租车，司机几乎无一例外会问我路怎么走，似乎北京的出租车司机都不认识北京的路。不久我也就琢磨出问题，如果你对他们说不知道，他们多半会带着你兜圈子跑冤枉路。

后来我在手机上装了高德地图，之后我就很少再挨出租司机宰了。以前在北京我大多时间住朝阳区的国宾大厦，鲁院也在朝阳区，打车需要多少钱心里便大致有了数。我对这个司机说："我也不知道怎么走，我打导航，你就跟着导航走吧。"他没有吭声，我知道他听到了我的话，于是我不再理他，闭上眼睛不再说话。

车距鲁院还有五公里距离的时候，我在群里发了微信，告诉他们我马上就到了。群里静悄悄的，一直到车停在了鲁院东大门处，群里依然没有人说一句话，

彼时已近午夜，想必都是睡了的。

五

鲁院与我的想象有些不一样，没有高大的门墙，也没有辉煌的灯火，我在看向门的时候就看见了一盏灯，灯光向着一侧门柱白色瓷砖上镶嵌的"鲁迅文学院"几个鎏金大字斜照去。两扇宽大的铁栅栏门已合拢，侧门也关着，旁边不大的门房内没有灯光。我踩着台阶向里看了看，我看见月光透过玻璃落在靠着窗子的写字台上，写字台上有一个本子，本子是翻开的，上面有大半页字，看不清写了什么，本子合页处搁着一支水笔。

我在房间内没有看到守门的人。北京的夜深了，门卫一定睡去了，晨与俊老师也一定睡去了。我走下了台阶，我没有给晨与俊老

师打电话，不想惊他们的梦，也没有去敲传达室的窗子。

夜比以往我来时要静谧，阴历的七月十六，空中的月亮很圆，星星也清晰可见，看不出传说中雾霾大爆发丝缕的迹象，空气也不似几年前来时那么燥，温吞吞，不冷也不热，一切都恰到好处，宁静，平和，友好。在我无意识地深呼吸时，隐隐品出空气中一股说不明白的味道，似乎某种花香。

我想，那香一定来自鲁院。

抬起头来，我看到了空旷辽远的星野，还有星空中挂着的那一盘杏黄色羞答答的月亮。

这是鲁院的月，柔婉，静美，它令我出神。

已经很久顾不得去看月看星星了，我似乎总在步履匆匆地行走。我脚下的路很坎坷，我总怕被绊着，还怕落入不确定的陷阱，我不敢像别人一样抬头阔步行走，我的路总是走得很小心。路途中我也见过令我抑制不住心动的一些风景，但我不能停下脚步，我不能忘情，不敢投入。

所有的错过都是我刻意的，我错过了时令，错过了年月季节，我无暇也无心情抬头去看月的圆缺，看星星的隐现。我磕磕绊绊地走了很远很长的路，走得很辛苦，很刻苦，走到此时，我才能够停下我匆忙的脚步，因为我已经抵达。

我抵达了鲁院，这是一个里程碑。

我再一次抬头去看月亮，还有星星，我要记住这个夜晚。

月是圆满的，星星是散淡的，秋风送来了鲁院里花淡淡的香。星月和花香就像宋词一样浸淫着我，感动了我。于是，鲁院的夜色，它的大门便深深印刻在我的记忆中，定格在了满月的星空下。

传达室的灯亮了，一个年轻人推开门轻轻走了出来，他站在门口看看我，又看了看我身边的行李，他静静地站在那里，像星星月亮那般安静，没有说什么。我想，他一定见惯了往届作家在这一时刻到来，也必定见惯了他们如我一般的忘情。不然他何以处变不惊，不发一声？

这也许是文人们共同的心灵朝圣仪式吧。

他在看着我，在等我说话。

我拿出录取通知书给他看了，说："我是来报到的三十三届学员。"他便为我打开侧门，伸手向里指了指，告诉我沿着路一直向前走，走到路头见着右手边一幢大楼就是鲁迅文学院。

路没有多远，一百米左右的样子，在那里我见到了一块汉白玉大理石牌子，写着"鲁迅文学院"。

楼前的路不是很宽，路两旁的灯也不是很亮，混凝土的路面很干净，干净得连一片落叶都没有。北京的初秋温度似乎比烟台要高出一些，路旁的树木花草看起来根本就没有感受到渐凉的秋意，它们的枝叶依然生得茂盛。有几盏灯埋在了树的枝叶间，被遮住了一些光。

楼对面有一片小树林，路灯幽暗的光照不进去，里面黑漆漆的，看不清什么，却明明白白照见了它身侧的小池塘。池塘里的水在黑色的夜里呈现了黑的颜色，黑色的水明晃晃地倒映着空中的月亮，像墨镜里聚焦的一点光。在池塘中间有一团荷花，确切地说是荷叶，荷花是看不到的，那些荷叶影影绰绰、亭亭玉立在黑色的水面之上。

我是很喜欢这样的意境，像一幅水墨画。

不宽的路上只站着我一个人，除了外面偶尔驶过汽车的声音，院子里静得一丝声息都没有。我站在那里，任银色的月光披了我一身，什么也不想，什么都没有做。

我静静地站着，静静地聆听来自时光深处的那些低吟浅唱，探寻院子里草木间露珠欲落未落的声音，努力去触摸那些跃动在鲁院每一个角落里的文化音符……

六

大厅是空旷寥廓的。

一个穿保安服的年轻人见我进来就从前台里侧站了起来。那是一个长着一副胖胖娃娃脸的年轻人，看样子不过二十岁。他要过我的录取通知书认真看了看，就递过来一个本子让我登记，从进门到办理登记手续，整个的过程他一直目不转睛地盯住我，面上无任何表情。我感觉他盯住我的眼神颇像我审视犯人，让我心里微有不快，登记完后我抬头问他："怎么了，哪里不对劲吗?"他没有回答我。他向我晃了晃头，默默地把房间钥匙递给我，然后坐了下去，被高高的台子遮住了

第二天中午我去取运来的行李，就见前台处站着两个人，想来应该是同届报到学员。转过墙角，果然在他们脚边见着了几件行李。接待他们的还是昨天那个长着胖乎乎脸蛋的年轻人，他神色依然石头般木然，如果不是他的眼睛很有神，而且不时很灵活地转动一下，如果他没有其他肢体动作，在那一时刻你很可能会把他看成摆在那里的一尊布偶。彼时，他不大的眼睛正滴溜溜轮番打量着那两个人，直到他们登记完取了房卡离开，他的表情依然石头般地木然，目光一直都没有从登记本上移开。

他们走后，他眼皮连抬都没有抬一下就声音很大地冲我喊起来："林纾英，有你的货。"我豁然明白，刚才他看那两个登记的人，昨夜他不眨眼地盯住我，原来是要记住我们和我们的名字。

这个年纪轻轻的人记忆力真的非常好，到第三天时，他已经能够面对面准确无误地喊出鲁三三所有五十二个学员的名字了。只是，我在他胖胖的，年轻白净的脸上从来就没见过正儿八经的笑。

后来我问他："你不会笑吗?"他才勉强笑了，只是他笑得很难

看，比哭还难看。我想，他的确是不该笑的，他不笑是对的，能藏拙嘛。

七

两个人最好的默契就是不要把话说得太明白，却又彼此再明白不过，爱的至高境界大概便是如此吧。

他不是作家，不是诗人，他是音乐家。安顿好后，我告诉他，一切都在有条不紊进行着，我告诉他我很喜欢这里，这里的一切都很适合我，这里的庭院池塘花草每一处都是一首宋词，是婉约；这里又是肃穆与古拙的，像豪放的七律诗，他便懂了。他说："那不正是你想要的吗?"

之后，他不断地给我发东发西来，几乎全是我喜欢的。一天，他给我发来两箱冬枣，冬枣是我最喜欢吃的水果，打开箱子我很开心，在里面我还见到一张折成蝴蝶状的粉红色纸条，展开来，见着了他拉小提琴的简笔自画像，画像旁边是他粗楞楞笔力遒劲的两行字，而且谱了曲："想你了，我就把枣子送给你，再想你了，我会把整棵枣树送给你。"他的曲符我看不懂，他的字我懂了。

他不是诗人，他的话却比诗人的诗更有诗意，比他送来的枣子更甜，使我受用和温暖。

我问他："枣树什么时间送过来?"他说："等你也想我了的时候。"

我就笑了："我现在很充实呢，还没顾得上想你。"他就骂了句："臭丫头!"认识了他，我一直就是不懂事的"臭丫头"，在他面前我就不想懂事了，也不必懂事。

能在一个男人面前做一个不懂事的臭丫头大概是女人最惬意的事吧，像隔壁的雪梅姐，五十多岁了，一米七多的个子，偎在她的男人身边，整个一个娇媚小女人情态，笑的满脸阳光灿烂。雪梅姐的笔名就叫“阳光女人”，我想，她是那样的幸福，她在姐夫面前一准也是个臭丫头的。

雪梅姐毫不掩饰她小女人样的幸福，她幸福得几乎就要盛不下了。

记得开学第一天杨律师请我们吃饭，雪梅姐喝了点酒，她两腮挂着红扑扑的酒靥，笑得眉眼快眯成了一条缝，就像十几岁的小女生，当着几十个同学的面，她用纯粹的东北普通话介绍了自己，完后她又补充道：“忘了告诉你们，我的笔名叫阳光女人，因为我一直是幸福和阳光的。”她最后这句话让我有点不很舒服，觉得她纯属多此一举的矫情。

雪梅姐就住我隔壁，几天后我到她屋里串门，她告诉我她的丈夫是延边森林公安局的局长。我护犊，也护警察，我甚至连近亲近邻都护着，因为她丈夫是警察的缘故，也因她比我大几岁，我就称她雪梅姐，她的警察丈夫就成了我的姐夫，我们之间的谈话因这层缘故就近了起来。谈话渐渐深入了，深入了个人生活，她就从手机上找出了姐夫的照片给我看，直到见了他们两人的合影，我才真正懂了她的笔名，懂了她的那些矫情。

雪梅姐一米七几的个子，一米八几相貌堂堂的警察姐夫比穿着高跟鞋的她高不出多少，照片中我却看不出他们是夫妻，他很像一个慈祥的父亲，腻歪在他身侧的她神态是那样的嗲，全然一个被宠坏了的无赖小女生相。我才明白当日酒宴上的她不是在矫情，实在是因为她盛不了装不下的幸福。

才明白世间是有着真正男欢女爱的。

我很渴望我的幸福能像雪梅姐一样。

他说红酒是女人酒，说我是红酒中的女人。

也许他说的是对的，因为我的写作一直就伴着红酒。我享受红酒，更享受饮酒的过程。用手捏住一支白天鹅般高雅的高颈细脚水晶杯，平视着它圆润流畅的曲线，对于我来说，那便也是一份极好的视觉与精神享受。然后慢慢地凑近双唇，低眉顺眼似有若无地看着那些红宝石般晶莹的酒液自杯底缓缓滑入口中，过程仿佛要经历一个世纪那样悠远绵长，那些发自骨子里孤芳自赏的清高便沉溺于每一杯红酒的寂寞与忧伤里，令每一个平凡的日子都拥有了精致的浪漫与芬芳诗意。

当小提琴遇到了红酒，当音乐家遇到了作家，当男人遇到了女人，即便他的音乐也变得如红酒一般小资和缠绵了起来，由最初的不懂，到心动，一直到惊艳、共鸣。

他远远地看着，他见证了我饮酒的一个完整过程。他说我太小资，却又说很喜欢我的小资。他甚至能从我的文章中读出酒的味道，他说："你的文字带有淡淡的酒香。"我想，一个人对一个人的懂得是不必说出来，知味就够了，这是令我欣慰的。

八

鲁院的时间过得很快，转眼一个月就要过去了。日子过得安逸，心里却免不了重重的牵挂。

妈在电话里说："你爸去镇上把你小时候的照片放大了，镶在一个大相框里，他一直就把照片放在炕头上，我收拾起来他又给拿回去，每天睡觉前他都要拿起来看一会儿，对着照片发笑。"

听了妈的话，我知道父亲想我了。我想，他是真的想我了。于是我就开始策划回家的行程，我登录携程网订十一长假的返程机票。那一天离十一放假还有八天时间，竟然机票与动车票全都买不到了。我找了几个航空公司的人申请机票全不成，只好绕道天津乘机回到了父母身边。

我在妈的炕头上看到了被父亲放大了的差不多十六开纸大一张我周岁时的照片。我坐在妈的怀里，身子却微微歪向父亲一边。照片中的妈脸上绽放着如花的笑容，我看到了她一脸的幸福与痴迷；父亲上唇微微上翘着，那时的他年轻、英俊，棱角分明的脸上透着分外的刚毅，微微眯起的眼睛隐现着笑意，分明写满了他对那份生活的满足，还有对未来的许多憧憬。

幸福的日子总是过得很快，返校时间眼看着一天天的近了，父亲脸上笑一天天地就少了起来。我知道他是不舍得我离开，因为我对他说过，我下一次回来要在三个月后。

三个月不能见我对父亲来说那是足够长的一段时间。人越老就越恋缠儿女，天下父母大抵便是如此。

我不忍心见他这样，我对他说，跟我去北京住几天吧，我带你和妈逛逛北京城。他就开心了起来，并很认真地准备了起来。

回京那天，机票与动车票依然买不到，就连火车票也全买不到了，虽然通过熟人上了餐车，也有座位，却依然是一段很受累的旅程，餐车的过道上挤满了人和行李，连可活动伸展的空间都没有。

六个小时的旅程我很累，我知道他们一定比我更累，而且下车后还不知要多久才可以打到车。从火车启动我就开始网约车，直到下了车都无人接单。下车后，我带他们去出租车待租区排队候车，刚站下就有一个男人从对面走过来，他边走边通过手中的喇叭喊着什么。车站里挤满了人，到处都是人，直到他走近，我也没能听清他喊些什么，我揪住他的衣服问他。他对我揪住他表现了明显的不满，他抖开我的手，说："出租车全发光了，坐地铁去吧。"

我向身后泉水般涌向地铁口那黑压压，长得几乎望不到头的候车人群看去，那情景简直就令我恐惧。

我有些不知所措，我再次抓住了他，问他："还能不能再有车来?"对于我再次揪住他的行为，他露出了非常厌恶的表情，用很不耐烦的声音冲我喝道："有有有，想等你就等，要等三个小时以上才会轮到你。"

前面排队的人有的已经窝头往回走了，更多的人依然在坚持着。我回头去看跟在身后的父母，我很希望他们能给我一些主张，可是他们不能。他们老了，根本就不可能拿出更好的主意给我，父亲表情茫然，他低着头眼神空洞地盯着地面，妈歪着头，一声接一声地叹着气，露出一脸的疲惫。

我凑向父亲，问他："能坚持住吗?"父亲耳背，他有些茫然地看着我，没有说话。妈叹了口气说："我还行，就怕你爸累，还有没有别的办法了?"

我向四周看了看，我很希望能见到一个警察。那时候我很像溺水的人，在毫无办法的情况下，我就把警察当作了救命的稻草。

全国警察一家人，我曾帮助过好多从我那里出发的警察，也曾在几个机场向警察求助过，无一例外地得到了他们的帮助。我想，如果我能找到一个警察，他一定会帮我的。这样想着，果然就在人群中见到一个肩上挂着对讲机的警察，我伸手去掏警官证，我想告诉他我也是警察，想让他帮我找一个私家车，我会付钱，只要能把我的父母送到宾馆，哪怕司机要我一两千块钱我也会给他。就在我准备向他走的时候，一个小个子身形敦实的男人悄无声息地向我挨过来。多年的职业生涯让我一眼就看穿了他，马上就明白了他的身份和意图，果然他问我："打车吗?"

这个时候见到这样的人我心里是非常开心的，我却不动声色，我直接问他："黑车吗?"他说是。我对他说要到芍药居北里，他伸出手比了比，说："二百四。"

我说："不行，我从那里打车过来只要六十，我给你一百八。"妈拉着我的胳膊说："太贵了，再等等看吧。"妈这样说无意中就帮了我的忙，他或许怕我听妈的话果真就不坐了，便同意了我给出的价。

在我与他讲价过程中父亲一直看着我，尽管耳背，他也零星听到了我们的谈话，他明白我要打的是高价车，问我多少钱，我对他说了价格，他就不肯坐了，我好说赖说，拉他哄他都不肯坐。

爸的身体很不好，一年前做了心脏支架手术，术后他的身体就更不好了，他瘦的厉害，走路两条腿都打飘。如果不是临时买不到飞机票，无论如何我是不会要他坐动车受这个罪的。

我疼他他是知道的，我也知道他疼我，他不肯坐高价车只是舍不得我多花钱。

他一直就很固执，即便这个时刻，他已经累得摇摇晃晃了，还是不肯跟我去坐高价的车。我无法说服他，又不能强迫他，心里就烦躁起来。我脸色很不好地冲他高声喊了起来："你这不是为难我吗？你不听我的话，跟我来干什么？"我感到无奈，也气他的固执，忍不住泪就涌了上来。

见我被气哭了，他就不知所措起来，也不再固执，溜溜地跟我坐上了那辆高价黑车。

爸手术后身体一直就没有恢复起来，我想方设法给他补，我托人从长岛买了四斤野生海参给他，他吃了几个就不肯吃了，非逼着要妈吃。妈很胖，她除了关节有问题，已经做了关节置换，身体其他方面都没有毛病。海参是大补，却又是温补，对人身体的补益是其他补品无法替代的。爸的身体需要补，妈其实是不需要的，因此她就不肯吃，却又劝不动他吃，她就跟他吵，跟他怄，无论怎么说他硬是不肯吃。回家后妈告诉我这事，她气得咬牙切齿，骂他越老越想不开事。

我知道爸不是想不开事，他是嫌海参贵，他不舍得我花钱，他不吃也是为了能省一些给妈吃。他说已经打开的一斤留给妈吃，剩下没开封的硬逼着要我退给卖家。我怎么都说服不了他，看着他身子那么虚弱，我既疼且怕，说着说着我就哭了。我对他说："你现在身体这样差还不肯进补，你是不是要气我和我妈？你怎么就不想想，一旦你有什么事，我和妈怎么过下去？”我哭得很伤心，我的话触动了妈的心思，妈也跟着哭。他见我们俩都哭，忍不住就伸出手偷偷抹眼角。

尽管他动作很轻，看起来像在无意识地抹眼睛，我也知道他是在抹眼泪。我起身站到他身后，揽住他的肩膀，用哄孩子一样的腔调去哄他：“你听话吃海参好不好？权当是疼我和我妈。我的事情那么多，你让我省点心行不行？”

他再次用手指抹了下眼角，点头说：“好好，我吃。”

我轻轻拍了拍他瘦的几乎只剩一层皮的脸，对他说：“你看看，乖乖地听话有多好！”我说完这句话，他就吃惊地瞪大老眼看我，看着看着他就笑了，他转向妈说：“你看看你看看，她怎么把我当小孩了，还乖乖地听话哪。”他笑得很开心，妈也被逗笑了。为了让他更开心，我就进一步逗他，我伸出手来对他说：“拉钩。”他就笑得更欢实起来。我勾着他的手，逼着他发了誓会每天吃海参。我趁热打铁对他另提了一些要求，他没有再执拗，全都答应了。

那是我第一次在他面前哭。

那之前我一直是不肯在他面前哭的，无论有多委屈在他面前我都会憋住，我不能让他看见我的眼泪，我不想要他心疼。我的婚姻很不如意，有十年了我一直就瞒着他，直到后来他亲眼见了。那一天我的前夫喝了酒，酒后的他隐藏不住本性，当着爸的面打了我一耳光。那重重的一耳光很响亮地打在我脸上，却结结实实地疼在爸的心上。他当即从沙发上跳起来没头没脑地给了他一巴掌，他怒视着比他高出半头的他说：“你怎么可以打英子，你怎么可以当我的面打英子？”那一刻我看到他的眼都红了，他疼得老泪纵横。

自那以后爸就多了很多心思，每次打电话他总不忘问我他再打过我没有。我一直骗他说：“自你打了他一巴掌后，他再也没敢动我一根指头。”

实际上，从那一巴掌起，我们分居了，我再不会给他打骂我的机会了。如果说我可以忍受这个世界上的一切，我绝不会忍受他伤我的父母，他一辈子都会后悔他当着爸的面打我的那一巴掌，他那一巴掌打疼了爸的心，也就打断了我们十几年的婚姻。

我不愿意让爸担心我，不想令他有太多的牵挂，我需要他的晚年开开心心无忧无虑，即便是三年后的离婚，我也瞒了他很久，直到后来他从别人嘴里知道了。他知道了，妈也就知道了，妈打电话给我，她的语气很平静，没有怜悯与悲伤，她说："你爸刚才告诉我你们离婚了，是真的吗?"我知道不能再瞒下去了，就承认了。妈对我说："离就离了吧，你爸也说打老婆的男人不值得跟。"得知爸和妈对这件事的看法，我一颗悬了很久的心才放下了。

我不想让他担心难过，在他面前我从不肯暴露我的软弱，如今他老了，我更不想让他看见我的眼泪。他大致有十年时间没有看见我流泪了。这两次流泪，就彻底瓦解了他所有的坚持与固执。

因为他老了，对很多事情都无能为力了，就彻底失去了年轻时的锐气，在很多事情上对儿女都表现出了俯首帖耳的顺从状态。只要对儿女是好的，即便他的坚持是对的，对儿女的一些错，他也能够容忍，能够接受了。而不利于儿女的事，即便是为了他好，他还是坚持着，固执着不肯接受。

当我知道红酒对人益补很大时，我就给他送了些回去，我自己也喝。不久妈打电话对我说："你爸瘦的什么都没有了，就剩了拗脾气，跟他真是上不了的火，海参海参不舍得吃，酒酒不舍得喝，我一点儿办法都没有。"听了她的话我就跑了回去，果然看到那些酒被整齐地堆放在耳房一角，基本上没有动过。我很生气地对他说："你总是不听我的话，是不是还要惹我哭?"他瞪着眼看了看我，他知道再犟下去又会惹我哭，他赶紧说："我喝我喝。"然后他又说："我不是不舍得喝，我只是嫌红酒没劲。"我知道那是他的借口。

这一次进京，为了照顾他们方便，我头天在离学校很近的地方给他们订了酒店，步行只需四五分钟，只是价格有点贵。当晚办理入住时，他看到价格表，又不高兴了起来，只是时间已晚不好临时另找住处，他才不情愿地住了下来，却硬要我第二天退房去找几十块钱一晚的地方给他们住。

为了稳住他，第二天我把他们带到了鲁院，想要他们看看我学习和住宿的地方，他们看了果然很高兴。在宿舍里爸问我吃饭要不要花钱，住宿要不要花钱，我说都不要，他又问我是不是带薪上学，我说是。为让他在酒店安心住下去，我就哄他说，学习期间单位是按出差给算的，工资奖金一分不少，另外每天还会给我一百八十元的出差补贴。我还哄他说，公安人员在全国住宾馆都有协议价，我订的这家酒店给我的价格是一百二十元一天，连标牌价的一半都不到。他才安下心来，没有再提另找宾馆的事。

九

文人之间是文化的事，说话再多的拐弯抹角，却也彼此能够明白，就连骂人都会骂出艺术来。

父母在宾馆住着，要好的同学纷纷打听要住多久，纷纷扰扰地要安排请客吃饭。父母年事已高，再好的东西也吃不进多少，酒也喝得少，与这群吵吵嚷嚷的同学一起吃饭喝酒实在是一件受罪的事。他们不愿意去，同学就跑去他们住的宾馆请。父母还是有水平的，他们不说去了吃不多净受罪的话，只说客套话："谢谢你的好意，我们就不去了，哪里好意思让你破费呀。"

父母不去，他们不能强拉硬拽。虽然是好心请吃饭不去，对待老人武请自然是不成的，那就文来，文人自有文办法："叔叔阿姨，孔子讲：'故人不独亲其亲，不独子其子。'孟子讲：'老吾老以及人之老，幼吾幼以及人之幼。’阿姨叔叔，纾英的爸爸妈妈就是我们的爸爸妈妈，请爸爸妈妈吃饭，孝敬老人是儿女的本分。”爸妈就被这突如其来诸多儿女的孔孟之道给绕糊涂了，笑看着我不能说话。

我也怕他们受累，却架不住同学的热情，毕竟盛情难却。我对他们说：“去吧，能吃多少吃多少，能喝多少喝多少，吃饱了，累了可以随时回来。”他们才同意出去。

鲁院从来无他事，除了学习讲座与写作就是聚集喝酒。大家开始请客还有说法，吃着吃着就没了说法，干脆就说：“今晚喝酒哈，没理由。”我家父母来了，大家一起吃饭也不多两双筷子，于是请老人吃饭也成了大家聚餐喝酒嘻乐的一个由头。俊老师是山东人，在大北京遇到了山东人自然就攀上了老乡。吃饭时我喊上了他，酒桌上我向父母介绍他时，他嘴张了几张，眼睛眨巴了半天，愣是没有喊出什么来，他就问我：“林姐，你的爸爸妈妈我该称呼什么?”

我愣了一下，莫非学问多了人会变愚？怎么会连这个都不知道了，该称呼什么不是明摆着嘛。

俊老师虽然是我们的班主任，却比我们任何一个人年龄都小，日常他喊我都是林姐，按着这叫法，他该称呼我父母叔叔阿姨。我对他的问题感到好笑，想逗他一下，就对他说：“自然喊叔叔阿姨了，如果你觉得我太老，就喊他们爷爷奶奶吧。”我说完，他的脸就红了红，“我还是称呼二老吧”。

菜上齐了，父母很快吃饱了，我们喝酒说话他们插不上，我打车送走了他们，回头接着与老师同学喝酒吹牛侃大山，一直到很晚。

回到宿舍，手机自动连上了鲁院的wifi，微信就响了，是春光同学发来的。

春光是我高中同学，大学学的是中文，毕业后弃文从政了，写文章就作为了他业余的爱好，却写得极好。我与春光毕业后有近二十年没有联系，彼此连模样记忆都有些模糊。前不久在一次同学聚会上见了他，加了微信。我在他圈子连接的博客中读了他的文章，才知道他的文笔是那样的好，因爱惜他一手好字，不忍见他零落于博客微信，便极力撺掇他拿出发表，他总不肯，一谦逊再谦逊，我就烦了，不再去理他的事。

春光同学身在高位，却理凡间事。见我不理他，他知道我赌气，就整理了文章给我看。我心里暗自好笑，那样古板的一个人，却还是知情懂趣的，就收拾起矜持，不再与他怄。我对他说："你文档格式不对，再整理下给我。"

他发微信讲的就是那篇文章的事，我简单回了他一句："酒喝多了。"因为我确实喝多了。

春光是知道我喝酒的，因为常联系的同学就那么几个，几个人就形成了固定的吃饭喝酒圈，谈事也在酒席桌上。胶东人酒喝的猛，酒喝的也有讲究，关系越好越要喝，喝死了也要喝，酒桌上有劝酒的话"关系铁喝出血"，还有"宁伤身体不伤感情"。我曾经写过清康熙年间藏传佛教领袖仓央嘉措，题目叫《宁负如来不负卿》。对于仓央嘉措我不赞成他"耽于酒色"，我却极喜欢他的真性情。春光同学的酒不行，却敢拼，不矫情，尽管一餐酒后他会三天爬不起来。除了他的文章，他的酒德也是我欣赏他的一个方面。

早晨起来，见他回来的微信："酒仙。"

因为交流的多了，我知道他本意不在夸我，明明是在骂我"酒鬼"。是拐着弯在骂我呢。

所以说，文人间话说得再幽婉，再拐弯抹角，也会被文人看穿。

我回复他："道仙不道鬼，骂人不需嘴。"

他回了我："佩服老同学，真正高水平的骂人不需嘴呀。"

一来一往，耐人寻味的文人掐架，这算不算得高级国骂呢？

后　记

我很知足了，我圆了鲁院梦，我带父母来，让他们在北京的日子开心得稀里哗啦，我得到了他那么多的枣子，春光给我的文章三审通过了，父母突然间多出了诸多高素质的儿女。就在这一时刻，我这本书杀青了，所有的一切都给了我满足感、成就感。

图书在版编目（CIP）数据

守望 / 林纾英著. -- 北京：作家出版社，2018. 7
ISBN 978-7-5212-0148-2

Ⅰ. ①守… Ⅱ. ①林… Ⅲ. ①散文集 - 中国 - 当代
Ⅳ. ①I267

中国版本图书馆CIP数据核字（2018）第169811号

守　望

作　　者：林纾英
责任编辑：宋辰辰
装帧设计：北京中作图文
出版发行：作家出版社
社　　址：北京农展馆南里10号　　**邮　　编：**100125
电话传真：86-10-65930756（出版发行部）
86-10-65004079（总编室）
86-10-65015116（邮购部）
E-mail:zuojia@zuojia.net.cn
http://www.haozuojia.com（作家在线）
印　　刷：三河市紫恒印装有限公司
成品尺寸：152×230
字　　数：189千
印　　张：15.5
版　　次：2018年9月第1版
印　　次：2018年9月第1次印刷
ISBN 978-7-5212-0148-2
定　　价：40.00元

作家版图书，版权所有，侵权必究。
作家版图书，印装错误可随时退换。